햄릿

이 도서의 국립중앙도서관 출판예정도서목록(CIP)은 서지정보유통지원시스템 홈페이지(http://seoji.nl.go.kr)와
국가자료공동목록시스템(http://www.nl.go.kr/kolisnet)에서 이용하실 수 있습니다.
(CIP제어번호: CIP2016009030)

세계문학전집
140

William Shakespeare : Hamlet

햄릿

윌리엄 셰익스피어 지음
이경식 옮김

문학동네

일러두기

1. 이 책은 Harold Jenkins가 편집한 The Arden Shakespeare, *Hamlet*(1982)을 주요 번역 저본으로 삼았다. 일부 아든판과의 차이점은 「해설」에서 설명했다.
2. 등장인물을 포함해 고유명사는 가능한 한 실제 영어 발음에 가깝게 표기하되, 그 외에는 국립국어연구원의 외래어 표기법에 따랐다.
3. 주석은 모두 옮긴이주이다.
4. 아든판 표기 방식에 따라 5행 단위로 행수를 표시했다. 원문의 행을 최대한 지키려 했으나 완벽하게 일치하지는 않는다. 번역문이 원문의 한 행을 초과한 경우, 다음 행으로 넘기고 오른쪽으로 충분히 들여 썼다. 한 행이 여러 사람의 대사로 나뉘는 경우, 다음과 같이 처리했다.

왕	말해보게, 이 사람아.	127
레어티즈	내 아버지는 어디 있소?	
왕	사망했네.	
왕비	하나 그분 탓은 아니네.	128
왕	그가 마음대로 물어보도록 내버려두시오.	129

차례

등장인물

햄릿 … 덴마크의 왕자

클로디어스 … 덴마크의 왕, 햄릿의 숙부

혼령 … 햄릿의 작고한 부왕

거트루드 … 왕비, 햄릿의 어머니, 현재 클로디어스의 아내

폴로니어스 … 궁내부 대신

레어티즈 … 폴로니어스의 아들

오필리어 … 폴로니어스의 딸

호레이쇼 … 햄릿의 절친한 친구

로즌크랜츠
길던스턴 } 조신들, 햄릿의 동창생들

포틴브래스 … 노르웨이의 왕자

볼티맨드
코닐리어스 } 덴마크의 신료, 노르웨이로 파견되는 사신들

마셀러스
버나도
프랜시스코 } 국왕의 위병들

오즈릭 … 겉멋이 든 조신

레이낼도 … 폴로니어스의 하인

배우들

궁정의 신사

사제

무덤일꾼과 그의 동료(두 어릿광대)

포틴브래스 휘하의 대위

영국 사절들

귀족들, 숙녀들, 병졸들, 선원들, 사자들 및 시종들

장소: 엘시노 궁정과 그 주변

덴마크 왕자 햄릿의 비극

1막

1장*

두 파수병 버나도와 프랜시스코 등장.

버나도 거기 누구냐?

프랜시스코 아니, 내 물음에 답해야지. 정지하고 신원을 밝혀라!

버나도 국왕 만세!

프랜시스코 버나도?

버나도 나야.

프랜시스코 어김없이 정시에 왔군그래.

버나도 시계가 막 자정을 쳤네. 가서 취침하게나, 프랜시스코.

프랜시스코 이번 교대는 매우 고맙네. 매운 날씨에다 마음 또한 울적하네그려.

---

* 1막 1장의 장소는 엘시노 궁성의 망대.

버나도 근무중 별 이상은 없었겠지?

프랜시스코 생쥐 한 마리도 얼씬하지 않았네.

버나도 그럼, 잘 자게.
나와 함께 망볼 호레이쇼와 마셀러스를
만나거든 서두르라 일러주게나.

프랜시스코 오는가보군.

호레이쇼와 마셀러스 등장.

정지! 게 누구냐?

호레이쇼 이 땅의 우인友人들.

마셀러스 덴마크 왕의 백성들.

프랜시스코 잘들 있게.

마셀러스 그래, 잘 가게나, 충직한 군인. 누구와 교대했는가?

프랜시스코 버나도가 인계받았네. 잘 있게. (퇴장)

마셀러스 여어, 버나도!

버나도 그래, 호레이쇼도 왔어?

호레이쇼 여기 내 신체 일부가.*

버나도 반갑네, 호레이쇼. 마셀러스, 자네도.

호레이쇼 그래, 그것이 오늘밤에도 또 나타났나?

버나도 아직은 아무것도 보지 못했네.

---

* 악수를 청하며 손을 내밀고 있는 듯하다.

마셀러스 호레이쇼는 그것이 우리의 환상일 뿐이라면서
우리가 두 번이나 목격한 그 무서운 광경을
좀처럼 믿으려 하지 않는다네.
그래서 내가 오늘밤 이 시각에 망을 같이 보자고 졸라서
그를 데려왔다네,
만약 다시 이 유령이 나타나면
그는 우리가 본 것을 확인하고, 그것에 말도 걸 거야.

호레이쇼 체, 체, 나타나긴 뭐가 나타나!

버나도 잠시 앉게나.
그럼 우리가 한번 더 자네의 귀를 공략해보겠네.
이틀 밤이나 보았다는 우리 이야기에 담을 쌓아 귀를
단단히 막고 있으니 말일세.

호레이쇼 그럼 우리 앉아서
버나도가 이것에 대해 하는 말을 들어보기로 하세.

버나도 바로 간밤에,
북극성 서쪽의 바로 저 별이
자기 궤적을 따라와서 지금 비추고 있는 저 하늘 부분을
밝혔을 때 마셀러스와 나는,
그때 종이 한 점을 치고—

혼령 등장.

마셀러스 가만, 중단하게. 봐, 저기 그것이 또 나타나네.

버나도 작고하신 왕과 동일한 모습으로.
마셀러스 자네는 학자이니 말을 걸어보게, 호레이쇼.*
버나도 선왕과 닮은 모습이 아닌가? 잘 보게, 호레이쇼.
호레이쇼 닮다 뿐인가. 두렵고 놀라워 몸이 다 떨리는군.
버나도 말 걸어줬으면 하는 눈치일세.
마셀러스 말을 걸어보게, 호레이쇼.
호레이쇼 정체가 무엇이기에 그대는 이 야심한 밤중에
지하에 묻히신 선왕께서 예전에
취하시던 그 의젓한 전투태세의
활보를 하고 있는가? 하늘에 걸고 명하니 대답하라.
마셀러스 그것이 기분 상한 모양이네.
버나도 봐, 성큼성큼 걸어가버리네.
호레이쇼 멈춰 서라. 말을 해라, 말을. 내 명령이다. (혼령 퇴장)
마셀러스 사라졌어. 대답은 하지 않으려 하는군.
버나도 왜 이래, 호레이쇼? 자네 떨고 있지 않은가. 얼굴은 창백하고.
그래 이것이 환상 이상의 것이 아닌가?
어찌 생각해?
호레이쇼 진정 나는 이것을 믿지 못했을 걸세.
만약 이 내 두 눈으로 보고 감지해낸
확실한 증거가 없었다면 말일세.
마셀러스 그것이 선왕을 닮지 않았던가?

* 당시 혼령과는 라틴어로만 소통할 수 있고, 사람이 먼저 말을 걸어야 혼령이 입을 연다고 믿었다.

호레이쇼 자네가 자네를 닮은 만큼이나 닮았네.
바로 그런 갑옷을 그분이 착용하셨지,
야심만만한 노르웨이 왕과 대적하셨을 때.
그렇게 찌푸린 얼굴도 전에 그분이 담판중 격노에 차서
빙판에서 썰매 타고 싸우던 폴란드인들을 쳐죽일 때와 같고.
참으로 괴이한 일일세.

마셀러스 이미 두 차례 이런 모습으로, 죽은듯 고요한 바로 이 시각에
그분은 보무도 늠름하게 우리 초소를 지나가셨다네.

호레이쇼 이를 어떻게 생각해야 할지 모르겠네만
내 개괄적인 견해로는
이것은 나라에 괴변이 일어날 징조일세.

마셀러스 그럼 이제 앉지. 그리고 누가 알고 있으면 설명해주게나.
어째서 이토록 엄격하고 치밀하게 우리가 망을 보며,
백성들은 밤마다 고역에 시달려야 하고,
또 어째서 날마다 쇠를 녹여 대포를 만들고,
외국으로부터 전쟁 물자를 들이며,
어째서 조선공들을 징용하여 주일 구분도 없이
평일처럼 혹심한 노역을 시키는 것인지.
도대체 어떤 일이 임박했길래 이처럼 급박하게 땀흘리는
일을 밤낮없이 하도록 하는 것인지,
누가 말을 좀 해줄 수 있겠는가?

호레이쇼 그건 내가 설명할 수 있지.
적어도 수군거리는 소문은 이러하네. 우리 선왕께서는,

바로 조금 전에도 그분 모습이 나타났네만,
자네도 알다시피, 극심한 경쟁의식에 사로잡힌
노르웨이 포틴브래스 왕의 도전을 받았다네.
이 싸움에서 용맹한 햄릿 선왕께서는—
바로 이 때문에 이쪽 세상에서는 그분을 존경하지 않았나—
포틴브래스 왕을 살해했고, 그대로 법과 전례典例에 의거
양국이 비준한 공식 합의에 따라
그는 목숨과 함께 자신이 소유한 땅을 모두
승자에게 넘겼지. 물론 우리 선왕께서도
그에 상응하는 땅을 걸었으니,
이것은 포틴브래스 왕의 소유물이 되었을 걸세,
만약 그분이 패자가 되셨다면 말일세.
바로 이 상호 약조와
작성된 조약에 따라서
그가 내건 땅은 햄릿 왕에게 떨어졌지. 이제 젊은
포틴브래스 왕자가,
왕성한 혈기와 억제력을 잃은 패기로
노르웨이 변방 이곳저곳에서
무법도당의 무리를 마구 주워모았다네.
이자들은 대담성을 요하는 모종의 거사에
구미가 당기는 터라. 이 말의 뜻은,
우리 나라에서 보면 빤히 드러나는데, 다름 아닌
강권과 완력으로 아버지가 상실한

앞서 말한 땅을 우리에게서
되찾을 셈이지. 그리고 이것이 내가 알기로는
우리 나라가 전쟁을 준비하는 주된 동기이며,
우리가 망을 보는 근원이요,
이렇듯 전국이 소란스레 바삐 일하게 된 원천이라네.

버나도 나도 바로 그렇다고 생각하네.
이 불길한 형상이 선왕과 흡사한 갑옷 차림으로
우리가 망볼 때 나타나다니 딱 맞는 일이지.
그분은 예나 지금이나 이 전쟁의 사단이시니 말일세.

호레이쇼 티끌 하나라도 우리의 심안을 어지럽히는 법이지.
로마의 최고, 최대의 번성기에,
최강의 권력자 줄리어스 시저가 몰락하기 직전에
무덤들은 입주자들을 잃고, 수의를 입은 망자들이
로마의 거리로 쏟아져나와 찍찍 짹짹 소란을 피웠었지.
또 불꼬리를 매단 별들이 있는가 하면 피 이슬이 내리고,
태양에는 상서롭지 못한 이변들이 나타나고 말일세.
넵튠의 제국에 영향력을 발휘하는 물기 어린 별은*
월식으로 거의 최후 심판의 날을 맞은 듯 앓고 있었지.
그리고 바로 이 같은 두려운 사건들의 전조를,
항상 운명의 전령사들로서,
또 다가오는 흉조의 서곡으로서

---

* '넵튠(Neptune, 넵투누스)'은 로마신화의 바다 신이다. '물기 어린 별'은 '달'을 뜻한다.

하늘과 땅이 함께 우리 나라와 국민들에게
보여준 것일세.

혼령 등장.

가만, 저 보게나. 그게 다시 나타나지 않았는가!
내 그것의 길을 가로막겠네, 급살을 맞더라도.
(혼령이 두 팔을 편다)
멈춰라, 환영아!
그대가 소리를 내거나 목소리를 쓸 줄 알거든
내게 말해다오.
그대의 마음을 편케 하고, 내게는 축복이 될
어떤 좋은 일이 있다면
내게 말해다오.
미리 알아 피할 수 있는
국운과 관련된 일을 혹 그대 혼자서만 알고 있다면
제발 말해다오.
혹은 생전에 그대가
부정한 보물을 땅속에 비장해두었다면—
이 때문에 유령들은 왕왕 사후에 지상을 나돈다던데—
그것을 말해다오. 걸음을 멈추고 말해라. (수탉이 운다)
마셀러스, 걸음을 멈추게 하게.

마셀러스 내 창으로 내려칠까?

호레이쇼 정지하지 않으면 그리하게.
버나도 여기에 있다.
호레이쇼 여기에 있다. (혼령 퇴장)
마셀러스 사라졌네.
그처럼 위풍당당한 혼령인데
폭력을 가하려 하다니 우리 잘못일세.
그것은 공기 같아서 상처를 입지도 않는데
우리의 헛손질은 해치려는 시늉일 뿐.
버나도 그것이 입을 막 열려고 하는데 수탉이 울었네.
호레이쇼 그러자 그것이 지엄한 소환을 당한
죄인처럼 깜짝 놀라더군. 내가 듣기로
아침을 알리는 나팔수 수탉이
높고 날카로운 목소리로 낮의 신*을 잠에서 깨우고,
이 경보에 영역을 벗어나 방황하는 귀신은
바다에 있든 불속에 있든, 땅속에 있든 공중에 있든,
급거 자기의 유폐 장소로
돌아간다고 하던데, 이번에
이 물체가 바로 이 말이 사실임을 증명했네.
마셀러스 그것이 수탉이 울 때 사라졌네.
우리 구세주의 탄생을 축하하는 계절이 되면
새벽을 알리는 새가

* '낮의 신'은 '태양'을 뜻한다.

밤새 노래를 한다는 말도 있지.
그때는 어떤 귀신도 감히 밖을 나돌지 못하게 되어
밤은 무해하고, 어떤 행성도 해를 끼치지 못하며,
요정도 마술을 걸지 못하고, 마귀도 홀리는 힘을 갖지
　　못한다는 거야.
그만큼 성스럽고, 신의 은총이 깃든 시기라는 것이지.

호레이쇼 나도 그런 말을 들었고, 일부는 믿고 있지.
저기 보게. 아침해가 적갈색 망토를 걸치고
저 높은 동쪽 언덕의 이슬을 밟으며 걸어 올라오네.
우리 이제 파수를 풀기로 하세. 그리고 내 생각인데,
오늘밤에 우리가 본 바를
햄릿 왕자에게 전하세. 필시
이 혼령은 우리에게는 함구했지만 그분에게는 말을 할 걸세.
찬성들 해? 왕자님께 이 일을 알려드리는 것은
우리의 우정에 비춰도 온당하지만 우리의 의무에도 알맞지.

마셀러스 제발, 그렇게 하세, 나는 오늘 아침
그분을 가장 쉽게 찾을 수 있는 곳을 알고 있다네. (모두 퇴장)

2장

나팔 소리. 덴마크의 왕 클로디어스, 왕비 거트루드,
볼티맨드, 코닐리어스, 폴로니어스와

그의 아들 레어티즈, 햄릿(상복 차림) 및 수행원들 등장.

왕　아직도 선왕인 형님의 죽음에 대한
기억이 생생하여 짐이 비탄의 심정을 지니고
온 왕국이 하나되어 이맛살을 찌푸리는 것이
마땅한 일이로되, 지금까지
분별력으로 싸워 인정을 누르고
가장 현명한 애도로 그분을 추모하는 한편으로
짐이 할 일 또한 잊지 않고 있었던 터요.
그런즉 전에는 짐의 형수요, 지금은 짐의 비인 동시에
이 용맹한 나라의 대권을 나누어 지닌 분을
짐은 좌절된 기쁨으로써,
즐거우면서도 눈물을 흘리는 가운데,
장례식에는 환희, 결혼식에는 비통을 맛보면서,
기쁨과 애통이 동일한 무게를 지니는 가운데
아내로 삼았소. 또 이번 일에서 짐은 여러 경들의
현명한 충언을 차단하지 않고
시종 참고로 삼았소. 이 모두에 대해 짐은 감사를 표하오.
다음 안건은 경들도 알다시피 포틴브래스 왕자가
짐의 능력을 과소평가하였거나
아니면 형님의 작고로 인해서
우리 나라가 관절이 어긋나 뼈대가 무너짐으로써
자기에게 유리한 형국이 되었다는 허황된 꿈에 힘입어

합의된 약조에 의거 그의 부친이
짐의 용감한 형님께 잃은 땅을
반환하라는 전갈을 보내 짐을 괴롭히고 있는 일이오.
그자에 대한 이야기는 이만하겠소.
이제 짐에 관한 건과 이번 회동의 건을 말하겠소.
그것은 이러하오. 짐은 여기 노르웨이 왕에게 보내는
서한을 하나 작성했소. 그는 포틴브래스 왕자의 숙부로,
병약하고 병상에만 묶여 있어 조카의 심중을
간파하기 어려운 상황이오. 짐은 그에게
조카의 소행, 곧 백성을 징집하여 거사에 필요한 모병을
하는 등의 처사를 더이상 진행하지 못하도록
해달라고 썼소. 짐은 코닐리어스 경과 볼티맨드 경을
이런 사연의 편지를 노르웨이 왕에게
전달하도록 파견하는 바이오.
그러나 짐은 경들에게 여기에 적혀 있는
조건세목 이상으로는
그 왕과 교섭할 재량권은 허락하지 않소.
그러면 가보오. 그리고 신속히 직무를 수행토록 하오.

코닐리어스와 볼티맨드 이 일과 만사에 소신들의 소임을
다하겠사옵니다.

왕 짐은 그것을 추호도 의심하지 않소. 잘 다녀오오.

(코닐리어스와 볼티맨드 퇴장)

그래, 레어티즈. 할 이야기가 무엇인가?

소청이 있다고 들었는데. 그것이 무엇인가, 레어티즈?
자네가 덴마크 왕에게 온당한 청을 해서
거절당할 리는 없지. 무슨 청인가, 레어티즈?
요청만 하면 내 들어주지 않을 것은 없을 터.
머리와 마음이 아무리 자연스럽게 통하고
손이 입에 유용하다고 한들
덴마크의 왕과 자네 부친의 관계보다 더할 수는 없느니라.
무엇을 원하느냐, 레어티즈?

레어티즈 황공하오신 전하,
프랑스로 돌아가는 것을 윤허해주시옵소서.
소인이 전하의 대관식에 예를 다하려고 프랑스에서
흔연히 덴마크로 돌아왔습니다만
솔직한 심정을 아뢰옵니다. 이제 그 일도 끝났사오매
다시 프랑스로 가고 싶은 생각과 소망이 간절하옵니다.
엎드려 전하의 자애롭고 너그러운 허락을 간청하옵니다.

왕 부친의 허락은 받았느냐? 폴로니어스, 경의 생각은 어떻소?

폴로니어스 전하, 자식이 끈질기게 졸라대어
소신의 허락을 짜냈고, 소신은 결국
자식의 뜻에 억지로 도장을 찍었사옵니다.
청컨대 그의 출국을 윤허해주시옵소서.

왕 자네가 적시를 잡게, 레어티즈, 시간은 이제 자네의 것이니,
뜻에 따라 시간을 선용하게나.
자, 이제는 내 조카 햄릿, 내 아들—

햄릿 〔방백〕 숙질 이상의 인척관계가 되었으나 부자지간은 될
수 없는 법.
왕 구름이 아직도 네 몸에 끼어 있으니 어찌된 일인가?
햄릿 아닙니다, 전하, 소신은 햇빛을 지나치게 받고 있습지요.*
왕비 착한 햄릿아, 밤처럼 어두운 안색일랑 거두고,
덴마크 왕께 정다운 눈길을 보내보렴.
언제까지나 그렇게 눈꺼풀을 내리깔고
흙속에 묻힌 고귀한 아버지를 찾지만 말고.
너는 생자필멸이 인간지상사임을 알고 있으렷다.
사람은 태어나 살다가 영원으로 간다.
햄릿 예, 왕비님, 인간지상사지요.
왕비 그렇다면
어째서 너는 그처럼 유별나게 보이느냐?
햄릿 보여요, 왕비님? 결코 아닙니다. 저는 '보인다'를 알지 못합니다.
저를 그대로 드러내는 건 제 검은 옷만이 아닙니다, 어머니.
또한 관례적인 엄숙한 검은 상복도 아니고,
억지로 내쉬는 요란스러운 한숨만도 아닙니다.
더구나 강물처럼 펑펑 쏟아지는 눈물이 아니며,
얼굴에 나타난 실의에 빠진 표정도,
슬픔의 온갖 형체들, 모습들, 감정들, 외양들도 아닙니다.

---

* 햄릿은 이 대사(원문은 'I am too much in the sun')에서 클로디어스가 자신을 너무 자주 아들이라 부르는 것을 역겹게 여기고 있음을 발음이 같은 'sun'과 'son'을 이용한 말장난으로 피력하고 있다.

이것들이야말로 겉으로 보이는 것이죠. 이것들은 사람이
연기로 꾸며낼 수 있는 것이니까요.
그러나 제 속에는 겉치레들을 초월하는 것이 있습니다.
이 겉치레들은 다 슬픔의 장식이요, 겉옷에 불과합니다.

왕 햄릿, 부친에 대한 애도의 의무를 다하는 것은
착하고 가상한 일이나 네가 명심할 것은 너의 부친이
아버지를 잃었고, 그 아버지는 또 자신의 아버지를
잃었다는 점이다. 그래서 뒤에 남은 자식은
자식 된 도리로 얼마 동안
적절한 애도를 하게 되는 것이다. 그러나 고집스럽게
애도를 장기간 지속하는 것은
하늘의 뜻을 거역하는 완고함이요, 사내답지 못한 슬픔이니라.
그것은 하늘에 지극히도 불경한 의지를 나타내며,
요새화되지 못한 심장과 참을성 없는 마음,
미련하고 무지한 이해력을 보여준다.
우리가 필연적임을 알고 있고 흔하게
보고 듣고 느끼는 일처럼 예사로운 일로
어찌하여 미련하게 그것에 반하는 고집을 피우면서
가슴에 품겠는가? 아서라, 그것은 하늘에 대한 잘못이요,
망자에 대한 잘못이며, 자연에 대한 잘못이다.
그리고 이성에 지극히 반하는 짓이다. 이성이 대개
이르는 건 아버지의 죽음이며, 인간의 첫 사망*에서 오늘 죽은
사람에 이르기까지 줄곧 외치고 있는 것이

'이것의 필연성'임을. 바라건대 이 무익한 슬픔일랑
던져서 땅속에 묻어버리고, 짐을 아버지로
생각해라. 내 만천하에 네가 짐의
왕위를 계승할 가장 가까운 자리에 있음을 고하는 바이다.
또한 아들 사랑이 가장 지극한 아버지에 못지않은 총애로
너에게 내 사랑을 전하노라.
비텐베르크 대학으로 돌아가겠다는
네 의사로 말할 것 같으면
그야말로 짐의 뜻에 매우 거슬리는 것이니,
바라건대 네 뜻을 굽혀 이곳에 남아
즐겁고 안락한 내 슬하에서
가장 높은 조신, 조카, 내 아들로 지내다오.

왕비 네 어미의 기도를 헛되지 않게 해다오, 햄릿.
제발 우리와 함께 지내자, 비텐베르크로 가지 말고.

햄릿 왕비님, 최선을 다해 그 뜻을 받들어보겠습니다.

왕 그거 참 사랑에 찬 좋은 대답이로다.
짐과 똑같은 신분으로 덴마크에서 살거라. 왕비, 갑시다.
이 예의바르고 흔쾌한 햄릿의 동의로
내 가슴이 흐뭇하오. 이를 축하해
오늘 덴마크 왕이 기쁨의 축배를 들 때마다
대포를 쏘아 하늘을 울리고,

---

* 성서에 따른 인간의 첫 죽음은 형 카인에게 살해당한 아벨로, 클로디어스가 이 형제 살인이 자신의 경우와 무관하지 않음을 깨닫지 못하고 한 말이라는 데 아이러니가 있다.

하늘은 왕의 건배를 천둥소리처럼 되울려
지상에 다시 메아리칠 것이오. 자, 가자.

(나팔 소리. 햄릿 외 모두 퇴장)

햄릿 너무나, 너무나 더럽혀진 이 살이 녹고,
녹고 또 녹아서 이슬이 되길!
아니면 영원하신 분이 자살을 금하는
율법을 내지 않으셨더라면 좋았을 것인데. 오 하느님, 하느님!
얼마나 지루하고, 김빠지고, 무미건조하고, 무익하게
내게 보이는가, 세상만사가!
지겹다, 아 지겨워. 이건 제초가 안 된 정원이다.
자라서 열매 맺는 것은 잡초뿐. 본성이 막되고 거친 것들만이
이곳을 독점하고 있구나. 이 지경이 되다니!
하나 돌아가신 지 두 달, 아니 두 달도 채 안 되지.
아주 훌륭하신 왕이셨는데, 현재의 왕과 비교하면
하이피어리온과 새터*의 차이였지. 어머니를 얼마나
　　사랑하셨는지
그분은 세찬 바람이 어머니의 얼굴에
부는 것조차 허락하지 않으셨지. 천지신명이시여,
내 이를 잊을 방도는 없겠나이까? 아니, 어머니는 그분에게
매달리지 않았던가, 마치 애정을 받아먹을수록
사랑이 더욱 커지기나 하듯이. 그런데 한 달도 안 되어—

---

* 하이피어리온(Hyperion, 히페리온)은 그리스신화의 태양신, 새터(satyr, 사티로스)는 디오니소스의 종인 반인반수의 괴물을 뜻한다.

생각을 말자—약자여, 그대의 이름은 여자로다.
짧은 한 달, 어머니가 나이오비*처럼 통곡하며
불쌍한 아버지의 상여를 따라갈 때 신었던 신발이
채 닳기도 전에, 어째서, 그런 어머니가 어인 일로—
오, 하느님, 이성의 분별력이 없는 짐승이라도
이보다는 오래 조상했을 터—숙부와 결혼하다니.
내 아버지의 동생 그러나 내가 허큘리즈**에 비할 수 없듯이
아버지와는 비교도 안 되는 그와. 한 달도 되기 전에,
가장 거짓된 눈물의 소금기가
울어서 빨개진 눈에서 채 가시기도 전에
어머니는 결혼했다—오, 이 얼마나 사악한 속도인가!
그렇게도 잰걸음으로 근친상간의 이부자리로 달려가다니!
그 짓은 좋지 않다, 아니 좋은 결과를 낳을 수도 없다.
그러나 터져라, 내 가슴아, 입은 닥쳐야 하니까.

호레이쇼, 마셀러스 및 버나도 등장.

호레이쇼 안녕하십니까, 왕자님.
햄릿 만나서 반갑네.
호레이쇼가 아닌가, 내 정신 좀 봐.

---

* 그리스신화에서 나이오비(Niobe, 니오베) 왕비는 다자녀를 둔 것을 자랑했다가 앙갚음을 당해 7남 7녀를 다 잃고 통곡하다가 돌로 변했다.
** 허큘리즈(Hercules, 헤라클레스)는 그리스신화의 영웅.

호레이쇼 저 맞습니다, 왕자님, 왕자님의 미천한 하인이옵니다.

햄릿 이봐, 친구, 나는 이 칭호로 바꾸어 자네를 부르겠네.
그런데 호레이쇼 군, 어째서 비텐베르크에서 돌아왔나?—
마셀러스.

마셀러스 왕자님!

햄릿 정말 반갑네.—〔버나도에게〕 안녕한가.
한데, 진정 어째서 비텐베르크에서 돌아왔나?

호레이쇼 땡땡이 기질 때문입니다, 저하.

햄릿 자네 원수가 그런 말을 하면 내 듣고만 있지 않겠네.
또한 자네가 자신에 대해 악담을 아무리
내 귀에다 늘어놓은들 내가 믿을 것 같은가.
나는 자네가 땡땡이치는 학생이 아님을 알고 있다네.
무슨 용무로 엘시노에 와 있는지 궁금하이.
내 떠나기 전에 술만은 실컷 마시도록 해주겠네.

호레이쇼 왕자님, 왕자님의 부왕 장례식을 보러 왔습니다.

햄릿 제발 나를 조롱하지 말게나, 학우여.
내 어머니의 결혼식을 보러 온 것 같은데.

호레이쇼 참으로, 왕자님, 그 일이 곧이어 있었지요.

햄릿 절약, 절약이란 거요, 호레이쇼. 장례식 음식이
식은 채로 결혼 잔칫상에 올랐지.
철천지원수를 천당에서 만나면 만났지
그날은 내 다시 보고 싶지 않다네, 호레이쇼.
내 아버지—내 아버지를 뵙는 듯하네—

호레이쇼 어디에 말씀입니까, 왕자님?

햄릿 내 마음의 눈에, 호레이쇼.

호레이쇼 저도 그분을 한 번 뵈었습니다. 참 훌륭한 왕이셨습니다.

햄릿 어느 면으로 보나 남자셨지.
내 그런 분을 다시는 볼 수 없을 것이네.

호레이쇼 왕자님, 저는 그분을 간밤에 뵌 것 같습니다.

햄릿 뵈었다고? 누구를?

호레이쇼 왕자님, 왕자님의 부왕을요.

햄릿 선왕 나의 아버지를?

호레이쇼 놀라움을 잠시 진정시키시고
귀를 기울여 들어보십시오.
제가 이 신사들을 증인 삼아
이 놀라운 일을 말씀드리겠습니다.

햄릿 제발, 들려주게!

호레이쇼 이틀 밤이나 연거푸 이 양반들,
마셀러스와 버나도가 망을 보던
만물이 죽은듯 적막한 한밤중에
그분과 조우했습니다. 왕자님의 선왕 같은 모습이
머리에서 발끝까지 무장을 하고
이들 앞에 나타났습니다. 그리고 근엄한 발걸음으로
천천히 위엄스레 지나갔습니다. 세 차례나 그분은 걸어서
무서운 광경에 압도되고 공포심에 사로잡힌 이들의 눈과
지휘봉 길이만큼의 거리를 두고서 지나갔습니다.

그동안 이들은 공포로 몸이 녹아 젤리처럼 되어
멍하니 서서 그분에게 말 한마디 못했답니다. 이 일을
무서운 비밀이나 되듯이 이들이 제게 전해줬죠.
그래서 제가 이들과 함께 세번째 밤에 파수를 보았습니다.
거기에서 이들이 전해준 시간에 그리고 그 모습으로,
이들의 말 한 마디 한 마디가 다 들어맞게
혼령이 나타났습니다. 저는 왕자님의 부왕을 알고 있습니다.
제 이 두 손도 그 이상 더 닮지 못합니다.

햄릿 그런데 그곳이 어디였다고?

마셀러스 왕자님, 저희가 망을 보는 망대입니다.

햄릿 말을 건네보지는 않았나?

호레이쇼 왕자님, 제가 해봤으나
그것은 대답하지 않았습니다. 그러나 제 생각에 한번은
그것이 머리를 쳐들고
마치 말을 하려는 듯한 자세를 취했습니다.
그러나 바로 그때 새벽닭이 요란히 울었고
그 소리에 그것이 갑자기 움츠러들더니
시야에서 사라져버렸습니다.

햄릿 매우 기이한 일일세.

호레이쇼 맹세코, 왕자님, 이것은 사실이옵니다.
그리고 저희들은 이 일을
왕자님께 알려드리는 것을 의무로 여겼습니다.

햄릿 그렇군, 그래. 한데, 이 일이 마음에 걸려.

자네들 오늘밤 파수를 서는가?

모두 그러하옵니다, 왕자님.

햄릿 무장을 했다고 했나?

모두 무장했습니다, 왕자님.

햄릿 정수리에서 발톱까지?

모두 왕자님, 머리에서 발까지요.

햄릿 그러면 그분의 얼굴을 보지는 못했겠군?

호레이쇼 아니, 봤습니다, 왕자님. 그분의 투구턱받이가 들려 있었습니다.

햄릿 그래, 찡그린 표정이던가?

호레이쇼 노여움보다는 슬픔의 표정이었습니다.

햄릿 창백하던가, 붉던가?

호레이쇼 아니, 아주 창백했습니다.

햄릿 그래 자네들을 뚫어지게 쳐다보던가?

호레이쇼 한참 그랬습니다.

햄릿 나도 그 자리에 있었다면 좋았을걸.

호레이쇼 매우 놀라셨을 겁니다.

햄릿 십상 그랬을 거야.

그것이 오래 머무르던가?

호레이쇼 보통 속도로 백을 셀 동안이랄까요.

마셀러스와 버나도 더 오래, 더 오래.

호레이쇼 내가 보았을 때는 그렇지 않았다네.

햄릿 그의 수염은 희던가, 아니던가?

호레이쇼 그것은 제가 그분 생전에 본 바처럼

희뜩희뜩했습니다.

햄릿 내 망을 보겠네, 오늘밤.

필시 그것이 다시 걸어다니겠지.

호레이쇼 그럴 거라고 저는 장담합니다.

햄릿 만약 그것이 선친의 고상한 모습을 취하고 있으면
내 말을 걸어보겠네, 비록 지옥이 입을 벌려
나를 막는다 해도. 자네들 모두에게 부탁하네,
만약 자네들이 이 광경을 지금껏 숨겨왔다면
계속해서 침묵 속에 가두어두게.
그리고 오늘밤 무슨 일이 일어나든지
그저 마음에 간직해두고 입 밖으로 내지 말게.
내 자네들의 우정에 대해서는 보답하겠네, 그럼 안녕.
열한 점과 열두 점 사이에 망대로
내 자네들을 방문하겠네.

모두 왕자님께 저희들의 충성을!

햄릿 그대들의 '우정을'이라 표현하겠네. 잘 가게.

([호레이쇼, 마셀러스 및 버나도] 퇴장)

아버지의 혼령이 무장을 하고! 전부가 심상치 않구나.
모종의 흉계가 의심된다. 밤이 속히 왔으면!
그때까지 조용히 앉아 있거라, 내 영혼아. 흉행은 사람들 눈앞에
떠오르기 마련, 비록 온 지구가 내리누른다 해도. (퇴장)

3장

레이티즈와 그의 누이 오필리어 등장.

레이티즈 내게 필요한 물품들은 다 실었다. 잘 있어라.
그리고 누이야, 순풍이 불고
선편이 있을 때는 잠만 자지 말고
편지로 내게 소식을 전해다오.

오필리어 오빠는 별 걱정을 다 하세요.

레이티즈 햄릿 왕자와 그분의 호의 공세는 있잖아
한때 그래보는 젊은 혈기의 욕정이라 치자.
그것은 청춘에 피어난 제비꽃,
조숙하되 영원성이 없고, 달콤하되 지속성은 없어서
한순간의 향기와 유희
그뿐이란다.

오필리어 과연 그뿐일까요?

레이티즈 그뿐이라 생각해라.
인체가 자랄 때 근육과 몸집만 자라는 게 아니란다.
이 성당이 커지면서 마음과 영혼의 내적 예배도
따라서 커진단다.* 아마 그분이 지금은 널 사랑할지 모른다.
또 지금은 어떤 흑심이나 흉계가 그분의 순수한 사랑을

---

* 성당은 육신을, 예배는 심적 성숙도를 비유한다.

더럽히지 않을 수도 있다. 그러나 네가 염려해야 할 것은
그분의 높은 지위를 고려하면 그분의 뜻이 그분의 것만은
아니란 점이다.
그분은 자신의 출신에 매여 있기 때문이야.
그분은 보잘것없는 사람들이 하듯이
제멋대로 할 수 없는 몸이란다. 그분의 선택에
국가 전체의 복지와 안녕이 달려 있으니 말이야.
따라서 그분의 선택은 그분이 수반으로 있는 국가의
동의와 찬성에 합치되어야 하지.
그분이 널 사랑한다고 말한다면
너의 현명한 처신은 그분이 그 언약을
특정한 여건과 조건하에서만
실행에 옮길 수 있으리라는 정도로 믿는 거야. 다시 말하면,
그분은 덴마크 전체의 의견에 준해야 한다는 것이다.
그러니 너의 정조가 어떤 손상을 입을지를 고려해봐,
네가 너무나 솔깃한 귀로 그의 노래를 듣거나
네 마음을 잃거나 혹은 네 정숙의 보물을
그분의 무절제한 요구에 열어줄 경우에 말이다.
그 점을 염려해라, 오필리어, 그 점을 염려해, 귀여운 내 누이야.
너의 몸을 후방에 두어서 그분의
정욕의 총알이 미칠 위험에서 벗어나도록 해라.
아무리 정숙한 처녀라도 음탕하기 그지없느니라,
만약 자기의 아름다움을 달님에게라도 내보인다면.

숙덕淑德 그 자체도 중상의 매질을 피할 수 없는 법.
좀이 봄에 일찍 피는 꽃들을
그 봉오리가 피기도 전에 갉아먹는 일은 너무나 흔하단다.
그리고 이슬에 촉촉이 젖은 청춘의 아침에는
초목을 말려 죽이는 독기가 가장 심하다.
그러니 주의해라. 최선의 안전은 두려워함에 있느니라.
청춘이란 곁에 아무도 없다 해도 자신에게 반란한단다.

오필리어 이 훌륭한 교훈의 뜻을 내 마음을 지켜주는
간수처럼 간직하겠어요. 하지만 오빠,
일부 영성을 결한 목자들이 하듯이
내게는 험준한 형극의 천당 길을 안내하면서,
자신은 허풍 치는 경박한 방탕아처럼
환락의 길을 걸으며 자신이 말한 교훈도
거들떠보지 않는 사람은 되지 마요.

레어티즈 오, 그건 염려 마라.
내 너무 지체했다.

폴로니어스 등장.

하지만 아버지가 이리로 오시는구나.
이중의 축복은 이중의 은혜이지.
운이 좋아 작별을 한번 더 하게 되는구나.

폴로니어스 레어티즈, 아직 예 있느냐? 창피하니 어서 승선, 승선해.

바람이 돛의 어깨에 들어찬 가운데
너를 기다리고 있단다. 자, 내 축복을 받아라.
그리고 이 몇몇 교훈들을 머릿속에
새겨넣도록 해라. 네 생각을 입 밖에 내지 마라.
또 정리되지 않은 어떤 생각도 행동으로 옮기지 말고.
친구는 사귀되 결코 아무하고나 어울리지는 말거라.
사귄 친구들은 그들의 가치가 입증되면
쇠테로 네 혼 속에 잡아두어라.
그러나 털도 안 난 풋내기들과 악수하느라
손바닥의 감각을 둔하게 만들지 마라.
싸움에 드는 것을 경계해라. 그러나 일단 시작하면
상대방에게 본때를 보여주어라.
누구에게나 귀를 기울이되 소견은 제시하지 마라.
타인의 의견은 받아들이되 그에 대한 판단은 유보해라.
옷은 주머니가 허락하는 한 값지게 입되
요란스럽지는 않게. 값지되 화려하지 않도록.
왜냐하면 의복은 종종 사람의 됨됨을 말해주니까.
귀족 신분의 프랑스인들은 그들의 고상한 취미와 교양을
의복에서 가장 잘 드러낸단다.
돈을 빌리는 자도, 빌려주는 자도 되지 마라.
돈을 빌려주면 왕왕 그 돈과 친구를 다 잃는 법이며,
돈을 빌리면 절약의 칼날도 무뎌진다.
무엇보다도 이 점—너 자신에게 진실되어라.

그리하면 밤이 낮을 따라오듯이
너는 누구에게도 잘못할 리 없을 것이다.
잘 가거라. 내 축복의 말이 네 마음속에서 무르익기 바란다.

레어티즈 아버지, 그럼 삼가 하직하겠습니다.

폴로니어스 시간이 널 부른다. 떠나거라, 하인들도 기다린다.

레어티즈 잘 있어, 오필리어야 그리고 잘 기억해두어라
내가 한 말을.

오필리어 제 기억 속에 잠가두었어요,
그리고 열쇠는 오빠 자신이 보관해요.

레어티즈 잘 있어. (퇴장)

폴로니어스 그게 무엇이냐, 네 오빠가 네게 한 말이?

오필리어 네, 햄릿 왕자님과 관련된 거예요.

폴로니어스 그래, 그 말 참 잘 나왔다.
내가 듣기로는 그분이 최근에 매우 종종
네게 사사로운 시간을 내고, 너 또한
그분의 말을 매우 스스럼없이 관대하게 들어주고 있다던데.
만약 내가 들은 바가 사실이라면,
주의를 겸해서 네게 말해야겠다.
너는 분명 사리분별을 못하고 있어,
내 딸답게 또 네 명예에 합당하게 말이야.
너희 둘 사이에 무슨 일이 있느냐? 이실직고하렷다.

오필리어 아버지, 왕자님께서는 최근 저에게 여러 애정 제의*를
해주셨어요.

폴로니어스 애정? 쳇, 넌 풋내기처럼 말하는구나.
이처럼 위험천만한 일을 겪어봤어야지.
넌 네가 말하는 그의 제의들을 믿고 있는 거냐?
오필리어 모르겠어요, 아버지, 어떻게 생각해야 할지를.
폴로니어스 저런, 내 가르쳐주마. 너 자신을 어린애로 생각해라.
이 제의들을 진짜로 알고 있는 어린애 말이다.
그건 진짜 돈이 아니야. 자신의 값을 좀더 비싸게 불러야지.
이 불쌍한 말을 너무 부려먹으면 숨이 찰까봐
이 정도로 해두지만,** 넌 아비를 바보로 만들 게다.
오필리어 아버지, 그분은 저에게 구애를
매우 진실한 태도로 하셨어요.
폴로니어스 뭐라, 한때 그래보는 걸 진실한 태도라니. 됐다, 됐어.
오필리어 그리고, 아버지, 자신의 말을
거의 모든 성스러운 맹세로 확인하셨어요.
폴로니어스 저런, 그건 도요새들***을 잡는 덫이란다. 내 알고 있지,
피가 탈 때는 영혼이 얼마나 헤프게

---

* 오필리어가 햄릿에게서 받은 애정 표현을 '제의(offers)'라는 뜻으로 말한 99행의 'tenders'를 폴로니어스는 106행에서는 '지불금', 107행에서는 '값을 매기다(value)'/'값지게 여기다(hold dear)', 109행에서는 '만들다(make)'의 뜻으로 사용하고 있다.

** 폴로니어스의 '이 불쌍한 말을 너무 부려먹으면 숨이 찰까봐 이 정도로 해두지만(not to crack the wind of the poor phrase,/ Running it thus)'이라는 표현은 동일한 말(語, 곧 'tender(s)')을 너무 자주 사용하는 것을 달리는 말(馬)이 채찍을 받아 숨을 헐떡거리며 혹사당하는 상황으로 비유한 것이다. 하지만 폴로니어스는 같은 행에서 또다시 '만들다'의 뜻으로 'tender'를 사용하는 특유의 수사법으로 희극적인 장면을 연출한다.

*** '도요새'는 쉽게 잡혀 잘 속아넘어가는 '멍청이' 혹은 '얼간이'를 상징한다.

혀에게 맹세를 빌려주는지를 말이다. 딸아,
이 불꽃은 열보다는 빛을 더 많이 내며,
약속하는 중에도 꺼져서 열도 빛도 다 없어지니
진짜 불로 여겨서는 안 된다. 이제부터는
네 처녀의 몸을 좀 아끼고
너의 흥정가를 높여라, 면담하자고
할 때마다 만나주지 말고. 햄릿 왕자로 말하자면
그분이 젊고, 너보다는 더
자유롭게 활보할 수 있다는
정도로만 알아두어라. 간단히 말해서, 오필리어야,
그분의 맹세들을 믿지 마라. 왜냐하면 맹세들은
겉옷이 보여주는 색깔과는 다른 뚜쟁이들이며,
성스럽지 않은 옷을 차려입고 애걸하는 자들이다.
성스러운 사랑 약속을 들먹이며 음탕한 요구를 하는 것은
너를 더 쉽게 속이기 위해서인 거야. 요약하면 이러하다.
쉽게 말해서 나는 지금부터
네가 잠시라도 시간을 욕되게 사용하여
햄릿 왕자와 약속을 하거나 이야기를 하도록 방임하지 않겠다.
이 말을 명심해라, 명령이다. 따라오너라.

오필리어 복종하겠습니다, 아버지. (모두 퇴장)

4장

햄릿, 호레이쇼 그리고 마셀러스 등장.

햄릿 한기가 살을 에는군. 매우 춥네.

호레이쇼 살을 뜯어내는 한기입니다.

햄릿 지금 몇시인가?

호레이쇼 열두시가 조금 못 된 것 같습니다.

마셀러스 아니, 열두시를 쳤다네.

호레이쇼 그래? 나는 못 들었어.
그렇다면 가까워지고 있군그래,
혼령이 걸어다니곤 하는 시각이.

(나팔들의 소리와 두 번의 대포 소리)

이게 무슨 뜻이죠, 왕자님?

햄릿 왕은 오늘밤 밤새 술상을 벌이고
건배하며, 소란스러운 무도회를 열고 있다네.
왕이 라인산産 포도주의 큰 잔을 비울 때마다
북과 나팔이 저렇듯 소리 내어 그의 건승을
알리는 거라네.

호레이쇼 그게 관행인가요?

햄릿 응, 그렇다네.
그러나 내 생각에는, 비록 내가 이곳 태생에다
나면서부터 익숙해진 일이라 해도 이 관행은

지키기보다는 깨는 것이 더 명예로워.
저렇듯 인사불성이 되도록 과음하니 동서의
여러 나라가 우리를 비난하고 헐뜯고 있지.
그들은 우리를 주정뱅이라 부르고, 돼지 같다는 말로
우리의 명예를 더럽히고, 기실 우리의 성취들에서,
설사 그것들이 최고도로 훌륭하게 이룩되었다고 해도,
우리의 명성을 앗아가고 있네.
그런데 그런 일은 각 개인들에게도 종종 생긴다네.
타고난 모종의 성격적 결함,
일테면 출생상의 결함이라든지—이것이 죄가 될 수는 없지,
사람은 조상을 선택할 수는 없으므로—
또는 어떤 성벽性癖이 과도하게 자라
종종 이성의 보루를 무너뜨리거나,
모종의 습성이 지나치게 발효醱酵되어
원만한 형태의 인품을 파괴하므로 이들은,
재언하지만 그 한 가지의 특징적 결함을—
그것이 타고난 것이든 불운으로 인해 생긴 것이든 간에—
지니고 있으므로, 그 밖의 덕성들은
제아무리 순결하고 무한하다고 해도
그 한 가지 결점 때문에
규탄을 받게 되지. 그 작은 악덕이
고매한 인격의 소유자라도
큰 불명예를 입게 한다네.

혼령 등장.

호레이쇼 왕자님, 보십시오, 그것이 나옵니다.

햄릿 천상의 천사들과 사자들이시여, 저희를 지켜주소서!
그대가 구원의 신령이든 저주받은 악령이든
천국에서 영기를 가져오든 지옥에서 독기를 가져오든
그대의 의도가 사악하든 자비롭든
그대는 묻기를 바라는 모습이므로
내 그대에게 말하노라. 난 그대를 햄릿,
왕, 아버지, 덴마크의 왕이라 부르겠소. 오, 대답해주오.
알 길 없어 이 가슴 터지게 하지 말고
어째서 교회법식에 의거 관 속에 안장되어 묻힌 해골이
수의를 벗어젖히고, 어째서 무덤은,
그의 시신이 그 속에 안장된 것을 우리가 보았거늘,
그 육중한 대리석 턱을 들어올려서
그대를 다시 뱉어놓았는지를 말해주오. 이건 또 어인 일인지요,
송장인 그대가 다시 완전무장을 하고
이렇게 지상의 어스름 달빛을 다시 찾아와
밤을 음산하게 만들고, 자연의 조화에 속아 사는 우리의 마음을
그토록 무섭게 뒤흔드는 것이오,
우리 영혼이 미치지 못하는 생각들로?
이것의 이치를 말해주겠소? 어째서요? 어찌해야 하오?

(혼령이 손짓한다)

호레이쇼 그것이 왕자님께 따라오라고 손짓합니다,
마치 무슨 말을 전달하려는 듯해요,
왕자님께만요.

마셀러스 보세요, 아주 공손한 행동으로
그것이 왕자님께 좀 떨어진 곳으로 가자고 손짓합니다.
하지만 따라가지 마십시오.

호레이쇼 안 됩니다, 결코 안 됩니다.

햄릿 그것이 입을 열지 않을 걸세. 그러니 따라갈 수밖에.

호레이쇼 가지 마십시오, 왕자님.

햄릿 왜, 무엇이 두려워서?
나는 목숨을 바늘값만큼도 치지 않고 있다네.
그리고 내 영혼은 그것으로부터 어떤 위해도 받지 않을 거요,
그것처럼 불멸의 것이니까.
그것이 또다시 내게 손짓하고 있소. 내 따라갈 작정이오.

호레이쇼 만약 그것이 왕자님을 바닷가로 유인한다든지,
아니면 무서운 절벽 꼭대기로—
이 절벽의 밑은 바닷속으로 박혀 있는데—유인한 다음
거기에서 또다른 어떤 무서운 형체를 하고서
왕자님 이성의 능력을 빼앗아서
미치게 만들 수도 있잖아요? 이 점을 생각하십시오.
바로 이곳은 천길만길의 바다가 내려다보이고,
그 밑에서는 파도 소리가 요란하게 들리니

그 밖의 다른 이유 없이도 무모한 충동이
누구의 머릿속에나 들게 된답니다.

햄릿 그것이 아직도 손짓을 하오.
계속 가시오, 내 따라가겠소.

마셀러스 왕자님, 못 가십니다.

햄릿 손을 떼어라.

호레이쇼 진정하십시오, 못 가십니다.

햄릿 내 운명이 소리쳐.
내 몸 안의 작은 동맥들을
니미아 사자의 힘줄*처럼 단단하게 만들어준다.
아직도 날 부르고 있다. 자네들, 내 몸에서 손 떼게.
맹세코 날 막는 자는 귀신으로 만들겠네.
비켜서라니까.—어서 가오, 내 그대를 따라가겠소.

(혼령과 햄릿 퇴장)

호레이쇼 왕자님은 환상에 사로잡혀 무모해지고 있네.

마셀러스 따라가세. 그분이 하라는 대로 하는 것은 온당치 않네.

호레이쇼 좇아가세. 장차 이 일이 어찌될까?

마셀러스 덴마크 국가에는 무언가가 썩어 있네.

호레이쇼 하늘이 인도해주실 거야.

마셀러스 이러고 있지 말고 왕자님을 좇아가세.

(모두 퇴장)

---

* 니미아의 사자(Nemean lion, 네메아의 사자)는 그리스신화에 나오는 불사의 괴물로, 그를 퇴치하는 것이 헤라클레스의 12개 과업 중 첫번째 과업이었다.

5장

혼령과 햄릿 등장.

햄릿 어디로 데려가는 거요? 말하시오, 더는 못 가오.

혼령 듣거라.

햄릿 그러겠습니다.

혼령 내 시간이 거의 다 되었다,
내가 고통스러운 유황 불길에
몸을 맡겨야 할.

햄릿 아, 불쌍한 혼령.

혼령 나를 불쌍히 여길 것이 아니라 신중하게
내가 하는 말을 듣거라.

햄릿 말하시오, 들을 준비가 되었으니.

혼령 듣거든 복수할 준비도 되어야 하느니라.

햄릿 뭐라고요?

혼령 나는 네 아비의 혼령이다.
얼마 동안은 밤에 나다니고
낮에는 살아생전에 지은 내 죄들이
불에 타서 깨끗해질 때까지 갇혀
불속에서 단식해야 할 운명이다. 금지되어 있기에
감방의 비밀들을 말할 수 없다만,
이야기를 털어놓는다면 그중 아무리 가벼운 한마디라도

네 영혼을 어지럽히고, 네 젊은 피를 얼어붙게 하고,
네 두 눈알을 유성처럼 궤도에서 튀어나오게 하고,
네 뭉쳐 엉클어진 머릿발을 흐트러뜨려
머리칼 하나하나가 성난 고슴도치의
가시들처럼 곤두서게 만들 것이다.
그러나 이 영원 세계의 실상을 산 자의 귀에 묘사해줄 수
없도록 되어 있느니라. 들거라, 들거라, 오 들거라!
네가 네 아비를 사랑했거든—

햄릿 오, 하느님!

혼령 아비가 당한 흉측한, 가장 반인륜적인 살인을 복수하여라.

햄릿 살인!

혼령 살인이란 아무리 좋은 경우에도 흉측하기 짝이 없는 법인데,
이 살인은 가장 흉측하고, 괴이하고, 반인륜적이니라.

햄릿 속히 그 일을 알려주십시오, 제가 생각이나 사랑의 상념들처럼
재빠른 날개를 달고 날아가
복수할 수 있도록 말입니다.

혼령 그리할 네 태세가 보인다.
하긴 네가 이 일에 미동도 하지 않는다면
황천의 망세천忘世川에 편히 뿌리박은
살찐 잡초보다도 더 둔한 사람이 될 것이다. 자, 햄릿, 들거라.
발표가 된 사실은 내가 정원에서 잠을 자던 중에
뱀에 물렸다는 것이다. 그렇게 덴마크 국민의 온 귀가
내 죽음에 대한 조작된 설명에

고약하게 속았다. 하지만 내 고귀한 젊은 아들아,
네 아비의 목숨을 물어 죽인 뱀은
지금 네 아비의 왕관을 쓰고 있느니라.

햄릿 오, 의심쩍더니만! 제 숙부요!

혼령 그렇단다. 근친상간의, 간통질하는 음란의 그 짐승이
요술 같은 꾀와 배신의 재주로—
오, 얼마나 사악한 꾀와 재주이더냐,
그처럼 유혹할 힘을 지녔으니!—수치스럽게도 욕정으로
가장 정숙해 보이던 내 왕비의 마음을 차지했다.
오, 햄릿, 이 얼마나 큰 타락이냐!
나의 사랑은 내가 결혼식 때 그녀에게 한
엄숙한 맹세와 일치되게
시종여일했건만, 그녀는 타락하여 나에게서
천품이 내 것과 비교하면
빈약하기 그지없는 비열한 자에게로 옮겨갔구나.
그러나 정절은 비록 음탕함이 천사의 모습을 하고
구애해도 미동도 하지 않는 것처럼
정욕은 비록 빛나는 천사와 짝지어져도
신성한 결혼 침대에 권태를 느끼고
게걸스럽게 쓰레기를 먹는 법이다.
가만있자, 아침 공기 냄새가 나는 것 같구나.
간략히 말하겠다. 정원에서 잠을 자고 있는데,
오후에는 항상 하던 습관이었지,

편히 쉬던 이 시간을 이용하여 네 숙부가
저주의 독극물이 든 병을 가지고 몰래 침입하여
문둥병을 일으키는 약물을
내 귓속에 쏟아부었다. 이것은
사람의 피와는 절대 상극이라
수은처럼 순식간에 정맥과 동맥으로
흘러들어가 신속하게 활기를 띠고
우유에 떨어뜨린 식초 몇 방울처럼
정상적인 건전한 피를
응고시키는 것이다. 내 피도 그같이 되더니,
즉각 피부가 부풀어올라
흡사 문둥이처럼 보기에도 진절머리가 나는 딱지가
내 반반한 몸 전체에 입혀졌다.
이렇게 나는 잠자는 중에 동생의 손에 의해
목숨과 왕관과 왕비를 한꺼번에 박탈당했다.
더욱이 죄악들이 한창 성할 때* 내 목숨은 끊어져
성찬, 회개, 종유의 의식을 받지 못하고, 고해도 없이,
인생의 명세서를 작성하지도 못하고, 온갖 죄상을
머리에 이고 하느님의 심판대로 끌려갔다.
오, 몸서리난다! 오, 몸서리나! 심히 몸서리난다!
네 마음속에 천륜의 정이 있거든, 참지 마라.

* 당시 기독교에서는 수면뿐만 아니라 음식, 여가 등을 마음껏 즐기는 것도 죄로 간주되었다.

덴마크 왕의 침대가
음란과 저주받은 근친상간의 자리가 되지 않도록 해라.
그러나 네가 이 일을 어떤 방법으로 수행하든지
네 어미에 대해서는 나쁜 마음을 품지 마라.
해칠 계획도 꾸미지 말고 하늘과
그녀의 가슴속에 있는 양심의 가시들이
찌르고 쏘도록 두어라. 곧 떠나간다. 잘 있어라.
반딧불이가 아침이 가까움을 알리며
그 빛이 희미해지기 시작한다.
잘 있어, 잘 있어라, 잘 있어라. 나를 기억하거라. (퇴장)

햄릿 하늘의 주인들인 일월성신이여! 오, 대지여! 또 무엇이 있나?
지옥도 불러내볼까? 젠장! 진정하라, 내 심장이여, 진정하라,
그리고 너, 나의 근육아, 금세 늙지 말고
내 몸을 단단하게 버텨다오. 당신을 기억해달라고요?
그래, 불쌍한 혼령이여, 기억력이 이 내 혼란스러운
머릿속에 자리잡고 있는 한. 당신을 기억하라고요?
그럼요, 기억이라는 내 수첩에서
젊은이의 관찰이 적어놓은 그 모든 하찮고도 어리석은 기록들—
모든 격언들, 모든 생각들, 모든 인상들—을
모조리 지워버리고 당신의 명령만이 홀로
제 두뇌인 공책 속에서
저급한 것과 섞임 없이
살아 있도록 하겠습니다. 예, 하늘에 맹세코!

오, 가장 몹쓸 여인!
오, 악한, 악한, 미소 짓는 저주받은 악한!
내 수첩. 적어놓는 것이 좋겠다—
사람은 미소 짓고, 거듭 미소를 지으면서도 악한일 수 있다.
적어도 덴마크에서는 그럴 수 있다고 확신한다. 〔쓴다〕
자, 숙부여, 당신은 여기에 기록되었다. 이제는 내 좌우명을.
그것은 '잘 있어라, 잘 있어라, 나를 기억하거라'이다.
나는 이를 맹세했도다.

호레이쇼와 마셀러스 〔소리쳐 부르며〕 등장.

호레이쇼 왕자님, 왕자님!

마셀러스 햄릿 왕자님!

호레이쇼 하느님이시여, 그분을 지켜주소서.

햄릿 〔방백〕 그리되시기를!

마셀러스 야호, 호, 호, 왕자님.

햄릿 야호, 호, 호! 새야, 나와라, 새야.*

마셀러스 괜찮으십니까, 왕자님?

호레이쇼 무슨 일이 있었습니까, 왕자님?

햄릿 참 놀라운 일!

호레이쇼 왕자님, 말씀해주세요.

---

* 마셀러스와 햄릿은 매사냥꾼이 사냥할 때 새가 날아오르도록 외치는 소리를 내고 있다.

햄릿 안 돼, 자네들이 누설할 테니까.

호레이쇼 저는 안 합니다, 왕자님, 맹세코.

마셀러스 저도 안 합니다, 왕자님.

햄릿 그럼 어찌 보는가, 인간의 심장으로 그런 생각을 할 수나 있을까—
한데, 비밀을 지키겠다고?

호레이쇼와 마셀러스 네, 맹세코.

햄릿 덴마크에 거하는 악한치고
극악무도하지 않은 자 없다는군.

호레이쇼 왕자님, 이 말을 해주려고 무덤에서
나오는 혼령은 없을 것입니다.

햄릿 그래, 맞아, 자네 말이 맞네.
그러니 여러 말 할 것 없이
악수나 하고 헤어지는 것이 좋겠네.
자네들에게는 자네들의 용무나 소망이 있을 테고—
사람은 모두 이런저런 용무와 소망을 갖고 있으니까—
그리고 나로서는
가서 기도나 하려네.

호레이쇼 너무나 황당하고, 조리가 없는 말씀입니다, 왕자님.

햄릿 자네 기분을 심히, 진정으로 심히
상하게 해서 미안하이.

호레이쇼 기분 상하기는요, 왕자님.

햄릿 그런 것이 있다네, 성 패트릭에 걸고 맹세컨대. 있다네,
호레이쇼,

그것도 중차대한 범죄가.* 이번 혼령은 말일세,
진정한 혼령이었네, 이 점은 분명히 말해두네.
우리 둘 사이에 있은 일을 알고 싶은 자네들의 욕망은
억제해주면 좋겠네. 그럼, 사랑하는 친구들이여,
그대들은 친구요, 학도요, 군인이니까
내 작은 소망 하나 들어주게.

호레이쇼 무엇입니까, 왕자님? 그러겠습니다.

햄릿 자네들이 오늘밤 본 것을 절대 알리지 말아주게.

호레이쇼와 마셀러스 왕자님, 알리지 않겠습니다.

햄릿 아니, 맹세를 해야지.

호레이쇼 진정으로, 왕자님, 저는 그러지 않겠습니다.

마셀러스 저도요, 왕자님, 진정으로요.

햄릿 내 검에다 걸고서.**

마셀러스 왕자님, 저희는 이미 맹세했습니다.

햄릿 진정, 내 검에 걸고서, 진정***.

혼령 (무대 밑에서 소리친다) 맹세하라.

햄릿 하하, 이 친구! 말 한번 잘한다. 진정한 친구, 거기에
있었군그래.

***** 140행의 'offend'와 141행의 'offence'는 각각 동사와 명사로 '기분/감정을 상하게 하다'라는 뜻으로 쓰였는데, 142행 'Yes …there is [offence]'와 143행 'much offence'에서는 기분이 상했다는 뜻과 함께 범죄라는 뜻도 겸해 햄릿이 혼령에게 들은 클로디어스의 범죄를 염두에 둔 발언으로 보인다.

****** 검은 그 자루와 함께 십자가 형태를 이루어 맹세를 할 때 쓰였다.

******* 두번째 '진정(indeed)'은 '행동으로(in deed)'의 뜻도 포함되어 있다.

자, 어서 하게. 지금 그 친구가 지하에서 하는 말 들었으렷다.
맹세하는 데 동의하게.

호레이쇼 맹세문을 말하십시오, 왕자님.

햄릿 결코 자네들이 본 일을 발설하지 않겠다고.
내 검으로 맹세하게.

혼령 맹세하라. 〔그들이 맹세한다〕

햄릿 *거기 그리고 어디에도 나타나?* 그럼 우리가 자리를 옮기세.
여보게들, 이리로 오게.
그리고 손을 내 검에 다시 올려놓게.
내 검에 걸고 맹세하게,
결코 그대들이 들은 것을 발설하지 않겠다고.

혼령 그의 칼에 걸고 맹세하라. 〔그들이 맹세한다〕

햄릿 말 잘했다, 두더지 친구야. 참 빨리도 땅속을 다니는군!
훌륭한 공병이다! 친구들, 한번 더 자리를 옮기세.

호레이쇼 세상에, 이런 괴이한 일이.

햄릿 그러니까 길손을 맞이하듯 그를 반기세.
호레이쇼, 천지간에는 우리 인간의
철학으로는 꿈도 꿀 수 없는 일들이 수없이 많다네.
그건 그렇고,
여기에서 아까와 마찬가지로 제발 맹세하게,
내가 어떤 이상하고 괴상한 몸가짐을 갖는다고 해도—
장차 나는 정신이 나간 듯 괴이한 행동을
해야 할 것 같은데—

그러한 때 자네들은 나를 보고
이렇게 팔짱을 끼고 혹은 이렇게 머리를 흔들면서
혹은 좀 수상한 말들을 내뱉으면서, 이를테면
'그건 우리가 알고 있지' 혹은 '마음만 먹으면 할 수도 있지',
혹은 '말할 기분만 나면' 혹은 '해도 된다면 말할 사람은 있지',
혹은 그와 유사한 아리송한 말을 토해내면서
나에 대해 뭔가 알고 있다는 내색은 말게—이걸 맹세하게,
하느님의 은총과 자비가 자네들이 필요로 할 때 함께하기를!

혼령 맹세하라. 〔그들이 맹세한다〕

햄릿 진정하시오, 진정하시오, 마음 산란한 혼령이시여. 그럼
신사 양반들,
우정을 다해서 내 자네들에게 신의를 다짐해두네.
그리고 햄릿은 비록 불우한 사람이지만
그대들에게 사랑과 우의를 표하는 데,
하느님이 허락하시면, 부족함이 없을 걸세. 자, 함께 들어가세.
그리고 항상 입술에 손가락을 올려놓고 있기를, 부탁하네.
세상은 관절이 어긋나 있다. 오, 이 저주받은 운명이여,
이것을 바로잡도록 내가 태어나다니!
아니, 이리들 오게, 같이 들어가세. (모두 퇴장)

2막

1장

연로한 폴로니어스, 하인 레이널도와 함께 등장.

폴로니어스 그에게 이 돈과 편지를 전해주거라, 레이널도.

레이널도 네, 그리하겠습니다, 주인님.

폴로니어스 레이널도, 이렇게 하면 참 잘하는 일이 될 거다.
그를 찾아가기 전에 그의 행실을
수소문해보면 말이다.

레이널도 주인님, 그럴 작정이었습니다.

폴로니어스 그래, 말 잘했다, 아주 말 잘했어. 이보게나,
우선 파리에 어떤 덴마크 사람들이 있는지를 알아보게,
그들이 어떻게 왔고, 누구이며, 생활수단은 무엇인지,
교우관계는 어떠하며, 생활비는 얼마인지 말이야.
이 우회적인 대화 방식으로 탐문하여

그들이 내 아들놈을 알고 있다는 사실을 알게 되면
직설적 질문을 할 때보다는 더욱 사실을 접하게 되는 거다.
자네는 그 아이를 좀 건너서 알고 있는 것처럼 해라.
이를테면, '내 그 아비를 알지요. 그리고 그의 친구들도
그리고 부분적으로는 그이도'—알아듣겠느냐, 레이널도?

레이널도 그럼요, 알아듣고말고요.

폴로니어스 '부분적으로 그이도 그러나' 하면서 '잘은 모르지만,
그는, 내가 두고 말하는 사람이 맞다면, 매우 거칠죠,
이런저런 일에 빠져 있기도 하고요'라고 말해라.
그다음에는 네가 마음대로 꾸며서 그애에게 덮어씌워라.
물론 그를 욕되게 할 정도로는 말고. 이 점 주의해.
하지만 자유분방한 젊은이들에게
흔히 따르기 마련인
방탕, 난잡함, 흔한 일탈 등의 결함은 괜찮다.

레이널도 도박 같은 것 말씀이죠, 주인님?

폴로니어스 그래, 또는 음주, 칼싸움, 욕설,
싸움, 계집질—이 정도까지는 괜찮다.

레이널도 주인님, 그건 그에게 불명예가 될 텐데요.

폴로니어스 아니지, 그를 비난할 양념을 치기 나름이야.
그 외의 비행을 그애에게 추가하면 안 된다.
즉 그 녀석이 상습적으로 주색잡기를 한다는 등—
그건 내가 뜻하는 바가 아니야. 그의 결점들을 교묘하게 말해서
자제력의 결여로 초래되는 실수들,

혈기 왕성한 젊음의 폭발,
수양의 결여로 생기는 무례,
대개 젊은이들이 그러는 것쯤으로 보이게 하란 말이란다.

레이낼도 하지만 주인님—

폴로니어스 어째서 자네가 그런 말을 해야 하느냐고?

레이낼도 바로 그겁니다, 그것을 알고 싶습니다.

폴로니어스 그 목적은 이렇다네,
매우 좋은 비법이라고 믿기도 하고.
자네가 내 아들에게 그런 대수롭지 않은 흠집들을 씌우면,
이를테면, 물건을 쓰다가 때가 좀 묻게 되었다는 식으로,
주목해서 듣게,
자네의 이야기 상대자, 자네가 타진하려는 사람 말인데, 그가
자네가 험담한 그 젊은이가 앞서 언급한
그런 실수들을 하는 걸 목격했다면 틀림없이
이런 식으로 자네 말에 동의하게 될 걸세—
'당신' 또는 이와 비슷한 '친구분', 또는 '신사 양반' 등
그 사람의 출신 지방의
말투와 신분에 따라서 말일세.

레이낼도 알겠습니다, 주인님.

폴로니어스 그러고 나서 그는 이렇게 할 테지—할 테지. 아, 내가
무얼 말하려고 했지? 이런, 내가 뭘 말하려던 참이었는데.
내가 어디까지 말했더라?

레이낼도 '동의하게 될 걸세'까지지요.

폴로니어스 ‘동의하게 될 걸세’, 아 참, 그렇지.
그는 이렇게 동의할 걸세: ‘내 그 신사분을 안다오,
그분을 어제 보았소이다’ 혹은 ‘그 전날에’,
혹은 여사여사한 때 모모와 함께 있는 걸. ‘그리고 말씀대로
도박을 했지요’, ‘만취하기도 하고요.’
‘테니스 치다 싸우던걸요’ 혹은 어쩌면
‘나는 그 사람이 모 매점—즉 매음굴 등등—에
들어가는 것을 보았답니다’.
자네, 이제 알아듣겠지,
거짓의 미끼로 진실이라는 잉어를 낚는 거야.
이렇게 지혜와 통찰력을 지닌 우리는
우회적인 공격수단과 간접적인 시험으로써,
간접적인 것들을 통해서 직접적인 것들을 찾아내는 것이다.
그리하여 내가 말하고 이른 대로 하면
자네는 내 아들을 파악하게 되지. 알았나?
레이낼도 주인님, 알아들었습니다.
폴로니어스 그럼 잘 다녀오게.
레이낼도 네, 주인님.
폴로니어스 그 녀석의 성향에 맞춰주게.
레이낼도 네, 그리하겠습니다, 주인님.
폴로니어스 그리고 그애가 제 음악을 연마하도록 하게.*

---

* 원문은 ‘let him ply his music’으로, 그를 자신의 장단대로 살아가게 한다는 은유다.

레이널도 여부가 있겠습니까요, 주인님.

오필리어 등장.

폴로니어스 잘 다녀오게. 웬일로, 오필리어, 무슨 일이냐?

오필리어 오, 아버지, 아버지, 아주 놀랐답니다.

폴로니어스 도대체 무슨 일로?

오필리어 아버지, 제가 안방에서 바느질을 하고 있는데
햄릿 왕자님이 윗옷 끈을 다 풀어 젖히고,
모자는 쓰지도 않고, 양말에는 진흙이 묻고,
양말대님은 묶지도 않아 흘러내려서 족쇄처럼 된 채,
안색은 그의 셔츠 색처럼 창백하고, 두 무릎을 맞부딪치며,
매우 애처로운 표정을 짓고서
마치 지옥에서 풀려나와
그곳의 무서움을 말하려는 듯이 제게로 다가왔습니다.

폴로니어스 너에 대한 연정으로 미치신 거냐?

오필리어 아버지, 모릅니다만
그런 것 아닌가 염려됩니다.

폴로니어스 그분이 무어라 하시더냐?

오필리어 그분은 제 손목을 잡더니 저를 꼭 붙잡았습니다.
그러고는 자신의 팔 길이만큼 뒤로 물러서서,
다른 한 손은 이렇게 자신의 이마 위로 하고
어찌나 제 얼굴을 자상히 살피시는지

마치 그리기라도 할 듯이요. 한참을 그러고 계셨어요.
이내 제 팔을 살짝 흔들고
세 번 이런 식으로 머리를 상하로 흔들면서
큰 한숨을 내쉬셨죠. 그 한숨이 얼마나 애처롭고 깊던지
그분의 전신을 산산조각으로 부서뜨리고,
존재 자체를 끝장낼 듯 보였어요. 그러고는 저를 놓아주시고,
머리를 어깨 뒤로 돌리신 채
눈 없이 길을 찾아가듯 하셨습니다.
문밖에 나갈 때까지 눈의 도움을 받지 않으셨으니까요.
끝까지 그분의 시선은 제게 향해 있었습니다.

폴로니어스 자, 나와 같이 가자, 왕을 찾아뵈어야겠다.
그것이 바로 사랑의 광증이지.
사랑은 격렬해지면 자멸하는 특성이 있어서
의지를 극단적인 일로 유도하지.
자주 우리의 마음을 괴롭히는
어떤 다른 격정처럼 말이다. 안됐다.
뭐, 최근 그분께 박정한 말이라도 한 게냐?

오필리어 아닙니다, 아버지. 하지만 아버지가 명하신 대로
그분의 편지들을 물리치고,
그분의 접근을 거부했습니다.

폴로니어스 그것이 그분을 미치게 했구나.
유감이로구나, 좀더 주의를 기울이고 분별 있게
그분을 주시했어야 했는데. 나는 그분이 희롱할 뿐

너를 망치려는 줄로만 여겼단다. 내 의구심이 지나쳤다.
진정, 내 연배 노인들의 특성이
알고 있는 이상으로 넘겨짚는 일인데,
이는 젊은 축들이 대체로
분별력 부족한 것과 진배없구나. 자, 함께 왕께 가자.
이를 아뢰어야지. 이 사랑 건을 고해 노여움을 산다 해도
그렇다고 숨겼다가는 슬픔을 가져올 수 있음이야.
가자. (모두 퇴장)

2장

나팔 소리. 왕과 왕비, 로즌크랜츠와 길던스턴이 수행원들과 등장.

왕 반갑소, 로즌크랜츠와 길던스턴.
짐이 그대들을 몹시 보고도 싶었지만
부탁할 일이 생겨서
이렇게 서둘러 불렀다네. 자네들도 들은 바가 있을 것이네,
햄릿의 변신에 관해 말일세. 변신이라고 한 것은
그의 겉도 속도
전과는 달라졌기 때문이네. 그의 부친의 사망이 아니면
그처럼 철저히 그에게서 이성을 앗아간 것이 무엇일까
나로서는 도저히 알 수 없네.

내가 자네들 두 사람에게 청하는 것은
자네들은 어린 시절부터 함께 자랐고,
그의 어린 시절의 행실에 친숙하니
이곳 궁정에서 얼마 동안 머물러달라는 부탁이네.
자네들이 그와 어울려 지내면서
그를 즐거운 오락으로 이끌어
기회가 생기는 대로 가능한 많이
짐이 모르고 있는 무엇이 그의 마음을 어지럽히는지를
얻어내 원인을 밝히면 치료방법도 생기게 될 터.

왕비 이보게들, 그 아이가 자네들 이야기를 많이 했다네.
내가 확신하건대 세상에는 두 분 친구들보다
그애가 더 아끼는 사람은 없어요. 아무쪼록,
우정과 호의를 발휘하여
잠시 우리와 같이 지내면서
우리에게 희망을 주고 또 그것을 실현시켜준다면,
자네들의 방문은 왕에게서 어울리는 보답을
받게 될 걸세.

로즌크랜츠 두 분 폐하께서는
저희들에 대해 지니신 지엄하신 권능으로써
경외하옵는 폐하의 뜻을 요청 아닌
명령으로 내려주십시오.

길던스턴 저희 둘은 복종할 따름이며,
몸을 바쳐 진력하고,

아낌없이 봉사하겠다고
엎드려 대명을 받습니다.

왕 고맙네, 로즌크랜츠와 착한 길던스턴.

왕비 고맙네, 길던스턴과 착한 로즌크랜츠.
그러면 자네들 둘은 즉시 너무나도 많이
변해버린 내 아들을 찾아가주오. 거기 누가 와서
이분들을 햄릿이 있는 곳으로 안내하도록 해라.

길던스턴 우리의 체류와 하는 일들이
그분에게 유쾌하고, 큰 도움이 되게 하소서.

왕비 아멘!

(로즌크랜츠와 길던스턴 〔그리고 한 시종〕 퇴장)

폴로니어스 등장.

폴로니어스 노르웨이에 파송되었던 사신들이, 전하,
기쁨을 가득 안고 귀국했사옵니다.

왕 그대는 언제나 희소식을 낳는 사람이오.

폴로니어스 소신이 그랬던가요, 전하? 전하, 확언합니다만
소신은 영혼을 하느님께 바치고 있듯이
저의 직무를 은혜로우신 전하께 바치고 있사옵니다.
소신의 생각으로는—그렇지 않다면 소신의 머리가
예전만큼은 정사를 적절히 처리하지 못하는
것이 되옵니다만—햄릿 왕자님 광증의 원인을

찾아낸 듯하옵니다.

왕 오, 그걸 말해보오. 내 진정 그걸 듣고 싶소.

폴로니어스 우선 사자들을 맞이하옵소서.
소신의 소식은 그 큰 잔치의 후식으로 삼겠나이다.

왕 대신께서 그들을 영접해 들이도록 하시오.

〔폴로니어스 퇴장〕

여보, 거트루드, 그가 찾아냈다는구려,
당신 아들이 실성한 근원과 원천을 말이오.

왕비 다른 주된 원인이 뭐가 있을지 모르겠네요,
그의 아버지의 죽음과 우리의 조급한 결혼 말고.

왕 좌우지간 그분의 말을 잘 들어봅시다.

폴로니어스, 볼티맨드 및 코닐리어스 등장.

어서들 오오.
말해보오, 볼티맨드, 짐의 우방 노르웨이 왕이 보낸 소식을.

볼티맨드 전하의 인사와 바람에 대한 정중한 답이옵니다.
그분은 소신들의 사명을 처음 들으시자
명을 내려 조카의 모병을 진압토록 조처했습니다.
그분은 모병이 폴란드 왕을 칠 준비로 보신 모양입니다.
그러나 좀더 자세히 조사해보니 그것이 실은
전하를 치기 위한 것임을 알게 되었습니다. 그분은
자신이 병들고, 늙고, 무력해 속았다는 데

분개하여 금지령을
포틴브래스에게 보냈습니다. 이에 그는, 간략히 말하면, 응했고,
노르웨이 왕에게 꾸지람을 받았습니다. 그리고 결국
그는 숙부 앞에서 맹세했습니다, 다시는 결코
전하에 대한 무력도발을 시도하지 않겠다고.
이에 노령의 노르웨이 왕은 기쁨에 압도되어 조카에게
연수 삼천 크라운어치의 추수가 가능한 토지를 하사했습니다.
그분은 조카에게 앞서 언급된 모병한 군을 폴란드 왕을
치는 데 쓸 권한도 주었습니다. 그리고 그분은
한 가지 요청을 했는데, 여기에 〔문서 한 장을 전한다〕
좀더 상세히 나타나 있습니다만, 이 문서에 기재된
안전 사항 및 동의하에서 이 거사를 위해
전하의 영토를 조용히 통과할 수 있도록
윤허해달라는 청입니다.

왕 아주 흡족한 소식이오.
그러면 심사숙고할 여유가 있을 때 읽어보고,
이번 일에 대해 생각도 해보며, 답신을 내겠소.
우선 일을 잘 처리한 신들의 노고에 감사하오.
가서 쉬시오. 오늘밤 우리 함께 잔치를 벌이기로 합시다.
귀국을 충심으로 반기오. (볼티맨드와 코닐리어스 퇴장)

폴로니어스 이번 국사는 잘 마감되었사옵니다.
전하와 왕비마마, 무릇 국왕이 어떠해야 하며,
의무가 무엇이며, 왜 낮이 낮이고,

밤이 밤이며, 시간이 시간인가를 상술하는 것은
밤과 낮과 시간을 낭비할 뿐이옵니다.
고로, 간결함은 지혜의 정수이고,
장황함은 사족과 외장이므로
소신 간략하게 아뢥니다. 고상한 아드님은 미치셨습니다.
소신이 미쳤다고 함은, 진정한 미침을 정의할 때
미쳤다고 하는 것 외에 달리 무엇이 있겠사옵니까?
하지만 이 문제는 이 정도로 해두겠습니다.

왕비 기교는 줄이시고 내용을 좀더.

폴로니어스 왕비마마, 맹세컨대, 소신은 기교를 전혀 쓰지 않습니다.
그분이 미쳤다는 것, 그것은 사실이고, 사실이므로 유감이며,
유감이지만 사실이옵니다. 어리석은 수사이옵니다.
그러나 이제 이것과는 작별하고 기교는 쓰지 않겠사옵니다.
그러면 그분을 미쳤다고 칠 때 남는 문제는
이 결과의 원인을 찾아내는 일,
아니, 이 광증의 원인을 말하는 것이옵니다.
왜냐하면 이 광증에는 기필코 원인이 있기 때문이옵니다.
남아 있는 현 사정은 이러하며, 이런 것이 남아 있사옵니다.
심사숙고하시옵소서.
소신은 딸을 하나 갖고 있사옵니다. 그애는 소신의 딸이므로
'갖고 있다'는 말을 씁니다만, 딸이 자식 된 도리와
　　복종심에서, 보시옵소서,
이것을 소신에게 넘겨주었습니다. 그러면 들으시고 결론을

내시옵소서.
(읽는다) *천사 같은 내 영혼의 우상인 가장*
미화된 오필리어에게.—그건 좋지 못한 말, 야비한 말,
'미화된'은 야비한 말이옵니다. 여하간 읽겠사옵니다—
이 편지가, 그녀의 빼어난 가슴속에서, 이 편지가 운운.

왕비 이것이 햄릿이 오필리어에게 보낸 건가요?

폴로니어스 마마, 잠시만 참아주시면 모조리 읽어드리겠습니다.
그대가 별들이 불덩이임을 의심하고,
*태양이 움직인다는 것을 의심하고,**
진리가 거짓말쟁이라고 의심해도
내 사랑만은 결코 의심하지 마오.
오 사랑하는 오필리어, 나는 이런 시작에 서투르오. 내 예술적 기교로 내 연정을 표현하기엔 역부족이오. 하나 내가 그대를 가장 잘, 오 가장 잘 사랑하고 있음을 믿어주오. 안녕.
영원히 그대의 것, 사랑하는 숙녀여, 이 몸의
틀이 살아 있는 동안에는, 햄릿.
이것을, 소신의 딸년이 복종심에서 소신에게 보여주었고,
이뿐만이 아니라 왕자님의 구애가
언제 어디에서 어떻게 진행되었는지를
모조리 소신의 귀에다 불었사옵니다.

왕 그런데, 그녀는 그의 사랑을 어떻게 받아들였소?

---

* 당시는 코페르니쿠스의 지동설이 아닌 프톨레마이오스의 천동설을 믿었다.

폴로니어스 소신을 어찌 여기시는지요?

왕 충성스럽고, 명예로운 사람으로.

폴로니어스 소신은 기꺼이 그러함을 증명하겠사옵니다. 한데,
어찌 생각하셨을까요,
소신이 이 열애가 진행중임을 알았을 때—
제가 먼저 사뢰올 것은 소신이 이 사태를
딸년이 고하기 전에 간파했음입니다—전하와
여기 계시는 왕비마마께서는 어찌 생각하셨겠습니까요,
만약 소신이 이를 알고도 서랍이나 노트 구실을 했다면요,
혹은 모르는 체 눈감고 벙어리와 귀머거리 노릇을 했다면요,
혹은 이 사랑을 보고도 수수방관만 했다면요—
두 마마께선 어찌 여기셨을까요? 아니, 소신은 즉각 대처에 나서
딸년에게 이렇게 일렀사옵니다:
'햄릿 왕자님은 너와는 운세를 달리하는 분이시다.
이렇게 해서는 안 된다.' 그다음에는 지시를 내렸사옵니다.
방문을 걸어 잠그고 그분과는 만나지 말 것이며,
그분의 심부름꾼도 받지 말고, 사랑의 선물도 물리치라고요.
이 지시에 따라 딸년은 유익한 결과를 얻게 되었사옵니다.
그리고 왕자 저하께서는 퇴짜를 당하자, 간단히 말씀드려,
슬픔에 빠지시고, 다음으로 단식에 들어가시고,
거기에서 불면증으로, 거기에서 육체 쇠약으로,
거기에서 실성에 이르시고, 그리고 이러한 내리막길을 밟아
헛소리하는 지경에 이르시니

저희 모두가 애통해하는 바입니다.

왕 왕비께서도 사정이 이렇다고 생각하시오?

왕비 그럴 것 같아요, 매우 그럴듯해요.

폴로니어스 지금껏 그런 적 있었사옵니까—이를 알고 싶사옵니다—
'그러하옵니다'라고 소신이 단정적으로 말씀 올렸을 때
그러하지 않았던 적이, 말씀이옵니다.

왕 내가 알기로는 없었소.

폴로니어스 만약 이번 일도 그렇지 않다면 이걸 이것에서 떼어내소서.
〔자신의 머리와 어깨를 가리킨다〕
단서만 생기면 소신은 찾아내겠사옵니다,
진실이 어디에 숨어 있는지를, 비록 그것이 진정
지구 한복판 속에 감춰져 있다 해도.

왕 어찌하면 이를 좀더 알아볼 수 있겠소?

폴로니어스 전하께서는 그분이 가끔 여러 시간에 걸쳐서
여기 이 복도를 걸어다니는 것을 아시옵니다.

왕비 과연 그애는 그리한다오.

폴로니어스 그러한 때 소신이 딸년을 그에게 풀어놓겠사옵니다.
그때 전하와 소신이 휘장 뒤에 있다가
그들의 조우를 지켜보시지요. 만약 저하가 딸년을 사랑하지 않는다면
그리고 그로 인해 이성을 잃은 것이 아니라면
소신은 국가를 위한 전하보필의 직에서 벗어나
시골에서 농사나 짓겠사옵니다.

왕 그리해보기로 하지요.

햄릿, 책을 읽으며 등장.

왕비 저기 보세요. 불쌍한 녀석이 처량하게 책을 읽으며 오네요.

폴로니어스 청컨대, 물러나주시옵소서, 두 분 마마 모두 속히.
소신이 곧 저하께 접근해보겠사옵니다. 어서요.

(왕과 왕비 〔그리고 수행원들〕 퇴장)

햄릿 왕자님, 안녕하신지요?

햄릿 그럼, 고맙소이다.

폴로니어스 저하, 소인을 알아보시겠습니까?

햄릿 암, 잘 알지. 당신은 생선장수요.

폴로니어스 아니옵니다, 저하.

햄릿 그렇다면 그 사람만큼이나 정직하기를 바라오.

폴로니어스 정직이라 하셨습니까, 저하?

햄릿 그렇다네. 정직한 자는, 요즘 세상에, 만 명에 하나나
찾아낼 수 있을 거요.

폴로니어스 그건 그렇사옵니다, 저하.

햄릿 태양이 죽은 개 몸속에, 시체는 입맞추기에
안성맞춤이므로, 구더기를 만드는 세상이기에—당신은
딸을 두었소?

폴로니어스 그러합니다, 저하.

햄릿 햇빛 속에 나다니지 않도록 하시게. 임신은 축복이네만

당신 딸이 임신할 수도 있으니 말이오. 친구 양반, 이 점을 주의하게.

폴로니어스 〔방백〕 그건 또 무슨 뜻일까? 늘 내 딸 타령이군. 하나 그분은 처음엔 날 알아보지 못하셨다. 날 생선장수라 하셨어. 돌아도 한참 돌으셨단 말씀. 실은 나도 젊었을 적 사랑 때문에 이와 매우 흡사할 정도의 큰 고민을 겪었었지. 내 다시 그분께 말을 걸어봐야지.—저하, 무얼 읽으시옵니까?

햄릿 말, 말, 말.

폴로니어스 내용은 무엇입니까, 저하?

햄릿 누구와 누구 사이의?

폴로니어스 읽으시는 글 내용 말씀입니다, 저하.

햄릿 비방들이오. 못된 풍자가가 여기서 말하기를 늙은이들은 흰 수염을 하고 있고, 그들의 얼굴은 주름살로 쪼글쪼글하고, 그들의 눈은 진한 송진과 자두나무 진을 흘리며, 총기 부족의 풍부함을 지극히 허약한 무릎과 함께 지니고 있다 하오. 이상의 사실 모두를 나는 가장 강력하고 힘있게 믿고 있지만 그렇다고 그것을 이런 식으로 써놓는 건 예의에 어긋나는 점잖지 못한 일이라 생각하오. 왜냐하면 당신 자신도 말이오, 내 나이만큼은 될 테니까, 만약 당신이 게처럼 뒷걸음쳐 기어갈 수만 있다면 말이오.

폴로니어스 〔방백〕 미친 사람의 말이긴 하나 조리가 들어 있단 말씀이야.—저하, 바깥공기를 피해 들어가시지요?

햄릿 내 무덤 속으로?

폴로니어스 과연, 무덤은 공기가 없는 곳이 맞습니다.—〔방백〕 간혹가다가 이분의 대답들은 의미심장하단 말씀이야! 종종 광증이 우연히 맞히는 절묘한 표현인데, 이는 건강한 두뇌의 소유자들도 그처럼 훌륭하게 낳을 수 없는 것이지. 내 이분과 헤어져 즉시 이분과 내 딸애가 만나도록 하는 방도를 강구해봐야겠다.—저하, 소인은 물러가보고자 하옵니다.

햄릿 내가 당신에게 더이상 흔쾌히 내어줄 수 있는 것은 하나도 없소이다—내 목숨 말고는, 내 목숨 말고는, 내 목숨 말고는.

폴로니어스 안녕히 계십시오, 저하.

햄릿 이 주책바가지 늙은이하고는.

로즌크랜츠와 길던스턴 등장.

폴로니어스 햄릿 저하를 찾아가오? 저기 계시오.

로즌크랜츠 안녕하십니까, 왕자님. 〔폴로니어스 퇴장〕

길던스턴 경애하는 저하.

로즌크랜츠 친애하는 저하.

햄릿 내 다정한 친구들. 잘 있었는가,
길던스턴? 오, 로즌크랜츠. 그래
두 사람은 어찌 지내고 있는가?

로즌크랜츠 이 지구상의 보통 사람들처럼요.

길덴스턴 지나치게 행복하지는 않다는 점에서 우린 행복하지요. 우린 행운의 여신의 모자 맨 꼭대기에 있지는 않아요.

햄릿 그녀의 구두 밑바닥에는 아니고?

로즌크랜츠 그것도 아니고요, 저하.

햄릿 그렇다면 그대들은 그녀의 허리께에 사는군, 아니면 그녀 호의의 한복판이나?

길덴스턴 기실 우리는 그녀의 평범한 백성이지요.

햄릿 행운의 여신의 은밀한 부분이라?* 그건 어김없는 사실이오, 그녀는 창녀니까. 무슨 소식이라도 갖고 왔는가?

로즌크랜츠 아무 소식도요, 저하, 세상이 점점 정직해지고 있다는 것 외에는.

햄릿 그렇다면 최후 심판의 날이 다가왔구려. 하나 이 소식은 진실이 아닐세. 좀더 세세한 걸 묻겠네. 친구들, 자네들은 무슨 일을 했길래 행운의 여신에게 이런 대접을 받나? 그녀가 그대들을 감옥살이하게 이곳으로 보내다니 말일세.

길덴스턴 감옥이라니요, 저하?

햄릿 덴마크는 감옥이야.

로즌크랜츠 그렇다면 세상도 감옥이지요.

햄릿 훌륭한 감옥이지. 세상에는 유치장, 감방과 동굴이 허다하니 말일세. 덴마크는 감옥들 중에서
최악인 곳이지.

---

* 햄릿은 길덴스턴이 말한 'privates'를 'ordinary subjects(평범한 백성)' 대신 'the secret parts(은밀한 부분, 곧 음부)'로 받았다.

로즌크랜츠 저희들은 그리 생각하지 않는데요, 저하.

햄릿 그래, 그렇다면 자네들에게는 그렇지 않은 거겠지. 왜냐면 원래 좋고, 그른 것은 존재하지 않으며, 오직 우리 생각이 그렇게 만들 뿐이지. 내게는 덴마크가 감옥일세.

로즌크랜츠 그래요, 그렇다면 저하의 야심 때문일 것입니다. 덴마크가 저하의 마음에는 너무 좁지요.

햄릿 맹세코, 나는 호두껍데기에 갇혀 있다고 해도 나 자신을 무한한 공간의 왕으로 여길 수 있다네, 만약 내가 악몽들을 꾸지만 않았어도.

길던스턴 그 꿈들이야말로 진정 야심입니다. 왜냐하면 바로 야심가들의 실체가 한낱 꿈의 그림자에 불과할 뿐이니 말입니다.

햄릿 꿈 자체가 그림자에 불과하다네.

로즌크랜츠 맞습니다. 그리고 저는 야심을 공기 같은 가벼운 성질의 것으로 치기에 그것이 그림자의 그림자에 불과하다고 봅니다.

햄릿 그러니까 거지들은 실체들이요, 군주들과 허세 부리는 영웅들은 거지들의 그림자들이지. 우리, 궁성으로 들어가세. 진정 더이상은 이치 따지기가 어려워.

로즌크랜츠와 길던스턴 저희들이 저하를 모시겠습니다.

햄릿 그건 안 되네. 내 자네들을 여타 내 종복들과 동류로 분류할 수는 없네. 내 자네들에게 솔직하게 말한다면, 나는 지독하게도 철저하게 모심을 받고 있다네. 한데, 다져진 우정으로 묻네만 엘시노에는 어찌 왔는가?

로즌크랜츠 저하를 뵈러 왔을 뿐 다른 일은 없습니다.

햄릿 나는 거지라 감사 인사에도 인색하네만 어쨌든 감사하이. 친구들, 정말이지 나의 감사는 반푼어치도 못 되네. 자네들 부름을 받고 왔지? 내켜서 왔는가? 자네들의 자유의사로 온 것인가? 자, 자, 솔직하게 털어놓게. 자, 자, 어서 말하게.

길던스턴 저희가 뭐라고 말씀드릴까요, 저하?

햄릿 진짜 목적만 빼고. 자네들은 부름을 받고 왔으며, 자네들 표정이 그 점을 고백하고 있다네. 자네들은 부끄러운 나머지 이를 꾸밀 만한 재간이 부족하구먼. 선량하신 왕과 왕비께서 자네들을 불러들인 것을 아네.

로즌크랜츠 무슨 목적으로 말씀입니까, 저하?

햄릿 그거야 자네들이 내게 말해야지. 하나 내 자네들에게, 우리 우정의 당연한 권리로, 우리 젊은 시절의 우정으로, 늘 간직해온 우리 사랑의 의무로 말일세, 그리고 말재주가 좀 더 좋았더라면 감동적인 호소를 자네들에게 할 수 있으련만, 내게 이실직고하게, 자네들은 누가 불러서 온 것인가, 아닌가.

로즌크랜츠 〔길던스턴에게 방백〕 어떻게 할까?

햄릿 아니, 그렇다면 내 눈치를 챘네. 나를 위하거든 잡아떼지 말게.

길던스턴 저하, 저희들은 부름을 받고 왔습니다.

햄릿 그 이유는 내가 말하겠네. 내가 앞질러 말하면 자네들이 비밀을 누설하지 않은 셈이 되니까. 그러면 왕과 왕비께 한 자네들의 비밀 약속은 털끝 하나도 손상되지 않게 되지. 최근에 나는, 이유는 모르겠네만, 즐거움을 모두 잃었고, 평소에 하던 운동도 중단하고, 진정 마음이 몹시 우울해져서 이 훌륭한 구조물인 지구가 내게는 황폐한 곶串처럼 보인다네. 저토록 수려한 덮개인 공기, 바라보게들, 우리들 머리 위에 있는 이 찬란한 창공, 황금 불빛으로 수놓은 이 장엄한 지붕을—그런데, 이것이 내게는 다름 아닌 더럽고 해로운 증기 덩어리로 보인다네. 인간은 얼마나 걸작인가! 그 이성은 얼마나 고상하고, 그 능력은 얼마나 무한한가, 그 자태와 움직임에 있어서는 얼마나 적절하고 찬탄할 만한가. 그 행동에 있어서는 얼마나 천사와 같고, 그 이해력에 있어서는 얼마나 신과 같은가! 세상의 백미요, 동물의 영장이로다! 그런데 나에게는 이 진토塵土의 정수가 도대체 무엇이란 말인가! 남자는 나를 기쁘게 해주지 못한다. 여자 또한 마찬가지. 비록 자네의 미소는 그렇다고 말하는 듯하네만.

로즌크랜츠 저하, 제 사고 속에 그런 건 들어 있지 않습니다.

햄릿 그렇다면 자네는 어째서 웃었나, 내가 남자는 나를 기쁘게 해주지 못한다고 할 때 말일세.

로즌크랜츠 저하, 그것은 남자가 저하께 기쁨을 드릴 수 없다면 배우들*이 저하로부터 얼마나 인색한 접대를 받을까 하는 생각이 들어서입니다. 저희들은 오는 길에 그들을 추월했으니, 그들은 곧 당도해 저하께 봉사할 것입니다.

햄릿 왕 역을 하는 배우를 환영하겠네—그 왕은 내 찬사를 받게 될 것이야. 모험에 나선 기사 역은 칼과 방패를 쓰도록 하고, 연인 역은 사랑의 탄식에 대한 보상을 받을 터, 괴팍한 변덕쟁이 역은 심통맞은 연기를 방해받지 않고 끝내게 하겠고, 어릿광대는 살짝만 건드려도 터지는 허파를 지닌 관객을 웃게 하겠으며, 여인 역은 자기 심중을 자유롭게 토로하게 해야지, 그러지 않으면 무운시는 불구가 될 것이다. 이들은 어디 소속 배우들이라더냐?

로즌크랜츠 바로 저하께서 즐기시던 배우들인 도시의 비극배우들입니다.

햄릿 왜 지방 공연을 하지? 도시에 상주하면서 공연하는 편이 명성과 수입 양면에서 더 나을 텐데.

로즌크랜츠 도시 공연이 중단된 것은 최근의 새 유행 때문인 것으로사료됩니다.

햄릿 그들은 내가 도시에 있을 당시와 동일한 평가를 현재 받고 있는지? 관중들이 그때처럼 그들 뒤를 졸졸 따라다니는가?

로즌크랜츠 아닙니다. 그렇지가 못하답니다.

햄릿 왜지? 그들의 연기가 녹이 슬었나?

로즌크랜츠 아닙니다. 그들은 이전 속도로 꾸준히 노력중이나 한 배 매새끼 같은 어린이 배우단이 있지요. 이 아이들이 필요

---

* 셰익스피어 시대에는 여배우가 없었고, 변성이 안 된 소년들이 여인 역을 했다.

이상으로 소리 높여 대사를 외쳐대며, 그 때문에 못 말리게 터져나오는 갈채를 받습니다. 이들이 지금은 유행이며, 대중무대들—사람들은 성인무대를 이렇게 부릅니다—을 업신여기니 검을 찬 한량들 대부분이 어린이 극단 작가들의 깃펜이 두려워 감히 그런 극장에는 출입하지 못한답니다.

햄릿 뭐, 어린이 극단이라고? 극단주는 누구인가? 누가 그들을 재정적으로 뒷받침하고? 그들은 어린이 목소리가 나올 때까지만 그 직업을 계속할 셈인가? 그들이 불평하지 않을까, 후에 대중배우가 되었을 때—이렇게 될 것은 필지의 사실인데—더 좋은 직업을 얻지 못한다면 자신들이 이어받을 직업을 그들의 극작가들이 마구 헐뜯게 해 피해를 입게 되었다고 말일세.

로즌크랜츠 기실, 양쪽이 엄청나게 법석을 떨었습니다. 그리고 일반 국민은 그들을 사주하여 서로 다투게 하는 것을 죄로 생각하지도 않습니다. 한동안은 극작가와 배우가 이 논쟁거리를 취급하지 않으면 극본이 팔리지도 않았다고 합니다.

햄릿 그럴 수가 있나?

길던스턴 네, 머리싸움이 굉장했습니다.

햄릿 소년 배우단이 승리하는가?

로즌크랜츠 네, 저하. 지구를 걸머진 허큘리즈도 이기고 있답니다.*

---

* 1599년 셰익스피어가 속한 극단(Chamberlain's Company)의 전용 극장(the Globe)이 준공되어 개관했고, 간판으로 헤라클레스가 어깨에 지구를 지고 있는 형상을 썼다. 소

햄릿 그건 그리 이상한 일도 아니지. 왜냐하면 나의 숙부가 덴마크 국왕인데, 선친 생전에는 그에게 얼굴을 찡그리던 자들이 그의 초상화를 개당 이십, 사십, 오십, 백 다거트를 내고 구입하고 있으니 말일세. 맹세코, 여기에는 자연스럽지 못한 무언가가 들어 있다네, 철학이라면 이를 밝혀낼 수 있으려나.

(나팔 소리)

길던스턴 저하, 배우들이 당도했습니다.

햄릿 자네들, 엘시노에 온 것을 환영하네. 자, 악수하세. 환영에는 당연히 공식적인 절차가 따르기 마련이지. 나는 이런 식으로 자네들에게 예의를 표하네. 배우들에 대한 내 친절의 표시—이것이 겉으로는 더욱 극진하게 보여야 할 텐데—가 자네들을 맞을 때보다 더 환대하는 듯하게 보이지 않도록 말일세. 자네들을 환영하네. 내 숙부-부친과 숙모-모친은 속고 있다네.

길던스턴 무엇에 있어서 말씀입니까, 저하?

햄릿 나는 북-북-서로 미쳤을 뿐이지. 남풍이 불 때는 매와 왜가리를 구별할 수 있다네.**

년 극단이 '지구를 걸머쥔 허큘리즈(Hercules and his load)'도 이겼다는 말은 어린이/소년 극단이 셰익스피어의 성인 극단마저 이겼다는 뜻이 된다.

** 원문의 'hawk'는 다의어로 맹금인 '매'로 보면 'handsaw'(hernshaw의 와전일 가능성이 있다)는 매의 먹이 '왜가리'가 되고, 미장이의 흙받기로 본다면 'handsaw'는 한 손으로 켜는 작은 톱, 즉 손톱이 된다. 어느 경우든 뜻은 외양이 비슷해도 양자(클로디어스 같은 악인과 그의 피해자)를 구별할 수 있다는 말이다.

폴로니어스 등장.

폴로니어스 안녕들 하신가, 두 분.

햄릿 잘 듣게, 자네 길던스턴 그리고 자네도—양쪽 귀를 더 사용해 듣게. 저기 보이는 큰 아이는 아직도 갓난아기 포대기 신세를 면치 못했다네.

로즌크랜츠 어쩌면 그분은 그 포대기를 두번째 쓰고 있는지도 모릅니다. 노인은 다시 아기가 된다고 하지 않습니까.

햄릿 그는 내게 배우들 소식을 전하려고 왔을 것이네. 두고 보게—자네 말이 맞아. 어느 월요일 아침이었지. 그래 맞았어. 그때였어.

폴로니어스 저하, 전해드릴 소식이 있습니다.

햄릿 경, 전해드릴 소식이 있습니다. 로쉬어스가 로마에서 배우를 하고 있을 때—*

폴로니어스 저하, 배우들이 이곳에 당도하였습니다.

햄릿 이 무슨 케케묵은 소리람.

폴로니어스 제 명예를 걸고—

햄릿 그때에는 배우들이 각기 노새를 타고 왔었지—

폴로니어스 세계 최상의 배우들입니다, 비극, 희극, 역사극, 전원극, 전원희극, 역사전원극, 비극역사극, 비극희극역사전원극, 장소단일 법칙이 준수된 극에서나 시간의 길이가 무제한

---

* 햄릿은 배우들이 도착한 소식을 전하기 위해 등장한 폴로니어스보다 먼저 배우 로쉬어스(Roscius, 로스키우스)를 운운함으로써 그의 소식을 김빠진 구문으로 만든다.

인 극에서나 그러합니다. 세네카의 비극이 너무 무거워서 벅차하는 법도 없고, 또 플로터스의 희극이 너무 가벼워 잘못하는 법도 없지요.* 극작법에 맞춘 극에서나 그것을 준수하지 않은 극에서나 이들은 독보적인 배우들입니다.

햄릿 오, 이스라엘의 사사 입다여,** 그대는 참 귀중한 보물을 지녔었소!

폴로니어스 그가 어떤 귀중한 보물을 지녔었느냐고요, 저하?

햄릿 그거야,

어여쁜 외동딸, 오로지 하나뿐.
그녀를 그는 애지중지하였도다.

폴로니어스 〔방백〕 여전히 내 딸 타령이군.

햄릿 내가 옳지 않소, 늙은 입다 양반?

폴로니어스 저하, 소인을 입다라고 부르신다면, 제게는 극진히도 사랑하는 딸애가 있습니다.

햄릿 아니지요, 그 민요는 그렇게 이어지지 않아요.

폴로니어스 그러면 어떻게 이어집니까, 저하?

햄릿 그거야,

천생팔자로

---

* 고대 로마의 극작가들인 세네카(Seneca)와 플로터스(Plautus, 플라우투스)는 각기 비극과 희극을 대표하며, 르네상스 시대의 극작가에게 영향을 미쳤다.

** 입다(Jephthah)는 구약성경 「사사기」 11장에 나오는 인물로, 전투에 임하며 승리하면 귀국할 때 그를 제일 먼저 영접하는 자를 하느님께 번제로 드리겠다고 서원해 결국 무남독녀를 제물로 바치게 된다. 햄릿은 이 사연을 담은 〈입다, 이스라엘의 사사 *Jephthah, Judge of Israel*〉의 몇 행을 폴로니어스에게 인용한다.

그다음에는 말이오,
　　　　그 일은 예정대로 일어나고 말았도다.
이 종교적 민요의 첫 절을 보면 더 많은 것을 알 수 있으니,
보시오, 내 말을 중단시키는 배우들이 저기 오고 있소.

배우들 등장.

배우님네들, 어서들 오시오. 모두 환영하오.—자네가 별고 없으니 기쁘네.—잘, 오셨소, 친구님들.—오, 옛친구, 아니, 자네 얼굴은 내가 마지막 본 이후에 수염으로 장식되었군. 그래, 덴마크에서 나와 수염 크기를 겨루러 온 것이오?—숙녀와 부인 역의 젊은이가 아니오! 정말이지 숙녀께서는 지난번 보았을 때보다 구둣굽 높이만큼은 천당에 더 가까워졌어요. 그대의 목소리가 통용될 수 없는 금화처럼 원 안에까지 금이 가지는 않았기를 바랄 뿐이오.—배우님들, 모두 잘 왔소이다. 곧 착수합시다. 프랑스 매사냥꾼처럼 새가 보이는 대로 매를 날립시다. 당장 대사 하나를 낭송해보시오. 자, 당신의 능력을 한번 맛봅시다. 어서, 격정적인 대사 하나를!

배우1　어떤 대사가 좋겠습니까, 저하?

햄릿　내 자네의 대사 낭송을 한 번 들은 적이 있네만, 그것이 공연된 적은 없었소, 만일 공연되었다 해도 한 번 이상은 아니었소. 내 기억에 그것은 많은 수의 관객들을 열광시키

지는 못했지. 그것은 대중에게는 철갑상어 알처럼 고급이었소. 그것은 내가 본 바로는—그리고 이 문제에서 나보다 전문적인 식견을 지닌 사람들도 그렇게 생각하는데—우수한 극으로 각색이 잘되었고, 대사도 오묘하고 적절하게 쓰였소. 누군가가 이렇게 평하는 것을 들었소. 내용을 구수하게 할 양념이 과도하지 않고, 꾸밈이 들어 있다고 작가를 비난할 만한 요소도 전혀 없고, 또한 내용이 달콤할 뿐만 아니라 건전하며, 우아하되 화려하지 않은 성실한 작품이라고 말이오. 그중에서 내가 특히 좋아하는 대사는 이니애스가 다이도에게 하는 것이었소.[*] 무엇보다도 그가 프라이엄 살해 장면에 관해 말하는 대목이오.[**] 당신의 기억에 아직 남아 있다면 이 행으로부터 시작해보오. 가만, 가만있자—

난폭한 피러스는 허케이니어Hyrcania의 호랑이처럼—
아니, 이게 아니지, 피러스에서 시작하는데—
난폭한 피러스, 그의 마음만큼이나 검은 갑옷은
그가 음흉한 목마 속에 잠복하여 들어갈 때

---

* 베르길리우스의 『아이네이스』 제2권에 기술된 이야기로, 트로이의 용사 이니애스(Aeneas, 아이네이스)는 트로이가 함락되자 표류하다 아프리카의 카르타고에 닿는다. 카르타고의 여왕 다이도(Dido, 디도)가 그를 연모하게 된다.

** 프라이엄(Priam, 프리아모스. 이후 언급된 헤큐바Hecuba, 즉 헤카베 왕비는 그의 아내다)은 트로이전쟁 당시 트로이의 왕이다. 햄릿은 지금은 유실된 옛 극의 대사를 읊는데, 이 극에서 프라이엄 왕은 아버지 아킬레우스의 원수를 갚으려는 피러스(Pyrrhus, 피로스)의 검에 찔려 죽는 것으로 묘사된다.

흡사 암흑의 밤을 닮았다.
그는 이제 이 무서운 검은 갑옷을 입은 몸을
보다 어두운 문장紋章으로 칠했다. 머리에서 발끝까지
온몸이 피투성이가 되는 참상이었다,
아비, 어미, 딸, 아들 들의 피로써.
시가지가 불타며 구워지고 외피가 굳은
시체들은 무섭게 저주받은 등불이 되어
그들의 임금이 살해되도록 빛을 비춘다.
분노와 화염에 구워져 응고된 피의 아교를
전신에 바른 살기등등한 피러스는 홍옥처럼 광채를 발하는
두 눈을 부릅뜨고 늙은 프라이엄 왕을 찾아 헤맨다.
자, 여기서 받아 진행하게.

폴로니어스 맹세코, 저하, 잘 암송하셨습니다. 억양도
내용 이해도 다 훌륭했습니다.

배우1 *곧 그는 노왕을 찾아냈다.*
노왕은 검으로 쳐보았으나 그리스 병력에는 역부족이었다.
지난날 그가 휘두르던 검은 팔의 말을 듣지 않고
땅에 떨어진 채 복종을 거부한다. 상대가 안 되게 맞선
프라이엄 왕을 피러스는 몰아붙여 격분해서는
내려쳤으나 검은 빗나갔다. 그러나 허공을 무섭게 내려친
그 칼 소리에 기진맥진한 부왕은 쓰러진다.
그때 감각을 잃은 일리엄 궁성은 이 타격을 느꼈는지
불타는 누상과 더불어 무너지고, 그 소름 끼치는 굉음에

피러스는 망연자실했다. 보라, 그의 검은 프라이엄 왕의
백발노두를 향해서 내려오고 있었으나
공중에 그대로 달라붙은 듯 멈추고,
마치 그림 속의 폭군처럼 피러스는 부동자세로 서서,
의지와 결행 양쪽에 중립인 듯
아무런 행동을 취하지 않았다.
그러나 종종 폭풍이 일기 직전에
정적이 온누리에 깃들듯 구름이 정지하고,
대담한 바람도 말을 잃어 밑의 지구는
죽은듯 고요하였도다. 그러나 벽력이 무섭게 울리며
하늘을 가르자 잠시 멈추었던 피러스도
복수심이 솟아올라 하던 일을 새로 착수하였다.
사이클롭스가 군신 마즈의 불파不破의 갑옷을 만들 때*
내려치던 쇠망치보다도 더 사정없이
피러스의 피 흘리는 검은
이제 프라이엄 왕의 몸을 향해 떨어진다.
꺼져라, 꺼져, 그대 창녀 행운의 여신이여! 모든 신들이여,
전체회의를 열어서 그녀의 힘을 앗아버리고,
그녀의 수레바퀴에서 살과 테를 모조리 부수어
둥근 바퀴통을 하늘의 언덕 아래로 굴려
지옥의 악마들이 있는 곳으로 떨어뜨려라!

* 사이클롭스(Cyclops, 키클롭스)는 로마신화에서 불과 대장간의 신인 불카누스의 대장간에서 갑옷을 만드는 거인족이고, 마즈(Mars, 마르스)는 로마신화의 군신(軍神)이다.

폴로니어스 대사가 너무 길어요.

햄릿 이발소로 가져가지, 그대의 수염과 더불어.—자, 계속하오. 저분은 음담패설을 좋아하며, 그런 것이 아니면 졸아요. 자, 계속하오, 헤큐바 왕비 대목으로 가야지.

배우1 *그러나—아 슬프도다!—얼굴을 싸맨 왕비가—*

햄릿 '얼굴을 싸맨 왕비'라.

폴로니어스 그거 좋소.

배우1 *맨발로 뛰어 오르내리며, 억수처럼 흘러내리는*
눈물로 불길을 위협한다. 머리 위에는 얼마 전까지도
올려져 있던 왕관 대신에 보자기가 있고,
호리호리하고 다산으로 완전히 시든 그녀의 허리에는
비단옷 대신 공포로 인한 혼겁중에 주워 걸친 담요 한 조각—
이 광경을 본 자는 누구나 독약에 혀를 적시어
행운의 여신의 통치력에 반역을 선언했으리라.
그러나 만약 신들이 몸소 자기 남편의 사지를
피러스가 온갖 잔악함으로 잘게 저미는 짓거리를
목격한 그녀의 참경을 보았다면,
그 순간 터져나온 그녀의 비명은,
신들이 아무리 인간사에 무심하다 할지라도,
반짝이는 하늘의 별들로 하여금 눈물 흘리게 했을 것이며,
신들도 압도적인 연민의 정을 가졌을 것이다.

폴로니어스 보십시오, 배우의 안색이 창백해졌고, 그의 눈에는 눈물이 맺혔습니다. 이봐요, 그만하게.

햄릿 그만하시오. 나머지는 내 곧 낭송하게 해주겠소—경, 배우들의 숙소를 잘 보살펴주시겠습니까? 알아들으셨지요, 그들을 후하게 대접해야 합니다. 그들은 시대의 축도요, 축소판이니까요. 경이 살아생전에 저들의 비방을 받느니 죽은 다음에 나쁜 비명碑銘을 받는 쪽이 좋을 것이오.

폴로니어스 저하, 저들의 공적에 맞게 대접하겠습니다.

햄릿 원, 경도. 훨씬 더 잘 대접해야지요. 모든 사람을 각기의 공적에 따라서 대접한다면 어느 누가 태형을 면할 수 있겠소? 경의 명예와 위엄에 맞게 대접하오. 그들이 대접받을 자격이 적으면 적을수록 경의 관대함은 더욱 빛날 거요. 저들을 데리고 들어가시오.

폴로니어스 여러분들, 따라오시오.

햄릿 친구들, 저분을 따라가시오. 연극은 내일 올리기로 하지. 〔배우1에게〕 이봐요, 친구, 『곤자고 살인』을 공연할 수 있겠소?

배우1 그럼요, 저하.

햄릿 우리 내일밤 그 연극을 하도록 합시다. 필요할 경우 열두 줄에서 열여섯 줄 정도의 대사를 익힐 수 있겠지. 그걸 내가 삽입해넣을 작정이오, 문제없겠소?

배우1 그럼요, 저하.

햄릿 좋소. 〔배우들 모두에게〕 저분을 따라가오. 그분을 조롱하지는 말고. (폴로니어스와 배우들 퇴장)

〔로즌크랜츠와 길던스턴에게〕 내 다정한 친구들, 그럼, 밤에 다
시 만나세. 엘시노 방문을 환영하네.

로즌크랜츠 네, 저하. (〔로즌크랜츠와 길던스턴〕 모두 퇴장)

햄릿 그래, 잘 가게나. 이제 나 혼자로구나.
오, 난 얼마나 지지리도 못난 비열한 놈이냐!
참 놀라운 일이 아닌가, 여기 이 배우가
오직 허구 속에서, 상상의 격정 속에서
자신의 영혼을 자신의 상상과 일치시킬 수 있고,
거기에 감동해 그 얼굴이 온통 창백해지고,
눈 속의 눈물, 낯빛에 나타난 넋 나간 표정,
갈라진 목소리와 자신의 온 신체 기능이 적절한 표현으로
자신의 상상에 부합되게 하다니, 그것도 무대가無代價로!
오로지 헤큐바 왕비를 위해서!
도대체 헤큐바가 그에게 혹은 그가 그녀에게 무엇이기에,
그녀를 위해 그처럼 눈물을 흘리는가? 그는 어찌할까, 만약
나의 것과 동일한 격정적인 동기와 교시敎示를 지니고
　　있다면?
필시 그는 무대를 눈물바다로 만들고,
일반 관객의 귀를 몸서리나는 대사로 갈라놓을 것이고,
죄지은 자들을 미치게 하고, 무죄한 자들의 간담을 서늘케 하고,
무지한 자들을 어리둥절케 할 것이며,
진정 시각과 청각의 기능들을 마비시킬 것이다.
그런데 나는,*

둔하고, 패기도 없이 마치 몽상가처럼 무위도식으로
아무런 복수 계획도 없이 멍하니 헤맬 뿐,
말 한마디 못하는구나. 왕을 위해서도!
모든 소유물과 귀중한 생명을 끔찍하게 유린당한
왕을 위해서도 말이다. 나는 겁쟁이일까?
나를 악당이라 부르고, 내 머리를 내리칠 자 누구냐?
내 수염을 뽑아서 내 얼굴에 불어 날릴 자 누구냐?
내 코를 비틀고 뱃속까지 나의 거짓을 폭로할 자 누구냐?
이 일들을 내게 할 자 누구 없느냐?
아!
진정코 내 이 모욕을 달게 받으련다. 필시 나는
비둘기 간을 지녀 굴욕을 더 쓰게 만들 만한
담도 없는 자로다. 아니라면, 이미
나는 이 종놈의 썩은 살로 공중의 모든 솔개들을
살찌웠어야 마땅했다. 잔인하고 음란한 악한!
무정하고, 음흉하고, 음탕한 불륜의 악한!
오, 복수심이여! 나는 얼마나 못난 자냐! 참 장하구나,
살해당한 아버지의 아들인 내가
하늘과 지옥으로부터 복수하라는 교시를 받았음에도
창녀처럼 말로만 신세타령을 펼쳐놓고는 곧바로
매춘부처럼 저주의 말을 뇌까리면서도 벌리고 눕다니!

* 한 행의 길이가 이처럼 짧은 것은 해당 인물이 잠시 생각에 잠긴 것을 뜻한다.

부엌데기 같은 놈! 이 무슨 못난 꼴이람!
발동하거라, 내 두뇌여. 음, 나는 이런 말을 들은 적이 있다.
죄지은 자들이 앉아 연극을 구경하다가
절묘한 연기에 마음속 깊이 감동받은 나머지
즉석에서 자신들의 악행을 불었다는 것이다.
왜냐하면 살인은 비록 입은 없지만 가장 놀라운
기관으로 말하는 법이기 때문이다.
내 이 배우들을 시켜서 선친 살인과 흡사한 것을
숙부 앞에서 연기하게 하겠다. 내 그자의 표정을 살피리라.
예리하게 그의 급소를 찔러보겠다. 그자가 움찔만 해도
나는 내가 취할 행동노선을 알게 된다. 내가 본 혼령은
악마일 수도 있다. 악마는 그럴싸한 모습을 지니는
능력을 구비하고 있는 관계로
내 심신의 허약과 우울을 틈타서—
악마는 그 같은 정신상태의 사람들에게 매우 큰 위력을
발휘하는데—나를 속여 지옥으로
떨어지게 만들지도 모른다. 나는 보다 더 적절한 근거들을
얻어야겠다. 바로 연극이야말로
내가 왕의 양심을 잡아낼 방법이다. (퇴장)

3막

1장

왕, 왕비, 폴로니어스, 오필리어, 로즌크랜츠, 길던스턴 등장.

왕 그리고 어떤 우회적인 방법으로도
왕자가 어째서 이러한 광태를 부리며
평화로운 생을 소란스럽고 위험한 광증으로
시끄럽게 하는지를 그에게서 알아낼 수 없었단 말인가?

로즌크랜츠 그분은 제정신이 아님을 고백은 합니다만
그 원인은 결단코 말하려 하지 않습니다.

길던스턴 또한 그분은 자신의 의중을 나타내려 하지도 않으며,
소인들이 그의 진짜 심리 상태를 고백하도록 유도하려 하면
교묘한 광증으로써
빠져나갑니다.

왕비 그애가 반가이 맞아주기는 하던가요?

로즌크랜츠 아주 신사답게요.

길던스턴 그러나 다분히 억지로 그러는 듯했습니다.

로즌크랜츠 말하는 데는 인색하셨습니다만, 저희들의 질문에는
허심탄회하게 답변을 해주셨습니다.

왕비 그래 어떤 유흥으로
그를 이끌어보았어요?

로즌크랜츠 왕비마마, 마침 소인들이 한 배우단을
이곳으로 오는 길에서 만나 앞지르게 되었습니다.
이들에 대한 이야기를 왕자 저하께 말씀드렸더니
반가운 기색을 보이셨습니다. 그들이 궁정 어딘가에 와 있으며,
오늘밤 왕자 저하 앞에서 공연하도록 이미 명령을
받고 있는 것으로 생각됩니다.

폴로니어스 이는 어김없는 사실이옵니다.
왕자 저하께서는 소신에게 두 분 폐하께서도
관극하시도록 앙청해달라고 부탁하셨습니다.

왕 여부가 있겠소. 그리고 대만족이오, 그가 그럴 정도로
마음이 돌아왔다니 말이오.
자네들, 그의 마음을 좀더 부추겨
그의 구미를 이 즐거운 일로 이끌어보게나.

로즌크랜츠 그리하겠사옵니다, 전하. (로즌크랜츠와 길던스턴 퇴장)

왕 여보, 거트루드, 당신도 물러가오.
우리가 내밀하게 햄릿을 이곳으로 오도록 했소.
그가, 마치 우연인 듯, 이곳에서

오필리어를 대면하도록 말이오.
그녀의 부친과 내가 정당한 염탐자들로서
여기에 자리를 잡고, 상대에게는 보이지 않게 숨어 지켜보며
그들의 조우를 허심탄회하게 평가하고,
그의 행동을 통해 그가 그처럼 괴로워하는 것이
사랑의 고민 때문인지 아닌지를
알아낼 수 있을 거요.

왕비 분부를 따르겠습니다.
그리고 오필리어, 나는 몹시 바란단다,
너의 미모가 다행히 햄릿의 광증의 원인이기를.
내가 바라는 것은 너의 덕성이
그애를 다시 옛 모습으로 돌아가게 하여 너희 두 사람이
함께 행복해지는 것이니라.

오필리어 왕비마마, 저 또한 그리되길 바라옵니다.

〔왕비 퇴장〕

폴로니어스 오필리어, 여기서 걷고 있거라.—전하, 그러면
자리를 잡으실까요—이 책을 읽고 있어라.
그래야 네가 홀로 있는 데 대한 그럴싸한 변명이
될 것이다.—저희는 이런 잘못을 종종 짓사옵니다.
너무 자주 경험하는 바입니다만 겉으로만 나타내는 신앙심과
경건한 행동으로 우리는 악마 자체에도
설탕을 입힌답니다.

왕 〔방백〕 오, 그건 너무나 진실한 말이로다.

그 말은 매서운 채찍을 내 양심에 가하는구나!
화장술에 의해서 미화된 창녀의 볼이
화장품 그 자체보다 아무리 더 추한들
나의 행동이 나의 가장된 언어보다 추한 것에 비하겠는가?
아, 무거운 죄과로다!

폴로니어스 그가 오는 소리가 납니다. 물러가시지요, 전하.

([왕과 폴로니어스] 퇴장)

햄릿 등장.

햄릿 살 것이냐 아니면 죽을 것이냐, 그것이 문제로다.
어느 것이 더 숭고한 정신인가,
변덕스러운 운명의 돌팔매와 화살을 허용하는 것일까,
아니면 파도처럼 몰려오는 많은 고난에 대항하여
물리치는 것일까. 죽는 것은 잠자는 것,
그뿐이다. 그리고 잠에 의해서 우리가
심적 고통과 육신이 받는 허다한 충격들을
끝장낼 수 있다면 이것이야말로 최적의 결론으로서
우리가 열렬히 바랄 바가 된다. 죽는 것은 잠자는 것.
잠자는 것, 어쩌면 꿈꾸는 것—그렇다, 여기에 난점이 있다.
왜냐하면 그 죽음의 잠 속에서 어떤 꿈이 찾아올까가—
우리가 인생 굴레의 속박을 벗어던졌을 때—
우리를 멈추게 한다. 바로 이 난점 때문에

장기간의 불행을 만들어가는 것이다.
아니면 누가 시대의 채찍과 멸시를 견딜 것이며,
압박자의 불의를, 오만한 자의 불손을,
버림받은 사랑의 쓰라림을, 법의 지연을,
관리의 오만불손을, 그리고 유덕한 자들이 하찮은 자들에게서
잠자코 받아야 하는 모욕들을 참으려 하겠는가?
단도 하나면 자신을 깨끗이 청산할 수 있는데 말이다.
그 누가 고역의 짐을 지고 고달픈 인생을
신음하고 땀을 흘리며 살아가겠는가?
그러나 죽음 다음에 무엇이 올지 알 수 없는 두려움,
아직 되돌아온 여행자가 하나도 없는
미지의 나라가 우리의 뜻을 흔들어
우리로 하여금 차라리 기존의 고난들을 계속 걸머지게 하여
우리가 모르는 다른 곳으로 날아가지 못하게 하는 것이다.
이리하여 내적 반성은 우리 모두를 겁쟁이로 만들며,
이리하여 결심의 본색은
우울이라는 창백한 색으로 덮여서
지고의 중요한 거사들은
이로 인해 노선이 바뀌고,
실행의 이름조차 잃게 된다. 가만있자,
아름다운 오필리어다! 님프여, 그대의 기도 속에
나의 모든 죄들도 잊지 말고 빌어주오.

오필리어 저하,

왕자님께서는 요사이 어찌 지내셨는지요?

햄릿 고맙소, 잘 있었소, 잘 있었소, 잘 있었소.

오필리어 저하, 전 저하께서 주신 사랑의 선물들을
오래전부터 되돌려드리고자 했습니다.
청컨대, 이제 그 물건들을 받아주세요.

햄릿 아니, 난 그럴 수 없소.
난 그대에게 아무것도 준 적이 없소.

오필리어 존경하옵는 저하, 주신 것을 잘 알고 계시면서 그러세요.
달콤한 말씀까지 곁들여
그것들을 더욱 값지게 만드셨지요. 그 향기가 사라졌으니
다시 가져가세요. 마음이 고상한 사람에게는
값진 물건이라도 준 사람의 마음이 변하면 초라해집니다.
자, 어서요, 저하.

햄릿 하, 하! 당신은 정숙하오?

오필리어 네, 왕자님?

햄릿 당신은 아름답소?

오필리어 무슨 뜻인지요, 왕자님?

햄릿 만약 당신이 정숙하고 아름답다면, 당신의 정숙함이 당신의 아름다움과 친교를 가지면 안 되오.

오필리어 저하, 아름다움이 정직함과 교제하는 것보다 더 잘 어울리는 것도 있을까요?*

---

* 셰익스피어 시대에 'honest'는 '정직한'과 '정숙한' 모두를 뜻했다. 햄릿은 후자로, 오필리어는 전자로 사용하고 있어 서로의 대화가 제대로 이루어지지 않고 있는데, 오필리

햄릿 아, 있고말고. 아름다움의 힘이 정숙을 음란으로 변모시키는 속도가 정숙의 힘이 아름다움을 자기와 같은 것으로 변화시키는 것보다 빠르다오. 이는 전에는 억설이었으나 오늘날 세태는 이를 증명하고 있소. 나도 한때는 그대를 사랑했소.

오필리어 진정, 저하, 왕자님께서는 저를 그렇게 믿도록 하셨어요.

햄릿 그대는 내 말을 믿지 않았어야 했소. 왜냐하면 우리의 천성에 아무리 숙덕淑德을 접붙여본들 옛것의 맛은 남아 있기 마련이오. 나는 그대를 사랑하지 않았소.

오필리어 저는 그만큼 더 속은 것이네요.

햄릿 수녀원**으로 가오. 어째서 그대는 죄인을 낳는 사람이 되고자 하오? 나 자신은 제법 성실하지만 내 어머니가 나를 낳지 않았더라면 더 좋았을 것이라고 자신을 책할 만큼 비난받을 결점들이 많소. 나는 매우 오만하고, 복수심이 강하고, 야심도 있소. 나는 너무나 많은 죄악들을 부릴 수 있어서 이것들을 실행할 생각이나 이것들에 형체를 부여할 상상력이나 이것들을 행동화할 시간을 가질 여유조차 없소. 나 같은 사람들이 천지간을 기어다니며 무엇을 하겠소? 우리는 죄다 순 잡놈들이오. 우리 중 누

어는 햄릿이 쓴 단어의 뜻을 알면서도 일부러 모르는 척 딴청을 부리며 맞서고 있다. 이들의 대화는 운문으로 시작해 'honest' 승강이를 벌이면서부터는 산문으로 이어진다.

** 원문의 'nunnery'는 처녀들이 순결을 안전하게 지키며 지낼 수 있는 곳을 뜻하는데, 당시 매춘의 장소를 뜻하는 속어이기도 했다.

구도 믿지 마오. 수녀원으로 가오. 그대의 부친은 어디에 있소?

오필리어 집에요, 저하.

햄릿 방문들을 모두 닫아걸어 그분이 집안에서만 바보짓을 하도록 하오. 잘 있어요.

오필리어 오, 하늘이시여, 저분을 도와주소서!

햄릿 그대가 결혼을 한다면, 내 그대에게 이 저주를 결혼 지참금으로 주겠소이다—그대가 얼음처럼 정숙하고 눈처럼 순결하다고 해도 중상中傷을 면치 못하오. 수녀원으로 가시오, 안녕. 또는 그대가 결혼을 꼭 해야겠다면 바보와 하오. 현명한 남자들은 여인들이 자신들을 얼마나 흉측한 뿔 난 괴물* 로 만드는가를 잘 알고 있소. 수녀원으로 가오, 어서 속히. 안녕.

오필리어 오, 천상의 신들이여, 저분의 정신을 되돌려주소서.

햄릿 내 당신들의 분칠에 관해서도 많이 들었소. 하느님이 얼굴 하나만 주셨는데, 그대들은 그것을 다른 얼굴로 만들지. 멋부리며 이상야릇하게 걷고, 혀짤배기소리를 내며 하느님의 창조물에 별명이나 붙이고, 방탕을 천진난만함으로 돌리고 말이오. 안 되지, 이를 더는 용납하지 않겠소, 이것이 나를 미치게 했소. 결혼은 더이상 허용치 않겠다는 말이오. 기혼자들은—한 사람만 제외하고는—살려두겠으나 나머지는

---

* 당시 오쟁이 진 남편의 이마에는 뿔이 솟아난다고 믿었다.

현상태로 두겠소. 수녀원으로 가오, 수녀원으로. (퇴장)

오필리어 오, 그처럼 고결한 심성이 여기 무너져내렸구나!
조신의 눈, 군인의 칼, 학자의 변辯이요,
국가의 기대와 꽃이며,
풍속의 거울과 행동의 규범이며,
만인의 우러름을 받는 분이 아주, 아주 무너지셨구나!
그리고 나는 음악처럼 달콤한 그분의 사랑맹세의 꿀만
빨아먹던 터라
여인들 중에서 가장 상심하고 비참해져
이제 그분의 그 고상하고 지고한 이성이
흡사 달콤한 종소리들이 난조가 된 듯이,
만개한 청춘의 그 비할 바 없던 용모와 자태가
광증의 불에 타서 말라버렸구나. 오, 슬픈 이 내 신세로고,
내 과거의 그분을 보았고, 현재의 그분도 보고 있으니!

왕과 폴로니어스 등장.

왕 사랑? 그의 속마음은 그 방향으로 향하고 있지 않소.
또한 그가 한 말도 비록 형식이 다소 부족하다 해도
광증 같지 않소. 그의 심중에는
우울증이 도사리고 앉아 뭔가를 골똘히 생각하고 있소.
그러한즉, 이것이 부화해 병아리가 나오면
위험한 형국이 될까 염려되오. 이를 예방하기 위해서

나는 신속한 결단으로
이렇게 결심했소. 그를 영국으로 급히 보내서
미납된 조공을 독촉하게 하리다.
다행히 해외의 여러 색다른 풍물들이
맺힌 무언가가 그의 가슴속에 자리잡고서
그의 머리를 항상 어지럽히고, 실성하게 만든
원인을 추방시킬 수 있을지도 모르오.
경은 이를 어찌 생각하오?

폴로니어스 그 방법도 좋겠사옵니다. 하오나 소신은
그분의 투정의 자초지종은 역시
무시된 사랑에서 비롯되었다고 믿습니다. 그래, 오필리어야,
햄릿 왕자님이 무슨 말을 하셨는지는 말할 필요가 없다.
모두 다 들었단다. 전하, 원하시는 대로 하시옵소서.
하오나, 전하께서 적절하다고 여기신다면 연극이 끝난 후
그분의 모친, 왕비마마께서 그분을 단독으로 만나
고민거리를 털어놓으라 청하시도록 하소서,
　　단도직입적으로 말씀입니다.
그리고 괜찮으시다면 소신이 두 분의 대화를 들을 수 있는
곳에 자리잡고 있겠사옵니다. 왕비마마께서 왕자님의 심중을
알아내지 못하신다면 그분을 영국으로 보내시든지, 아니면
전하께서 최선이라 생각하시는 곳에 유폐하시옵소서.

왕 그리하겠소.
지체 높은 자의 광증은 방관할 수 없는 법. (모두 퇴장)

2장

햄릿과 배우 셋 등장.

햄릿 문제의 그 대사를 제발 내가 여러분에게 해보인 대로 자연스럽게 흘러나오게 음독音讀하오. 만약 이를 당신네 배우들이 하듯 과장해 말한다면 차라리 포고문 외치는 자를 데려다 내 대사들을 암송토록 하겠소. 또 이런 식으로 너무 과하게 허공을 가르는 손짓은 하지 말고 모든 연기를 절제 있게 하오. 왜냐하면 격정의 격랑, 폭풍, 이를테면 회오리바람의 한가운데에서도 우리는 매끄럽게 표현할 수 있도록 절도를 발휘해야 하니까. 나를 심히 화나게 하는 것은 가발 쓴 소란스러운 배우가 목청 높여 격정을 발기발기 찢어 걸레쪽으로 만들고, 땅바닥 관객들*의 귀를 찢어지게 하는 소리를 듣는 거요. 이 땅바닥 관객들은 대부분 알 수 없는 무언극과 잡소리만 감상할 수 있지요. 횡포에 있어 터머건트를 능가하는 이런 자에게는 태형을 가할 참이오. 그건 헤롯보다 한술 더 뜨는 일.** 제발 이 짓을 피해주오.

배우1 소인이 보장하겠습니다.

---

* '땅바닥 관객(groundling)'은 셰익스피어 시대에 극장 일층 바닥에 서서 관극한 관객을 뜻한다. 바닥은 흙바닥(ground)이므로 입석이며, 또 지붕이 없어서 위를 쳐다보면 하늘이 보였다. 입장료가 제일 저렴하여 가난하고 무식한 관객이 주로 차지한 자리였다.

** 터머건트(Termagant)와 헤롯(Herod)은 영국의 중세 기적극에 등장하는 폭언을 일삼는 인물들이다.

햄릿 또 너무 무기력해서도 안 되오. 분별력을 스승으로 삼으시오. 연기를 대사에, 대사를 연기에 맞추도록 하시오. 이 점을 각별히 준수하면 자연의 법도를 벗어나지 않게 되오. 왜냐하면 무엇이나 지나치게 되면 연극의 목적과는 거리가 멀어진다오. 연극의 목표는 처음이나 지금이나, 과거에나 현재에나, 말하자면, 거울을 들이대서 자연을 비추는 것이라오. 그리하여 미덕과 악덕에 각기의 제 모습과 형상을 보여주며, 시대의 연륜과 몸매에 그 본연의 형체와 인상을 보여주는 것이오. 그런데 말이오, 이것이 과도하거나 미흡하게 되면, 비록 분별력 없는 관객들을 웃게 만들지는 몰라도, 분별력 있는 관객들을 탄식하게 만들 수밖에 없다오. 단 한 사람, 식견 있는 관객의 평은, 그대들의 연기에 대한 호평을 얻는 데는 극장을 채운 오합지중의 관객들 전부의 칭찬보다 더 무게가 있는 것이라오. 오, 내가 본 배우들은—타인들은 칭찬을, 그것도 크게 하지만—이거 건방진 말 같지만, 그리스도 교인들다운 말씨도 없고 그리스도 교인은 커녕 이교도, 아니 인간의 걸음걸이도 갖지 못하고서 무대를 그저 성큼성큼 걸어다니며 소리만 내질러 조물주의 견습공들이 낸 졸작품이라고 할 정도로 아주 망측스럽게 인간을 모방하더군.

배우1 소인들은 그 점을 상당히 고쳐놓았다고
봅니다만.

햄릿 오, 그것을 철저히 고쳐야 하오. 그리고 어릿광대 역을 맡은 사람들은 그들의 것으로 써놓은 대사 외의 것을 말해서는 안 되오. 왜냐하면 그들 중에는 일부 머리 둔한 관객들까지 웃기려다가 자신들이 먼저 웃어버리는 자들이 있어요. 그 시간에 그들은 연극의 중요한 내용을 숙고해야 하는데도 말이오. 이건 아주 야비한 짓거리요. 이 수법을 쓰는 어릿광대의 마음속에는 매우 민망한 야심이 들어 있어요. 그럼 준비를 하오. (배우들 퇴장)

폴로니어스, 로즌크랜츠, 길던스턴 등장.

어찌되었소, 경, 왕께서 연극을
관람하시겠다던가요?

폴로니어스 네, 그리고 왕비마마께서도. 곧 그리하신답니다.

햄릿 배우들에게도 서두르라 이르시오. (폴로니어스 퇴장)
자네들 둘도 가서 그들의 신속한 준비를 도와주게나.

로즌크랜츠 네, 저하. (로즌크랜츠와 길던스턴 퇴장)

햄릿 이보게나, 호레이쇼!

호레이쇼 등장.

호레이쇼 저하, 여기 대령했습니다.

햄릿 호레이쇼, 자네는 내가 일찍이 사귄 사람들 중에서
가장 균형 잡힌 사람일세.

호레이쇼 별말씀을요, 저하.

햄릿 아니, 내가 아첨한다고 생각하지 말게.
내가 자네에게서 무슨 출세를 바랄 게 있다고.
자네는 좋은 성품 외에는 먹고 입을 수입이란 없지 않은가?
가난한 사람에게 아첨할 까닭이 뭐 있겠는가? 없다네.
사탕발림을 잘하는 혀의 소유자나 맛없는 허풍쟁이를 핥고
아첨 뒤에 이득이 따라올 곳에서 쉽사리 움직이는
무릎 관절을 구부리라고 하라지. 내 말 알아듣겠지?
내 영혼이 선택의 주인이 되어
사람들을 선별할 수 있는 능력을 갖게 된 이후
자네를 내 것으로 도장을 찍어놓았다네. 왜냐하면 자네는
온갖 고통을 겪으면서도 아무렇지 않은 양
행운의 여신이 주는 고와 낙을 똑같이
감사한 마음으로 받아들인 사람이었다네. 충동과 분별력이
절묘한 조화를 이루어 행운의 여신의 손가락이 내고 싶은 음을
멋대로 내는 피리 같은 자가 아닌 사람들은 축복받은 거네.
격정의 노예가 아닌 사람을 내게 소개해주게,
그러면 내 그를 간직하겠네, 내 마음의 핵심 속에,
아니, 내 마음의 마음속에.
마치 내가 자네를 그렇게 하듯이. 말이 너무 많았네.
오늘밤 왕 앞에서 연극 공연이 있네.
이 중에 한 장면은 내가 자네에게 말한 바 있는
선친의 사망에 관한 것이네.

부탁이 있네. 그 대목이 진행될 때
정신을 집중하여 내 숙부를
관찰해주게. 만약 그의 숨은 죄가
그 한 대사를 말할 때 드러나지 않는다면
우리가 목격한 것은 악령이고,
우리의 심안은 그 어둡기가
발칸의 대장간*에 못지않은 것이 되지. 그를 예의 주시하게.
나 또한 눈을 그의 얼굴에 고정시키겠네.
후에 우리 둘의 의견을 모아서
그의 태도를 판정하기로 하세.

호레이쇼 잘 알겠습니다, 저하.
만약 그가 연극의 진행중에 조금이라도 제 눈을 속여서
발각을 모면한다면 저는 절도당한 데 대한 대가를 치르겠습니다.

나팔과 케틀드럼의 등장과 화려한 취주.

햄릿 그들이 연극을 보러 오는군. 나는 미친 척해야겠어.
자네도 자리를 잡게.

왕, 왕비, 폴로니어스, 오필리어, 로즌크랜츠, 길던스턴 그리고
수행 신료들이 횃불을 든 왕의 호위병과 함께 등장.

---

* '발칸(Vulcan, 불카누스)'은 대장간의 신으로, 그의 대장간은 지옥의 암흑을 상징하기도 한다.

왕 우리 조카 햄릿은 어찌 지내고 있는가?

햄릿 아주 잘 지냅니다, 카멜레온의 음식으로. 저는 약속으로 꽉 찬 공기를 먹고 사니까요.* 식용 수탉이라도 이렇듯 잘 먹여 키울 수는 없을 겁니다.

왕 나와는 상관없는 말이구나, 햄릿. 동문서답이로다.

햄릿 이제는 저와도 상관없는 말이 되었습니다.**—〔폴로니어스에게〕 경께서는 대학 시절 연극을 한 번 하셨다지요?

폴로니어스 그랬었지요, 저하. 훌륭한 배우라는 평도 받았고요.

햄릿 무슨 역을 하셨습니까?

폴로니어스 줄리어스 시저 역을 했었지요. 저는 수신전首神殿에서 살해되었는데*** 부르터스가 저를 죽였답니다.

햄릿 그처럼 위대한 수신獸身을 죽이다니, 그자가 짐승같은 역

---

* 당시 카멜레온은 공기를 먹고 사는 것으로 추정되었다. 햄릿은 왕권을 계승해주겠다는 빈 약속만을 먹고 살아가고 있다는 빈정거림을 담아 'heir(후계자)'와 발음이 동일한 'air(공기)'로 언어유희를 하고 있다.

** 말이란 말하기 전까지만 자신의 것임을 뜻한다.

*** 시저가 살해된 곳은 로마에 위치한 신전 카피톨(Capitol)이 아니라 폼페이 의사당이었다. 셰익스피어는 그다음 햄릿의 대사에 나오는 발음이 동일한 'capital 〔a calf〕'과의 말장난을 위해 의도적으로 중세 초서(Geoffrey Chaucer)로부터 시작된 사실 왜곡을 견지한 듯 보인다. 'calf'는 짐승인 송아지 외에 'fool(바보)'을 뜻했는데, 여기서도 이 두 뜻을 모두 겨냥하므로 'so capital a calf'는 'such a prize fool(상도 받을 만한 그런 바보)'의 뜻이다.

을 했군. 배우들은 준비가 다 되었소?

로즌크랜츠 그렇습니다, 저하. 그들은 분부만을 기다리고 있습니다.

왕비 이리 오너라, 햄릿. 내 곁에 앉아라.

햄릿 아닙니다, 어머니. 여기에 더 강한 자석磁石이 있어요.

〔오필리어에게 몸을 돌린다〕

폴로니어스 〔왕에게 방백〕 오호! 그 말 들으셨사옵니까?

햄릿 〔오필리어의 발에 누우면서〕 숙녀님, 당신의 무릎 속에 누워도 될까요?

오필리어 아니 되옵니다, 저하.

햄릿 내 뜻은 내 머리를 당신의 무릎 위에 올려놓겠다는 것이오.

오필리어 그러세요, 저하.

햄릿 내가 천한 짓*을 뜻했다고 생각하오?

오필리어 아무 생각도 안 했습니다, 저하.

햄릿 처녀의 두 다리 사이에 눕는다는 건 근사한 생각이오.

오필리어 무엇이 그렇다는 말씀이신가요, 저하?

햄릿 아무것도 아니오.

오필리어 기분이 좋으신 듯합니다, 저하.

햄릿 누구, 내가요?

오필리어 그렇습니다, 저하.

햄릿 오, 그거야 뭐, 난 유일무이한 우스개 토막대화 작가니까! 사람이 어찌 기분이 안 좋겠소? 자, 보시오, 내 어머니가 얼

---

* 원문 'country[kʌntri]'의 첫 음절은 여성의 성기를 뜻하는 비속어 'cunt'와 발음이 같다.

마나 유쾌해 보이시나. 한데 선친 사망 후 두 시간도 채 안 되었어요.

오필리어 아니에요, 두 달의 배나 되었어요, 저하.

햄릿 그리 오래되었소? 그럼 상복일랑 악마나 입으라 해야지. 나는 검은 수달피 신사복*을 한 벌 입을 테니. 오 하느님, 두 달 전에 사망했는데도 아직 잊지 않다니! 그렇다면 인간의 위대한 기억력이 반년쯤은 그의 수명보다 더 오래갈 수 있다는 희망이 있네. 하지만 그러려면 그는 교회를 지어야 하지,** 아니면 그는 목마에 대한 시구처럼 세상의 망각을 면치 못하리. '오호, 오호, 그 목마는 잊혔다'가 그 시구지.***

트럼펫 소리. 무언극이 뒤따른다.

왕과 왕비가 매우 정답게 등장하여 왕비는 왕을, 왕은 왕비를 포옹한다. 왕비가 무릎을 꿇고 왕에게 사랑한다는 표시를 해 보인다. 왕은 왕비를 일으켜 그녀의 목에 머리를 기울인다. 그는 꽃밭에 눕는다. 왕비는 왕이 잠드는 것을 보고 물러간다. 곧 한 사나이가 들어와서 왕의 왕관을 벗기고 그것에 입맞추고 잠자는 사람의 귓속에 독약을 부어넣은 후 물러간다. 왕비가 되돌아와서, 왕이 죽은 것을

---

* '검은 신사복' 역시 상복과 진배없다. 결국 햄릿은 상복을 계속 착용하겠다는 것이다.

** 교회를 지어 헌당하는 사람은 그 교회가 서 있는 한 기억되어 장수하게 된다는 풍자가 들어 있다.

*** 고대 영국의 오월제 가장무도회(morris dance)에는 전통적으로 말처럼 꾸민 'hobby-horse'라는 인물이 등장했는데, 훗날 그 인물이 차차 생략되자 그의 실종을 애도하는 민요가 생겼다. 햄릿이 인용한 시구는 그것의 후렴으로 보인다.

알게 되자 심심한 애도를 표한다. 독살을 감행한 사나이는 서너 사람을 데리고 다시 돌아온다. 그들은 왕비와 더불어 애도를 표하는 척한다. 시체가 운반되어 나간다. 독살자는 왕비에게 선물을 주면서 구애한다. 왕비는 잠시 박정하게 대하지만 결국 그의 사랑을 받아들인다. (모두 퇴장)

오필리어 이것은 무슨 뜻인지요, 저하?

햄릿 응, 이것은 비밀스러운 범죄요. 악행을 뜻하지.

오필리어 아마도 이 무언극이 연극의 골자를 보여주는 것이겠지요.

서막배우 등장.

햄릿 이 친구의 말을 들어보면 알게 될 것이오. 배우들이란 비밀을 지킬 수 없어요. 이들이 모든 것을 털어놓을 거요.

오필리어 이 무언극의 의미도 말해줄까요?

햄릿 그렇다 뿐이겠소. 당신이 보여주는 것은 무엇이든지. 당신이 보여주기를 부끄러워하지만 않으면, 그는 그것이 무엇인지를 부끄럼 없이 말해줄 것이오.*

오필리어 부도덕한 말씀이에요, 부도덕한. 전 연극이나 보겠어요.

서막배우 *배우 일동과 저희의 비극을 대표하여*

---

* 오필리어는 136행과 139행에서 'show'를 무언극(dumb-show)의 뜻으로 말하나 햄릿은 이를 140행과 141행에서 '보여주는 것/내보이는 것'과 '보여주다'로 왜곡함으로써 오필리어가 신체의 어느 부분이라도 보여준다면('any show'), 그것이 무엇인지를 설명해줄 것이라는 외설적인 뜻을 만들어낸다.

여러분의 관용에 허리를 굽혀
끝까지 관람해주시길 앙망하옵니다. (퇴장)

햄릿 이것이 서막인가, 아니면 반지에 새긴 짧은 글귀인가?

오필리어 참 짧네요, 저하.

햄릿 여인의 사랑처럼.

〔배우〕 왕과 왕비 등장.

배우왕 *만滿 삼십 번이나 태양 피버스의 마차 바퀴는*
넵튠의 짠 물길과 텔러스의 둥근 지구를 돌았고,
열둘의 서른 곱절의 달님들이 반사광을 지니고
세계를 돈 것도 서른의 열두 곱절이었소,
사랑이 우리의 마음을, 하이멘이 우리의 손을
*가장 신성한 연분으로 결합시켜준 지도.**

배우왕비 *사랑이 다하기 전에 그만큼의 횟수의 여행을*
해님과 달님이 우리에게 다시 허해주시기를!
그러나 슬픈지고, 당신은 요사이 병환으로 인해
종전의 쾌활함과 건강함과는 거리가 너무 멀어져서
염려가 됩니다. 하지만 제가 당신을 염려한다고 해도
전하, 당신은 조금도 불쾌히 여기지 마셔요.

---

* 피버스(Phoebus, 포이보스)는 그리스신화에서 태양신 아폴론의 별칭이며, 텔러스(Tellus, 텔루스)는 로마신화에 나오는 대지의 여신, 하이멘(Hymen, 히멘)은 그리스신화에 나오는 혼인의 신이다.

여자의 두려움과 애정은 동일한 양을 지니고 있어서
양자가 모두 없거나 과도한 법이니까요.
그러니 제 사랑의 양이 어떤지는 당신이 경험으로 아십니다.
저의 애정이 큰 만큼 두려움도 크답니다.
애정이 클 때는 아무리 작은 염려도 두려움이 되지요.
작은 두려움이 커지는 곳에 큰 애정이 자라게 된답니다.

배우왕 *여보, 진정 나는 당신을 떠나야 할 것 같소, 그것도 쉬이.*
내 활력이 이제 그 기능을 정지하게 되오,
그러면 당신 홀로 이 아름다운 세상에 남아서
공경과 사랑을 받으며 살게 되오. 요행히 나와 같은 친절한
사람을 남편으로—

배우왕비 *아이 망측해라. 그만 말씀하셔요.*
제 가슴속에서 그 같은 사랑은 변절이 될 수밖에 없어요.
두번째 남편을 맞는 경우 제게는 저주가 임하기를!
첫 남편을 살해한 여자가 아니고서는 재혼은 않는 법이에요.

햄릿 〔방백〕 그 말 참 쓰다, 써.

배우왕비 *두 번 결혼하게 되는 것은*
천한 타산적 생각들 때문이지 사랑 때문은 아니에요.
저는 남편을 두 번 죽이게 된답니다,
두번째 남편이 잠자리에서 제게 입맞춤을 할 때는.

배우왕 *나는 당신이 지금 한 말이 진정이라고 믿소.*
하나 우리는 결심한 바를 종종 파기하오.
결심은 기억의 노예에 불과하여

생기는 발랄하지만 지속성은 빈약하오.
결심은 지금은 덜 익은 과일처럼 나무에 매달려 있지만
익으면 누가 흔들지 않아도 떨어지는 법이오.
필연적으로 우리는 자신에게 진
빚을 자신에게 갚는 것을 잊어버린다오.
우리가 격정 속에서 자신에게 한 결심은
그 격정이 끝나면 사라진다오.
슬픔이나 기쁨의 맹렬함은
그 격정들을 파괴할 뿐만 아니라 결심의 실행도 파괴하는 법.
기쁨이 가장 설치는 곳에서 슬픔은 가장 한탄하는 것이며,
사소한 이유로 슬픔이 기쁨 되고, 기쁨이 슬픔 된다오.
이 세상은 영원하지 않고, 우리의 사랑까지도
우리의 운명과 더불어 변한다는 것은 이상할 게 없소.
아직 증명되지 않은 채 남아 있는 의문은
사랑이 운명을 인도하는가, 아니면 운명이 사랑을 인도하는가요.
위인이 쓰러질 때 우린 그의 총아寵兒가 날아가버리는 걸 보오.
미천한 자가 출세하면 원수는 친구가 된다오.
그리고 지금까지는 사랑이 운명을 따르고 있소.
왜냐하면 궁하지 않은 자는 친구가 남아돌아가고,
궁한 자는 성실치 못한 친구를 위기 때 시험해보면
곧바로 확연한 원수로 판명된다오.
그러나 처음으로 돌아가 정리를 한다면
우리의 의지와 운명은 정반대 방향으로 달리니

우리의 계획은 언제나 뒤집히고,
우리의 생각은 우리의 것이되 이것의 결과는 결코 우리의
것이 아니오.
이처럼 당신은 두번째 남편을 두지 않겠다고 생각하지만
이 생각은 첫번째 남편이 사망하면 소멸된다오.

배우왕비 *땅은 음식을, 하늘은 빛을 내게 주지 말 것이며,*
낮은 오락을, 밤은 휴식을 내게 금하고,
나의 믿음과 희망은 절망으로 바뀔 것이며,
형무소의 은둔자 생활이 내 것 되고,
기쁨의 얼굴을 창백하게 만드는 모든 것이
내가 못내 바라는 일들과 만나서 이것들을 파괴해버리기를,
현세와 내세 양쪽이 모두 나를 영원한 악전고투의 길로
몰아넣기를,
만약 내가 과부가 된 후에 다시금 누구의 아내가 된다면!

햄릿 저러다가 그녀가 이제 그 약속을 깨면 어쩐담!

배우왕 *꽤 심도 있는 맹세요. 여보 내 사랑, 잠시 물러가 있으오.*
피곤이 몸에 스며들어서 이 지루한 낮을 잠으로
잊어볼까 하오.

배우왕비 *잠이여, 저분의 머리를 살살 흔들어주오.*
우리 둘 사이에는 결코 재앙이 닥치지 않기를!

(퇴장. 그가 잠든다)

햄릿 왕비마마, 이 연극 어떤지요?

왕비 왕비의 애정 표현이 너무나 수다스러운 듯하구나.

햄릿 그래요? 하지만 그녀는 약속을 지킬 거예요.

왕 너는 극의 줄거리를 들은 바 있었더냐? 극중에 난폭한 데는 없겠지?

햄릿 없습니다, 없습니다. 이들은 다만 농으로—농으로 독살할 뿐 난폭한 범죄란 결코 없습니다.

왕 이 극의 제목은 무엇이냐?

햄릿 '쥐덫'—그건 어째서냐구요? 비유적으로요. 이 연극은 비엔나에서 있었던 살인사건을 그대로 그린 것이랍니다. 곤자고가 왕의 이름이고, 그의 아내는 뱁티스터입니다. 곧 아시게 됩니다. 고약한 작품이지만 어떻습니까. 폐하와 죄 없는 저희들은 그것과는 무관하니까요. 등이 까져 곪은 말은 건드리면 뒷발질을 하나, 우리의 어깨뼈 등허리는 까지지 않아서 아프지도 가렵지도 않으니 말씀입니다.

루시아너스 등장.

이 사람은 루시아너스라는 자인데, 왕의 조카지요.

오필리어 왕자 저하께서는 코러스*와 같습니다.

햄릿 당신과 당신 애인 사이도, 꼭두각시들의 희롱을 볼 수 있다면 내 그것이 무슨 짓인지 해설하는 변사가 될 수 있다오.

오필리어 왕자님은 날카로우세요, 너무나 날카로우세요.

---

* 코러스는 극에서 극의 진행 상황을 말해주는 역을 맡은 인물이다.

햄릿 당신이 내 그 날카로움을 무디게 하려면 신음 소리를 내야 할게요.[*]

오필리어 점입가경이시옵니다.[**]

햄릿 좋거나 나쁘거나 여인들은 남편들을 잘못 받아들인단 말씀이야.—시작해라, 살인자야, 염병할 놈. 그 빌어먹을 찌푸린 상통 펴고 시작해. 자, 어서, 우는 까마귀가 복수를 외친다.

루시아너스 *마음은 검고, 손은 기민하고, 독약은 적당하고 시간은 적합하다. 때와 한패가 된 최적의 기회로다. 보는 자 아무도 없으니. 한밤중에 캐내어 헤커티[***]의 주문에 따라 세 번이나 말리고, 세 번이나 독기를 쏘인 그대 독약이여, 그대 본래의 마력과 무서운 속성을 건전한 생명체 속으로 곧장 스며들게 해라.* (잠든 사람의 귓속으로 독약을 부어넣는다)

햄릿 저자는 왕위를 얻기 위해 정원에서 왕을 독살하고 있는 겁니다. 왕의 이름은 곤자고죠. 이 작품은 현존하며, 아주 훌륭한 이탈리아어로 쓰였습니다. 이제 곧 살인자가 곤자고의 아내의 사랑을 얻는 것을 보게 될 것입니다.

오필리어 국왕마마께서 일어나십니다.

햄릿 뭐, 공포탄에 놀라시나?

---

* '날카로운(keen)', '신음 소리(groaning)', '〔내 성욕의〕 날카로움을 없애다(take off my edge)'는 성적 함의를 지녀 '점입가경'이라는 오필리어의 반발적 대꾸를 낳는다.

** 원문은 'Still better, and worse'로 사제가 혼인 선서를 할 때 언급하는 'For better 〔or〕 for worse(잘살건 못살건 길이길이)'를 활용한 말이다. 이 구절을 햄릿도 다음 행에서 활용한다.

*** 헤커티(Hecate, 헤카테)는 그리스신화에 나오는 마술의 여신이다.

왕비 전하, 왜 그러시옵니까?

폴로니어스 연극을 중지해라.

왕 불을 좀 밝혀. 비켜서라.

폴로니어스 불, 불, 불. (햄릿과 호레이쇼만 남고 모두 퇴장)

햄릿 응, 살 맞은 사슴은 울게 하고,
다치지 않은 사슴은 뛰놀게 하고.
어떤 자는 잠을 자야 하나 어떤 자는 깨어 있어야
하니까,
이렇게 돌아가는 것이 세상이로세.

이 시와 새 깃이 많이 달린 모자 하나면, 내가 장차 터키인[*]으로 전락해버린다고 해도, 구두에 프로방스산 장미를 장식하면 나도 극단의 무리에 온전히 한몫 낄 수 있지 않겠느냐?

호레이쇼 반몫 정도는요.

햄릿 온전한 한몫일세, 난.
내 사랑 데이몬이여, 그대도 알듯이
이 나라는 조브 신마저도
빼앗기고, 이제 이곳에서 통치하는 자는
바로, 바로—비열한.[**]

---

* 당시 터키인은 기독교인들에게는 기피의 대상인 이교도였다.

** 절친한 친구 사이를 전하는 고대 그리스의 이야기인 '다몬과 피티아스'에서 따와 호레이쇼를 '데이몬(Damon, 다몬)'이라 부르고, 로마신화에서 최고의 신인 조브(Jove, 유피테르) 신은 햄릿의 선친을, 비열한은 현왕인 숙부 클로디어스를 지칭하는 듯하다. 햄릿은 머뭇거리다가 '비열한(pajock)'이라고 하는데, 햄릿의 이 4행시는 1행의 'dear'와 3행의

호레이쇼 저하께서는 압운을 맞출 수도 있었는데요.

햄릿 오, 호레이쇼 군, 난 혼령의 말을 일천 파운드의 값으로
치네. 자네도 보았지?

호레이쇼 보고말고요, 저하.

햄릿 독살하는 이야기가 나올 때 말이야?

호레이쇼 네, 아주 잘 목격했습니다.

햄릿 아하, 하! 자, 풍악을! 자, 리코더들을!
왕께서 희극을 좋아하지 않으신다면
그렇다면 정말 그런 게지.
자, 풍악을 울려라!

로즌크랜츠와 길던스턴 등장.

길던스턴 저하, 한말씀 여쭙겠습니다.

햄릿 아니, 천만 마디라도.

길던스턴 국왕 전하께서—

햄릿 그래, 그분께서?

길던스턴 심히 심란한 가운데 물러가 계십니다.

햄릿 술병 때문에?

길던스턴 아닙니다, 저하, 화병 때문에요.

'here'가 압운을 이루고 있어, 4행의 'pajock'가 2행의 'was'와 압운을 이루려면 'pajock'가 아니라 'ass(얼간이)'를 써서 현왕을 더욱 조롱했어야 했다고, 다음 행에서 호레이쇼는 주장한다.

햄릿 이 사실을 의사에게 보고하는 편이 현명할 걸세.
왜냐하면 내가 그의 마음을 깨끗이 해주는
처방을 한다면 그를 더 큰 화병으로
끌고 들어갈 것이네.

길던스턴 저하, 말씀을 좀 조리 있게 해주시고, 저의 용건에서 너무 멀리 벗어나지 마세요.

햄릿 나는 순치된 몸일세. 말해보게나.

길던스턴 왕비마마이신 저하의 어머님께서 크게 고심하는 가운데
저를 저하께 보내셨답니다.

햄릿 환영하이.

길던스턴 아닙니다, 저하. 이 인사는 알맞은 것이 못 됩니다.
만약 저하께서 저에게 이치에 닿는 대답을 해주신다면
왕비마마의 말씀을 전해드리겠으나 아니면
하직을 허락받고 돌아감으로써 제 용무를
끝내겠습니다.

햄릿 여보게, 나는 할 수 없다네.

로즌크랜츠 무엇을 말입니까, 저하?

햄릿 합리적인 대답을 하는 일. 내 두뇌가 병들었다네. 하나 내가 할 수 있는 대답은 내 자네에게 해줄 테다. 그래, 내 어머니가 어떻다는 말인가? 이제 본론으로 들어가게. 그래, 내 어머니가—

로즌크랜츠 그러면 전해드리지요. 왕비마마께서는 저하의 행동으로 몹시 당혹하고 놀라셨습니다.

햄릿 아, 참 훌륭한 아들이군, 어머니를 그처럼 놀라게 하다니! 하지만 어머니의 이 놀라움 뒤에 뭔가 달려 있는 것은 없느냐? 이실직고하렷다.

로즌크랜츠 왕비마마께서는 저하가 주무시기 전에 내실에서 하실 말씀이 있으시답니다.

햄릿 내 복종하겠네, 그분이 열 곱절 더 내 어머니가 되신다면. 나와 관련된 용무가 더 남아 있는가?

로즌크랜츠 저하, 저하께서는 전에 저를 사랑해주셨습니다.

햄릿 그건 여전한데, 이 날치기들과 도둑들에 걸고 맹세하지만.*

로즌크랜츠 저하, 저하의 심적 혼란의 원인은 무엇인지요? 저하 자신의 자유로움에 문을 닫아놓는 결과가 될 것이옵니다, 친구에게까지 괴로운 심중을 토로하지 않으신다면.

햄릿 여보게, 내 출세를 하지 못해서네.

로즌크랜츠 그런 말씀이 어디 있어요? 저하를 덴마크 왕의 후계자로 천거하신다고 전하께서 친히 말씀하신 터에 말입니다.

햄릿 그건 그렇다만, '풀이 자라고 있는 사이에'—격언이 곰팡이가 좀 끼었군.

배우들이 리코더를 갖고 등장.

---

* '이 날치기들과 도둑들(these pickers and stealers)'은 햄릿의 양 손/손가락들을 가리킨다. 물론 남의 왕관 등 물건을 훔치는 못된 자들을 빗댄 말이기도 하다. 이는 기독교 교리문답에 나오는, 사람은 모름지기 '날치기와 도둑질을 삼가야 한다([keep] from picking and stealing)'를 활용한 것으로 보인다.

오, 리코더들! 하나 좀 보세.—우리 잠시 뒤로 물러나서 이야기 좀 하세. 어째서 자네는 나를 바람 받는 쪽으로 세우려 하는가, 마치 나를 덫으로 몰고 가려는 듯이?

길던스턴 오, 저하! 제가 강한 의무감이 지나쳐 무례를 범했다면 이는 저하에 대한 저의 사랑이 죄입니다요.

햄릿 그게 무슨 뜻인지 이해가 잘 안 되네. 자네 이 피리를 좀 불어보게.

길던스턴 저하, 저는 불지 못합니다.

햄릿 부탁이네.

길던스턴 정말이지 불 줄 모릅니다.

햄릿 간청하네.

길던스턴 저는 그것을 다루는 법을 모릅니다, 저하.

햄릿 거짓말하는 것만큼이나 쉬운 일인데. 이 구멍들을 손가락들과 엄지손가락으로 조종하면서 입김을 불어넣으면 아주 웅변적인 음을 내지. 보게, 이것들이 바로 음을 내는 구멍들이지.

길던스턴 그러나 저는 이 구멍들을 조종하여 화음을 내도록 하지 못합니다. 저는 솜씨가 없습니다.

햄릿 이 사람아, 보게, 자네는 나를 값없는 물건으로 만들고 있지 않은가. 자네는 나를 연주하려고 하면서, 나의 구멍들은 다 알고 있는 것같이 하면서, 나의 신비한 마음을 빼내려고 하면서, 내 심금의 음역에 있는 저음에서부터 고음까지를 모조리 내려고 하면서 말이야. 이 작은 악기 속에는 음악도 많고 훌륭한 음도 들어 있지만 자네는 그것을 소리나게 못 하고 있네. 그 주제에 그래, 나를 피리보다도 더 불기 쉬운 악기로 생각하는 건가? 자네가 나를 무슨 악기로 불러도 좋다만, 자네는 나를 화나게 할 수 있을지언정 나를 연주할 수는 없을 걸세.

폴로니어스 등장.

경, 안녕하십니까?

폴로니어스 저하, 왕비마마께서 저하와 말씀을 나누고 싶어하십니다. 당장에 말입니다.

햄릿 경께는 저 구름, 흡사 낙타 모양의 저 구름이 보이십니까?

폴로니어스 원, 저건 진정 낙타 상입니다.

햄릿 난 족제비 같다고 생각하는데요.

폴로니어스 등이 족제비 같군요.

햄릿 고래 같기도 하고.

폴로니어스 고래와 매우 흡사합니다.

햄릿 그러면 곧 내 어머니에게로 가겠소.—〔방백〕 이자들은 나를 더이상 참을 수 없는 데까지 놀리고 있구나—내 곧 가겠소이다.

폴로니어스 그리 여쭙겠습니다.

햄릿 '곧'이라고 말하기는 쉽지.—자네들도 물러가주게.

〔햄릿만 남고 모두 퇴장〕

지금은 바로 마술이 판치는 한밤중이로다.
교회 무덤들은 하품을 하고, 지옥까지도
온누리에 독기를 내뱉는 때지. 이제 나는 생혈이라도 마시고
낯이 쳐다보면 몸을 떨 무시무시한 일을 할 수
있을 듯하다. 가만있자, 이제 어머니에게로 가야지.
오, 가슴이여, 천륜의 정을 잊지 마라.
네로의 혼이 이 튼튼한 가슴에 들어오지 못하게 하라.*
잔인하게 대하되 천륜을 벗어나지는 말자.
단도 같은 말을 하되 진짜 단도는 쓰지 않겠다.
이 일에서 내 혀와 영혼은 위선자가 되어다오.
말로는 어머니를 제아무리 질책해도
말을 실천하지는 않겠다고, 내 영혼이여, 동의해다오! (퇴장)

3장

왕, 로즌크랜츠, 길던스턴 등장.

왕 나는 그자가 싫다. 그의 광증이 멋대로 날뛰도록

---

* 로마의 네로(Nero) 황제는 모친 살해의 죄를 범한 것으로 전해진다.

방치하면 짐의 안전이 위험해지네. 그러니 자네들, 준비하게.
내 자네들에게 위임장을 갖추어 급파하겠고,
그자는 영국으로 자네들과 동행토록 하겠네.
짐의 현상황은 그자를 가까이 둘 형편이 아닐세.
위험은 시시각각으로
그자의 머릿속에서 자라고 있다.

길던스턴 소인들 준비하겠사옵니다.
폐하께 의존해 호구하며 살아가는 수많은 백성들의
안전을 이렇듯 도모하심은
지극히 거룩하고도 성스러운 배려이옵니다.

로즌크랜츠 사사로운 한 개인의 생명도
온갖 마음의 힘과 무장으로써
자신을 해로움에서 보호해야 마땅하거늘 하물며
무수한 생명이 그 안태安泰에 달린 폐하의
목숨이야 말해 무엇하겠나이까. 지존의 붕어는
그 일신에만 국한되지 않고 마치 소용돌이처럼
주변의 모든 것을 함께 끌고 들어가옵니다. 또 그것은
가장 높은 산꼭대기에 고정된 육중한 수레바퀴이므로
이것의 거대한 살들에는 수만 개의 작은 부품들이
장붓구멍에 연결되고 고착되어 있습니다. 따라서 이것이 추락하면
그것에 부착되어 있던 모든 군소 부속물들과 이음들은
요란한 소리를 내면서 붕괴되옵니다. 무릇 왕의 탄식은

결코 홀로가 아닌 만백성의 신음을 수반하는 법이옵니다.

왕 속히 항해할 수 있도록 준비하기 바라네.
짐은 너무나 제멋대로 날뛰는 이 위험에
족쇄를 채우려 함이야.

로즌크랜츠 저희들, 서두르겠사옵니다.

(로즌크랜츠와 길던스턴 퇴장)

폴로니어스 등장.

폴로니어스 전하, 왕자가 모친의 내실로 가는 중이옵니다.
소신이 휘장 뒤에 잠입했다가
경과를 엿듣겠사옵니다. 왕비마마께서 크게 질책하실 것입니다.
전하께서 말씀하신 대로—매우 현명하신 말씀이셨는데—
모친이 아닌 다른 듣는 귀가
대화를 엿듣는 것이 적절하옵니다. 모자지정은 편파적이 될
소지가 있기 때문이옵니다. 전하, 소신은 물러가겠사옵니다.
소신 전하께서 침실에 드시기 전에 찾아뵙고
탐문한 바를 아뢰겠사옵니다.

왕 고맙소이다, 경.

(폴로니어스 퇴장)

오, 내 범죄의 냄새가 고약하여, 하늘을 찌르는구나.
그것은 인간 최초의 저주를 지녔다—
형제의 살인.* 나는 기도도 드릴 수 없는 처지지,

그러고 싶은 마음이 그럴 의지만큼 강렬해도.
내 강한 의지를 더 강한 내 죄가 패배시키며,
마치 서로 다른 두 가지 일을 동시에 해야 하는 사람처럼
어느 것을 먼저 할까 망설이다가
둘 다 행하지 못하고 있구나. 설사 이 저주받은 손이
형의 피로 더 두꺼워졌기로서니
인자한 하늘에는 이것을 눈처럼 희게 씻어줄
충분한 비는 없는 것인가? 자비의 존재이유란 무엇이겠는가,
만약 그것이 죄와 대결하여 성과를 거두지 않는다면?
또 기도는 무슨 소용이 있겠는가, 이중의 힘, 곧
우리의 추락을 미리 막아주고,
추락할 때 용서해주지 않는다면? 그렇다면 하늘을 쳐다보자.
내 죄과는 지나갔다—그러나 아, 어떤 형태의 기도가
내 입장에 적합할까? '저의 흉측한 살인을 용서해주소서?'
이건 안 되지. 나는 여전히 내 살인의 목표물들인
내 왕관, 내 야망, 내 왕비를
소유하고 있으니까.
범행으로 얻은 것들을 간직하고도 용서를 받을 수 있을까?
부패로 얼룩진 이 세상에서는
범인의 황금 손이 정의의 심판을 밀어낼 수 있고,
또 왕왕 악행으로 얻은 것 자체가

* 구약성경 「창세기」에 나오는 카인이 아벨을 죽이는 형제 살인을 뜻한다.

법을 매수하는 걸 보아온 터다. 하나 하늘나라에서는 다르다.
그곳에서는 회피란 있을 수 없고, 행위는
진면목으로 존재하게 되며, 우리 자신들이
범죄들과 얼굴을 맞대고 증거를 제시해야 한다.
그러면 이제 어쩐다, 무슨 수가 남았나?
회개가 가져올 성과를 기대해보자. 회개가 못할 일은 없으리.
하나 회개를 할 수 없는데 그게 무슨 소용이 있으랴?
오 참담한 신세로고! 오 주검처럼 어두운 내 심정!
끈끈이에 엉긴 내 영혼, 헤어나려고 몸부림치면 칠수록
더욱더 끈끈이에 말려드는구나! 도와주소서, 천사들이시여!
전력을 기울여라. 완고한 무릎아, 굽혀라. 철사로 묶인 심장이여,
신생아의 근육처럼 부드러워져라!
만사형통하기를! (그가 무릎을 꿇는다)

햄릿 등장.

햄릿 지금이 적기로구나. 그자는 기도중이다.
난 이제 결행하련다. (칼을 빼든다)
그러면 저자는 천당에 가고,
나는 복수를 하게 된다. 이 점은 면밀한 검토를 요한다.
악한이 내 아버지를 살해했는데, 그 대가로
그분의 독자인 내가 바로 그 악한을
천당으로 보낸다?

아니, 이건 삯을 받는 일거리이지 복수는 아니다.
그자는 내 아버지의 목숨을 난폭하게 취했다. 만복滿腹 상태로
그분의 죄들이 만발해 오월처럼 무성했을 때.
아버지 공과功過의 셈을 하느님 말고 누가 알까?
그러나 우리 인간의 의견과 판단에 의하면 그 계산서는
아버지께 벅찼을 것이다. 하니 저자가 자기의 영혼을
정화하는 지금, 내세로 가는 길이 완전히 무르익어가는 이때
저자를 죽이면 과연 나는 복수하는 것이 되겠는가?
아니다.
칼아, 칼집으로 돌아가라. 좀더 무참하게 될 기회를 알아보아라.
그자가 술에 취해 잠들었을 때, 혹은 화를 낼 때,
혹은 침대에서 근친상간의 음욕을 부릴 때,
도박할 때, 욕지거리할 때, 혹은 구원의 여지가 없는
어떤 짓을 할 때—그때 그를 때려눕혀
그의 발뒤꿈치가 천당 문을 차버려서 영혼이 저주받고
그것이 가게 될 지옥처럼
검게 되도록 하자. 어머니가 기다리신다.
이 약은 그대의 병든 날을 연장시켜줄 뿐이다. (퇴장)

왕 내 말은 하늘로 날아오르나, 내 생각은 지상에 남는구나.
생각 없는 말이 하늘로 올라갈 수는 결코 없을 테지. (퇴장)

4장

왕비와 폴로니어스 등장.

폴로니어스 왕자님이 곧 오십니다. 왕비마마, 그를 따끔하게
질책하소서.
그분에게 타이르십시오, 그의 장난이 금도를 크게 벗어났다고요.
그리고 왕비마마께서 방패막이가 되어 겨우 전하의 노여움이
미치는 걸 막으셨다고 말씀입니다. 소인 이곳에서 숨을 죽이고
있겠습니다. 알아듣기 쉽게 타이르십시오.

왕비 그리할 테니 염려 마시오.
물러가시오. 그애가 오는 소리가 들리오.

〔폴로니어스가 휘장 뒤에 숨는다〕

햄릿 등장.

햄릿 그래, 어머니, 무슨 사연이신지요?

왕비 햄릿, 너는 네 아버지를 크게 화나게 했다.

햄릿 어머니, 어머니는 제 아버지를 크게 화나게 하셨어요.

왕비 뭐, 뭐, 그걸 대답이라고 나태한 혀를 놀리는가.

햄릿 저런, 저런, 그걸 질문이라고 사악한 혀를 놀리시나요.

왕비 어찌하여, 어떻게 그런 말을, 햄릿아?

햄릿 지금은 또 무슨 사연인가요?

왕비 나를 몰라보겠느냐?

햄릿 아니요, 십자가에 걸고 맹세하는데,
결코 그렇지 않습니다.
당신은 왕비, 당신 남편의 동생의 아내
그리고, 아니라면 얼마나 좋겠습니까만, 내 어머니입니다.

왕비 네가 이렇게 나오면 내 말발이 서는 사람들을 내세우겠다.

햄릿 자, 자, 앉아 계세요. 꼼짝달싹 못하십니다.
제가 어머니에게 거울을 들이대서 그 속에서
깊숙이 자리잡은 마음속을 들여다볼 때까지는요.

왕비 너, 무슨 일을 하려는 게냐? 나를 죽이려는 건 아니겠지?
사람 살려라, 여봐라!

폴로니어스 〔휘장 뒤에서〕 어, 사람 살려라! 사람 살려!

햄릿 이건 뭐야? 쥐새끼다! 죽었다, 틀림없이 죽었다.

〔휘장 속으로 검을 찔러넣는다〕

폴로니어스 〔뒤에서〕 아이고, 나는 살해되었다.

왕비 끔찍해라, 너 무슨 짓을 한 거냐?

햄릿 아니, 저도 모르겠어요.
왕인가요?

〔휘장을 들어올려 죽은 폴로니어스를 발견한다〕

왕비 오, 이 얼마나 경솔하고 피비린내나는 범행이냐!

햄릿 피비린내나는 범행. 어머니, 나쁘기는
왕을 살해하고 그의 동생과 결혼하는 것과 흡사하지요.

왕비 왕을 살해하고?

햄릿 네, 마마, 바로 제가 한 말이에요.—
그대 가련하고, 경망되고, 끼어들기 잘하는 바보, 잘 가시오.
나는 그대를 그대의 상전으로 잘못 알았소. 운명을 받아들이시오.
이제는 쓸데없이 끼어드는 것이 위험함을 알았을 거요.—
손을 그만 꼬고. 조용히 앉아보세요,
그러면 제가 어머니의 가슴을 짜겠습니다. 예,
쥐어짜겠습니다.
그것이 꿰뚫을 수 있는 물질로 되어 있고,
저주받을 악습이 땜질하여 감성이
파고들 수 없는 갑옷이 되지 않았다면 말입니다.
왕비 내가 무슨 일을 범했다고 너는 혀를 감히 놀리어
이처럼 무례한 잡소리를 내느냐?
햄릿 무슨 일이냐고요?
숙덕의 아름다움과 부끄러움을 먹칠하는 그런 짓이지요.
덕을 위선자라 부르고, 순결한 사랑의 말끔한 이마에서
붉은 장미꽃을 떼어버리고, 거기에 불명예의 낙인을 찍으며
결혼서약을 노름꾼의 장담처럼 헛되게 만드는 그런 짓이지요.
오, 결혼서약서에서 그 골수를 빼내고,
교회에서의 달콤한 서약을 언어의 광상곡으로 만드는
그러한 짓 말입니다. 하늘의 얼굴도,
마치 최후 심판일이 임박한 듯
분개한 안색으로 원소들이 조화롭게 결합된
견고한 큰 땅덩어리 위에 빛을 내뿜고 있으며,

이 짓 때문에 수심에 차 있습니다.

왕비 아니, 무슨 행동이었다고
이렇듯 서두부터 요란한 천둥소리를 내는 거냐?

햄릿 여기 이 그림을 보시고 또 이 그림을 보세요.
두 형제의 초상화입니다.
이 이마에 얼마나 큰 수려함이 자리잡고 있는지를 보세요.
하이피어리온 신의 곱슬머리, 조브 신의 것 같은 이마,
마즈 신처럼 위압적이고 호령하는 눈,
하늘 높이 솟은 언덕 위에 갓 내려앉은
머큐리 전령신과 같은 자세,
진정 이 모든 것이 조합된 모습의—
모든 신이 도장을 찍어서 세상에
남성의 모범으로 재가한 듯싶은—분,
바로 이분이 당신의 남편이었습니다. 이제 그다음 것을 보세요.
여기 이 당신의 현 남편은 곰팡이 핀 이삭처럼
건강한 형을 말려 죽였어요. 어머니, 눈이 있으십니까?
어머니는 아름다운 동산에서 풀 뜯어먹는 일을 중단하고
황야로 내려와서 살을 찌우고 있습니다. 그래, 눈이 있으세요?
그것을 사랑이라 부를 수는 없을 겁니다. 당신 나이에는
정욕은 절정기에서 꺾여 길이 들고 겸손하여,
분별력에 잘 따르니까요. 그런데 어떤 분별력이기에
여기에서 여기로 걸음을 옮기지요? 감성은 확실히 갖고
계십니다.

아니면 움직일 수도 없었을 테니까요. 하나 그 감성은 확실히
마비되었습니다. 아무리 광인이 잘못을 범한다고 해도,
아무리 감성이 광증에 지배당한다고 해도
이토록 차이가 날 때는 약간의 식별력이라도 남아서
작동하는 법이니까요. 어떤 악마가
당신을 소경놀이하듯 속였단 말입니까?
감각이 없어도 시각만 있다면, 시각이 없어도 감각만 있다면,
촉각 혹은 시각이 없어도 청각만 있다면, 다 없어도 후각만 있다면,
아니, 오관의 어느 하나 병든 부분만이라도 있다면
그런 얼빠진 짓은 않죠. 오, 수치심이여, 그대의 부끄러움은 어디 갔느냐?
반역의 지옥 같은 정욕이여,
그대가 중년 여인의 뼛속에서 반란을 일으킬 수 있을진대
불타는 청춘에서는 숙덕이 초처럼
자체의 화염 속에 녹아버릴 것이다. 부끄러움을 말하지 마라,
청춘의 제어할 수 없는 정열이 공격을 가할 때는.
서리도 못지않게 활발하게 불타고,
이성은 오히려 정욕의 뚜쟁이가 되리니.

왕비 오, 햄릿, 말 그만하거라.
너는 내 눈을 내 영혼의 깊은 속으로까지 돌려놓았다.
거기에서 나는 본다, 검게 물든,
색이 좀처럼 바래지 않을 오점들을.

햄릿 아니,
기름이 질질 도는 침대의 지독한 땀냄새가 진동하는
돼지우리에서, 몸을 그을리는 가운데 정담을 나누고,
야합하며 살아가고 있습니다!

왕비 오, 내게 더이상 말을 말거라.
네 말이 단도처럼 귀에 들어오는구나.
더는 말하지 말거라, 내 아들 햄릿아.

햄릿 살인자, 악당!
당신 남편의 십분의 일, 아니, 이십분의 일도 못 되는
노예 같은 자요, 제왕의 악덕 광대 같은 자,
제국과 통치권을 소매치기한 자,
귀중한 왕관을 선반에서 훔쳐서는
자기 주머니에 집어넣은 자—

왕비 그만하거라.

햄릿 어릿광대의 얼룩덜룩한 누더기 옷차림을 한 왕—

혼령 등장.

수호천사들이시여, 저를 구원해주시고 날개로
감싸주소서! 당신께서는 어이하여 현신하였나이까?

왕비 아아, 슬프다, 저애는 미쳤구나!

햄릿 당신께서는 꾸물거리는 이 못난 자식을 책하려고 오셨나요?
마냥 시간을 낭비하고 격정을 식히며

당신이 명하신 중차대한 일을 시급히 행치 못하니.
오, 말씀해주십시오.

혼령 잊지 말거라. 이번 방문은
오직 거의 무뎌진 네 결심을 날카롭게 갈기 위해서니라.
하지만 보아라, 네 어미가 짓는 당황한 표정을.
어미에게 가서 몸부림치는 어미의 영혼을 부축하도록 해라.
망상은 가장 약한 자에게 가장 강하게 작동하느니라.
어미에게 말을 건네거라, 햄릿아.

햄릿 괜찮으신지요, 왕비님.

왕비 아이고, 너야말로 괜찮은 게냐?
눈을 허공에다 두고 형체 없는 공기와
대담을 하고 있으니 말이다.
네 눈에서 미친듯이 활력이 솟아나고,
납작하게 붙어 있던 머리카락은 마치 취침중인 병사들이
경보를 접할 때처럼 생명이 있는 듯 벌떡 일어나
곤두섰구나. 오, 착한 내 아들아,
불길처럼 혼란스러운 너의 마음에
시원한 진정의 물을 뿌려주도록 하여라. 너 지금 어디를 쳐다보느냐?

햄릿 저분을, 저분을. 보세요, 저분의 눈초리가 얼마나 창백한지.
저 모습과 현신의 이유를 합치면 목석에 호소할지라도
족히 감동시킬 수 있을 겁니다.—저를 쳐다보지 마세요,

그 애처로운 표정이 혹 저의 굳은 결심을
변화시키지 않도록요. 그렇게 되면 제가 하려던 일이
본색을 잃고, 피 대신에 눈물만 흘릴지도 모릅니다.

왕비 너 지금 이 말을 누구에게 하고 있는 것이냐?

햄릿 저기 아무것도 보지 못하십니까?

왕비 전혀 아무것도. 하지만 내 눈은 이곳의 모든 것을 보고 있는데.

햄릿 아니, 아무것도 듣지 못하십니까?

왕비 듣지 못한다, 우리 둘의 말밖에는.

햄릿 뭐요, 저기를 보세요, 그분이 살금살금 나가고 있는 걸 보세요.
아버지, 생전에 입으시던 옷차림으로!
보세요, 그분이 지금 막 현관을 나섭니다. (혼령 퇴장)

왕비 이는 바로 네 머리가 꾸며낸 것이야.
광증은 이처럼 형체 없는 걸 만들어내는 데
아주 능하단다.

햄릿 광증이라고요?
제 맥박은 어머니의 것처럼 일정하게 뛰면서
건강한 화음을 내고 있어요. 광증 때문에
한 말들이 아니었어요. 저를 시험해보세요.
저는 미친 사람일 경우 어긋나게 될 말을
그대로 되뇔 겁니다. 어머니, 제발
영혼에 진통 고약을 바르시고 제가 말씀드리는 것이
어머니의 죄과가 아니라 저의 광증 때문이라 돌리지 마세요.
그 고약은 헌 곳의 피부만을 덮을 뿐,

화농은 속으로 파고들어
겉으로는 보이지 않으나 감염되고 말죠. 하늘에 참회하세요,
과거의 일을 뉘우치시고, 앞날을 삼가십시오.
그리고 잡초에 거름을 뿌려서
더욱 무성하게 만들지 마세요. 저의 이 덕성을 용서하세요.
이렇게 병적으로 비대한 시대에서는
미덕 자신이 악덕에게 용서를 애걸해야 하니까요,
네, 그것에 선을 베풀게 해달라고 몸을 굽혀 간청해야 하지요.

왕비 오, 햄릿아, 너는 내 가슴을 두 쪽으로 갈라놓았다.

햄릿 오, 나쁜 반쪽일랑 던져버리시고,
다른 반쪽을 가지고 더 깨끗한 삶을 사십시오.
안녕히 주무세요. 하지만 숙부의 침대로는 가지 마세요.
숙덕이 없다면 있는 척이라도 하십시오.
괴물 습관은 악습에 대한 사람의 감각을 먹어서
죄다 없애버리지만 이 점에서는 천사예요. 즉,
아름다운 선행을 실천하는 데도
알맞은 의상을 수월하게
입혀준답니다. 오늘밤을 삼가세요,
그러면 일종의 용이함을
그다음 근신에 제공해줄 것입니다. 그다음은 더 쉬워집니다.
왜냐하면 습관은 우리의 본성을 거의 바꿔줄 수 있으며,
놀라운 능력으로 악마를 끌어들일 수도 던져버릴 수도
있으니까요. 한번 더 안녕히 주무세요.

하느님의 축복을 어머니가 갈망하실 때
저는 어머님의 축복을 청하겠습니다. 이 대신으로 말하면,
저는 뉘우치고 있습니다. 하나 하느님의 뜻은
이분을 통해 저를, 저를 통해 이분을 처벌하는 것이었습니다.
즉, 저는 하느님의 채찍이며 하수인이었던 것입니다.
이분의 시체를 처치하겠습니다. 그리고 이분을 살해한 일의
책임을 지겠습니다. 그러면 다시, 안녕히 주무십시오.
저는 오직 친절하기 위해서 잔인해야 했습니다.
이 일은 시작이 나빴는데, 더 나쁜 일이 남아 있습니다.
한 말씀만 더, 어머니.

왕비 나는 어찌해야 하느냐?

햄릿 제가 어머니께 당부하는 일은 절대 해서는 안 됩니다.
즉, 술살이 오른 왕이 어머니를 침대로 유혹해서
어머니의 볼을 음란하게 꼬집으며, 어머니를 생쥐라 부르고
또 한두 번의 징그러운 입맞춤을 하고,
저주받은 그 손가락으로 어머니의 목을 만지작거리면,
어머니는 다음 사실을 모두 폭로해버리세요.
제가 진짜 미친 것이 아니라
정략적으로 미쳤다고요. 이를 그자에게 알리는 게
좋겠지요.
아름답고, 정신이 깨끗한 현명한 왕비가 아닌 다음에야
누가 그런 중대사를 두꺼비, 박쥐, 수고양이에게
감추겠습니까? 누가 과연 감추겠어요?

아니지요. 지각이고 비밀이고 간에
지붕 꼭대기에 있는 바구니를 열어서
새들을 날려보세요. 그리고 그 유명한 원숭이처럼
한번 해볼 셈으로 바구니 속에 기어들어가서
목을 부러뜨리시는 거죠.*

왕비 네게 확언하지만, 말이 입김으로 만들어지고
입김이 목숨으로 만들어진다면 네가 내게 한 말을
입 밖으로 낼 목숨이 내게는 없다.

햄릿 저는 영국으로 가야 합니다. 알고 있으셨지요?

왕비 아뿔싸,
내 잊고 있었구나. 그렇게 결정되었단다.

햄릿 국서도 봉함되었고요. 그리고 제 두 동창들,
제가 독사를 믿듯이 해야 할 사람들인데,
그들이 저를 급히 몰고 가서
함정에 빠뜨린다는군요. 그렇게 해보라지요.
공병工兵이 제 폭발에 맞아 공중분해되는 것은
재미있는 놀이니까요. 만만치는 않겠지만
제가 그자들이 묻은 지뢰들 밑을 일 야드 파서
폭파해 달나라로 날려버릴 겁니다. 참 근사한 일이에요,
두 호적수가 외나무다리에서 만나다니.

---

* 햄릿은 이 대사에서 자신의 양광(佯狂), 즉 거짓으로 미친 체하는 것을 어머니가 숙부에게 알리면 새처럼 날아보려고 만용을 부리다가 목이 부러진 원숭이 꼴이 될 것이라고 경고하고 있다.

이 사람이 제게 짐을 꾸리도록 하는군요.
전 이 시체를 이웃 방으로 갖다놓겠습니다.
어머니, 이번에야말로, 안녕히 주무세요. 이 대신은
이제는 아주 조용하고, 아주 비밀을 잘 지키고, 아주 엄숙하군요,
생전에는 어리석은 수다쟁이 영감이었는데.
자, 내 당신 일을 끝장내야겠소.
안녕히 주무십시오, 어머니.

(폴로니어스를 끌고 나간다 〔왕비는 그대로 남는다〕)

4막

1장

〔왕비가 있는 곳에〕 왕이 로즌크랜츠와 길던스턴을 대동하고 등장.

왕 이 한숨들에는 곡절이 있을 터, 이 깊은 한숨의 뜻을
말해야 할 것이오. 짐도 응당 알고 있어야 하오.
당신의 아들은 어디에 있소?

왕비 잠시 자리를 좀 비워주시오. 〔로즌크랜츠와 길던스턴 퇴장〕
오, 전하, 오늘밤 제가 본 광경이라니!

왕 무슨 광경이오, 거트루드. 햄릿은 어떻소?

왕비 바다와 바람처럼 미쳤어요, 양쪽이
어느 쪽이 더 센지를 겨루는 형국이에요. 멋대로 날뛰는 광증으로
휘장 뒤에서 무엇이 움직이는 소리를 듣자
자신의 긴 쌍날칼을 빼어들고, '쥐, 쥐'라 외치며

정신착란의 와중에 숨어 있어
보이지 않는 노대신을 살해했답니다.

왕 오, 참담한 범행이오!
짐이 그곳에 있었다면 그 변을 당했을 것이오.
그의 일탈은 우리 모두에게 큰 위협이 되고 있소—
당신 자신에게, 짐에게, 모두에게 말이오.
슬프오, 이 잔혹한 살인을 어떻게 처리해야 하나?
비난이 짐에게 쏟아질 터. 짐이 사전에
이 미친 젊은이를 밀착 감시하고, 구금하여
격리했어야 했다고 말이오. 하나 짐의 사랑이 너무 커서
짐은 가장 적절한 대책을 미처 알아내지 못하고,
괴질의 환자처럼 그 병을 남에게
숨기는 데 급급한 나머지
그만 생명의 정수까지 잠식하도록 만든 거요. 그는 어디로 갔소?

왕비 자기가 죽인 시체를 치우러 갔어요.
이 건에 대해서 그의 광증은 흡사
비금속 광산에 들어 있는
금맥처럼 순수한 마음을 내보였어요. 자신의 소행에 대해
눈물을 흘렸답니다.

왕 오, 거트루드, 갑시다.
태양이 산마루에 올라서자마자
그를 선편으로 떠나보내겠소. 그리고 이 흉행을
짐은 짐의 모든 권세로써 감싸고,

묘책으로써 변명해야겠소. 여봐라, 길던스턴!

로즌크랜츠와 길던스턴 등장.

여보게들, 자네들은 가서 다른 사람의 조력을 구하게.
햄릿이 미쳐서 폴로니어스를 살해하고,
모친의 내실에서 시체를 끌어냈다네.
가서 그를 찾아내고, 잘 타일러서 시체를
부속예배당에 안치하게. 서둘러주기 바라네.

(로즌크랜츠와 길던스턴 퇴장)

갑시다, 거트루드. 짐은 총명한 중신들을 불러서
그들에게 불시에 생긴 일과 이에 대한 짐의 처리법을
다 알릴 참이오. 이리하면 아마도 중상이—
이것의 소리가 세상 한쪽 끝에서
맞은편 끝까지 마치 대포알이 과녁을 맞히듯—
독화살 공격을 가하더라도 짐의 이름은 놓치고
상처받지 않는 공기만을 맞히게 될 것이오. 자, 갑시다!
내 영혼은 온통 불화와 낙담뿐이오. (모두 퇴장)

2장

햄릿 등장.

햄릿 안전하게 치워놓았다. 〔안에서 부르는 소리〕 하지만 가만! 무슨 소리지? 누가 햄릿을 부르나? 아, 여기 오고 있군.

로즌크랜츠, 길던스턴 그리고 몇 사람 등장.

로즌크랜츠 저하, 시체를 어찌하셨습니까?

햄릿 흙과 섞어버렸지, 그건 흙의 친족이니까.

로즌크랜츠 시체 있는 곳을 알려주십시오. 소인들이 그것을 끌어내 예배당으로 가져가렵니다.

햄릿 믿지 말게.

로즌크랜츠 무엇을 말입니까?

햄릿 내가 자네의 비밀은 지켜주고, 나 자신의 것은 지키지 않는다는 것을. 이뿐만 아니라 해면으로부터 질문을 받았을 때 왕의 아들은 무슨 대답을 해야겠는가?

로즌크랜츠 저하, 저를 해면으로 보십니까?

햄릿 그렇다네. 왕의 총애와 보상과 권한을 빨아들이는 해면. 그런데 그러한 관리들이 왕에게 가장 큰 봉사를 하게 되는 건 마지막에 가서지. 왕은 마치 원숭이처럼 그자들을 턱

한쪽에 두거든—우선 입에 물고 있다가 마지막에 삼키려고. 자네들이 수집한 것이 필요할 때는 그저 자네들을 짜기만 하면 되고. 그러면 자네들은 해면인지라 다시 말라버리겠지.

로즌크랜츠 무슨 말씀이신지 이해가 안 됩니다, 저하.

햄릿 그거 참 다행이군. 험한 말도 어리석은 귓속에선 잠들고 마니까.

로즌크랜츠 저하, 시체가 어디에 있는지 소인들에게 알려주시고 함께 국왕 전하께로 가셔야 합니다.

햄릿 시체는 왕과 함께 있으나 왕은 시체와 함께 있지 않다네.* 왕은 물건이니까—

길던스턴 물건이요, 저하?

햄릿 무가치한 물건. 나를 그에게 데려가게. (모두 퇴장)

3장

왕과 두세 사람 등장.

왕 그를 찾으러 또 시체도 찾으러 사람을 보냈소.

---

* 첫번째의 '왕'은 선왕이고, 두번째의 '왕'은 아직은 시체가 되지 않은 현왕 클로디어스를 가리킨다고 볼 수 있다. 햄릿은 27행과 29행에서 'A thing'과 'Of nothing'이라는 언어유희로 이제 곧 시체가 될 현왕을 무가치한 물건으로 격하시키고 있다.

이자를 풀어놓는 일이 얼마나 위험한지!
그렇다고 그를 엄한 법으로 다스릴 수도 없소.
그는 제정신이 아닌 군중의 사랑을 받고 있기 때문이오.
군중은 그를 이성적 판단이 아닌 눈으로 좋아하며,
이런 경우에는 범죄자가 받은 처벌만을 문제삼고
범죄 자체는 중시하지 않아요. 모든 것을 순조롭게, 원만하게
처리하려면 그를 서둘러 떠나보내고 이것이
심사숙고의 결과로 보이도록 해야 하오.
위급한 병은 응급치료로나 고쳐질 뿐
그 외의 방법으로는 도무지 불가능하오.

로즌크랜츠, 〔길던스턴,〕 그리고 몇 사람 등장.

그래, 어찌되었느냐?

로즌크랜츠 시체를 어디에 두었는지, 전하,
소신들은 그분에게서 알아내지 못했습니다.

왕 그런데 그는 어디에 있느냐?

로즌크랜츠 밖에서, 감시하에, 대령하고 있사옵니다.

왕 그를 짐 앞에 데려와라.

로즌크랜츠 여봐라, 저하를 안으로 모셔라.

햄릿이 수위들과 함께 등장.

왕 그래, 햄릿, 폴로니어스는 어디에 있느냐?

햄릿 저녁상에요.

왕 저녁상이라고? 어디 말인가?

햄릿 그가 먹는 데가 아니라 먹히는 데죠. 일단의 정치구더기가 모여 바로 이 순간 그를 먹고 있습니다. 구더기는 먹는 데는 유일무이한 황제지요. 우리는 살찌려고 다른 생물들을 살찌우고, 우리 자신을 살찌워서 구더기에게 바치죠. 살찐 왕이나 여윈 거지는 서로 다르게 만들어진 동류의 음식, 두 가지 음식이 되지만 한 식탁에 오르게 됩니다. 그게 끝이랍니다.

왕 저런, 저런.

햄릿 우리는 왕의 살을 뜯어먹은 구더기로 물고기를 잡고, 그 구더기를 먹은 물고기를 먹습니다.

왕 도대체 지금 무슨 말을 하고 있는 게냐?

햄릿 아무것도 아닙니다. 다만 전하께 보여드리고자 함은 왕이 거지의 뱃속으로도 행차할 수 있다는 것입니다.

왕 폴로니어스는 어디에 있느냐?

햄릿 천당에요. 거기에 사람을 보내 알아보세요. 만약 사자가 그곳에서 그를 발견하지 못하면, 정반대쪽에 직접 가셔서 그를 찾아보시고, 그래도 이달 안에 그를 발견하지 못하신다면 아마 복도로 가는 계단을 오를 때 그의 냄새를 맞게 될 것입니다.

왕 〔수행원들에게〕 거기로 가서 찾아오게.

햄릿 그는 당신들이 올 때까지 기다릴 거요. (수행원들 퇴장)

왕 햄릿, 이번 범행은, 너의 안전을 각별히 도모하기
위해서인데—
짐은 네 안전을 네가 저지른 일만큼이나 지극히
중요하게 여기니—너를 화급히 떠나보내게 하는구나.
그러한즉 준비를 갖추도록 해라.
선편은 준비되었고, 바람도 순풍이라
일행이 대기하고 있다. 모든 것이
영국행을 위해 준비되어 있다.

햄릿 영국행을 위해서요?

왕 그래, 햄릿.

햄릿 좋습니다.

왕 여부가 있겠나, 만약 네가 짐의 의중을 안다면.

햄릿 저는 그 의중을 꿰뚫어보는 천사를 봅니다. 하나, 가자,
영국으로. 안녕히 계십시오, 사랑하는 어머니.

왕 사랑하는 네 아버지이지, 햄릿아.

햄릿 제 어머니. 아버지와 어머니는 부부지간,
부부지간은 일심동체. 그래서 제 어머니.
자, 영국으로 가세.

왕 그를 바싹 따라가거라. 달래서 그를 속히 승선시키도록 하고.
지체하지 말지어다. 그를 오늘밤 보내야겠다.
어서 가거라. 이 일과 관련된 모든 것에 도장을 찍어
결재했다. 서두르기 바란다. (왕만 남고 모두 퇴장)

영국 왕이여, 만약 그대가 내 후의를 다소라도 존중한다면—
내 위력이 어떠한지는 그대가 실감했으리,
덴마크의 칼을 맞은 흉터가
아직도 생생하고 그대가 스스로 짐에게 경외심을
표하고 있으니—그대는 짐의 명령서를
냉대할 수는 없을 것이다. 그 내용인즉
국서에도 그 같은 취지로 명기되어 있는데,
즉각 햄릿을 죽이라는 것이다. 이를 실행하라, 영국 왕이여.
그자는 지속적인 열병처럼 내 핏속에서 들끓고 있어서
그대가 나를 치료해주게. 이 건의 실행을 알 때까지는
어떤 행운에도 결코 내 기쁨은 시작될 수 없으리라. (퇴장)

4장

포틴브래스가 군대를 이끌고 무대 위에 등장.

포틴브래스 대위, 가서 덴마크의 왕에게 문안을 드려라.
그분에게 아뢰어라, 포틴브래스가 그분의 허락에 의거하여
기약된 덴마크를 거쳐 행군해
지나가려 한다고. 집합지는 알고 있으렷다.
폐하께서 나와 무슨 할 말씀이 있으시다면
내가 어전에 나가서 예를 표할 터인즉,

그리 그분께 아뢰어라.

대위 시행하겠습니다, 저하.

포틴브래스 자, 서행으로 행군을 계속하자.

([대위 외의] 모든 사람 퇴장)

햄릿, 로즌크랜츠, [길던스턴,] 그리고 몇 사람 등장.

햄릿 이보시오, 이건 누구의 군대요?

대위 노르웨이의 군대입니다.

햄릿 출정 목적을 알고 싶소.

대위 폴란드의 일부를 공략하려고요.

햄릿 사령관은 누구신가요?

대위 노르웨이 노왕의 조카 포틴브래스입니다.

햄릿 폴란드의 본토 공략인가
아니면 일부 변방 공략인가요?

대위 사실을 과장 없이 말씀드린다면,
우리는 작은 땅덩이를 얻으러 갑니다.
이 거사로 얻는 것은 이름뿐 이득이란 없습니다.
소작료가 다섯—다섯 다거트라도 저는 부치지 않겠어요.
노르웨이나 폴란드에 소득은 그 이상이 되지 않을 겁니다,
설사 당장 매각한다고 해도요.

햄릿 그래요. 그렇다면 폴란드인들은 방어하지 않겠네요.

대위 방어할 겁니다. 벌써 수비대가 지키고 있습니다.

햄릿 2천의 생명들과 2만 다거트도
이 지푸라기 땅 문제를 싸워서 해결할 수 없을 것이오!
이것은 오랫동안 크게 누려온 사치와 평화가 만든 종기로서
내부에서 곪아터지니 사람이 왜 죽는지
밖으로는 그 원인을 드러내지 않죠. 매우 고맙소.

대위 안녕히 계십시오. 〔퇴장〕

로즌크랜츠 이제 가실까요, 저하?

햄릿 곧 따라가겠으니, 좀 먼저 가게. 〔햄릿만 남고 모두 퇴장〕
사사건건 나를 고발하고,
무딘 내 복수심에 박차를 가하는구나. 인간이란 대체 무엇인가,
자신의 주된 시간을 좋게 활용한다는 것이
잠자고 밥 먹는 일이라면? 짐승, 그 이상이 못 된다.
확실히 인간을 만들 때 앞뒤를 가늠하는 그처럼
위대한 추리력을 구비해준 조물주가 우리에게
그 능력과 신과 같은 이성을 쓰지 않고
몸속에서 썩게 하려고 준 것이 아니다. 그런데, 무엇 때문인지
짐승의 망각 때문인지, 아니면 어떤 겁쟁이의 주저함,
결과를 너무 면밀하게 고려하는 주저함—4등분하면 1은
지혜이고, 3은 겁으로 된 생각—때문인지
나는 알 수 없다, 어째서 아직 허구한 날 이 일을
해야 한다고 넋두리만 늘어놓고 있는지를.
나는 그 일을 행할 명분, 의지, 힘, 수단을 갖고 있는데
말이다. 땅덩이 같은 분명한 예들이 나를 훈계한다.

병력이 그처럼 많고 비용도 많이 들인 이 군대를 보라.
인솔자는 섬세하고 젊은 왕자다.
그러나 그의 정신만은 고상한 야심으로 부풀어
눈에 보이지 않는 결과를 코웃음 치고,
한 번 죽으면 되찾을 길 없이 불확실한 목숨을
계란껍데기만한 땅을 얻으려고 그 모든 행운, 죽음과
위험에 감히 노출시키고 있다. 진정한 위대함은
대단한 명분 없이는 거사하지 않는 게 아니라
명예가 걸려 있을 때는 지푸라기만한 일에도
고상하게 싸우는 것이다. 그렇다면 나는 어떠한가.
아버지는 살해당하고, 어머니는 더럽힘을 당하고,
내 이성과 격정의 촉구를 받고 있으면서도
다 잠재워버리고, 부끄럽게도 목도하는 것은
2만 병졸들이 직면한 죽음이다.
이들은 명성에 대한 환상 같은 사소한 것을 위해서
한 땅덩이를 놓고 싸우려고 침대인 양 무덤으로 가고 있다.
이 땅덩이는 승부를 겨룰 병사들이 들어설 자리조차 없으며,
전사자들을 보이지 않게 묻을 무덤으로도
충분치 못한 협소한 곳이 아닌가. 오, 지금 이 순간부터
내 생각들아, 잔인해져라, 아니면 무용지물이 된다. (퇴장)

5장

왕비, 호레이쇼, 그리고 조신 등장.

왕비 나는 그애와 말하고 싶지 않소.
조신 끈질기게 간청하고 있습니다.
진정, 제정신이 아닙니다. 측은할 정도입니다.
왕비 그애의 소청은 무엇이오?
조신 자기 부친 이야기를 하고 있습니다. 자기가 듣기에는
세상에 음모술수가 많다면서 헛기침도 하고, 가슴도 치며
사소한 일에도 화내며, 만사가 의혹투성이라고
횡설수설하고 있습니다. 무의미한 말이지만
그 조리 없는 말이 듣는 이들로 하여금 이리저리 엮어서
뜻을 만들어내게 합니다. 그들은 뜻을 추정해서
그 일관성 없는 말들에 그들 나름의 의미를
부여해본답니다.
그 말들을 그녀의 눈짓, 고갯짓, 몸짓이 주는 뜻과 함께 살피면
사람들은 기실 어림짐작 많은 불행한 일들이
있었다는 생각을 하게 됩니다.
호레이쇼 그녀를 만나보시는 편이 좋을 듯합니다. 왜냐하면 악의를
품은 자들에게 위험한 억측의 씨가 뿌려질 수도 있으니까요.
왕비 그애를 들라 하오. 〔조신 퇴장〕
〔방백〕 죄악의 본성이란 원래 그러하나 병든 내 영혼에게는

사소한 일마다 어떤 큰 재앙의 서곡으로 생각되는구나.
죄란 걷잡을 수 없는 의구심으로 가득차서
파괴당할 것을 염려하여 자신을 파괴하는 법이지.

오필리어 등장.

오필리어 덴마크의 아름다우신 왕비마마는 어디 계신지요?

왕비 어쩐 일이니, 오필리어?

오필리어 (노래한다) *내가 당신의 애인을*
다른 이와 어떻게 구별하느냐구요?
*그의 새조개모와 죽장**
그리고 그의 가죽신을 보고서.

왕비 가련한지고! 어여쁜 아가씨. 그 노래의 뜻은 무엇이냐?

오필리어 무엇이냐고요? 아니, 제 노래를 들어보세요.
(노래한다) *그이는 죽어서 사라졌어요, 마님.*
그이는 죽어서 사라졌어요.
그의 머리맡에는 잔디 풀 한 개
그의 발치에는 돌멩이 한 개.

오, 오!

왕비 그러지 말고, 오필리어야—

오필리어 제발 들어보세요.

---

* '새조개모와 죽장(cockle hat and staff)'은 성지순례자의 차림새면서, 세례식 때 사용된 물건들이기도 해서 회개와 재생을 상징한다.

(노래한다) *산의 눈처럼 흰 그분의 수의는—*

왕 등장.

왕비 슬픈지고. 여기 좀 보세요, 전하.

오필리어 (노래한다) *아름다운 꽃들로 장식되었지.*
그분은 참사랑의 소낙비 같은 애도의 눈물을 받으며
무덤으로 가지는 못하셨다오.

왕 어찌 지내느냐, 어여쁜 아가씨?

오필리어 잘 있죠. 하느님의 축복이 당신께 있기를! 올빼미는 빵집 딸이라고들 하던데요.[*] 전하, 저희는 현재의 우리를 알고 있을 뿐 장차 어떻게 될지는 모른답니다. 식사 때 하느님이 함께하시길!

왕 제 아버지 생각이로군!

오필리어 제발 이 이야기는 이제 그만해요. 하지만 사람들이
그것의 뜻을 묻거든 이렇게 말해주세요.
(노래한다) *내일은 밸런타인 성자의 날,*
꼭두새벽에
처녀인 나는 당신의 창가에서
당신의 밸런타인이 되고.
그런 후에 그이는 일어나 옷 입고
방문을 열었지.

---

* 허기진 예수가 빵집 딸에게 빵을 구걸했으나 거절당하자 그녀를 올빼미로 변신시켰다는 전설이 있다.

들어갈 때는 처녀, 방을 나서서
떠나갈 때는 더이상 처녀가 아니었지.

왕 어여쁜 오필리어—

오필리어 진정 아무 맹세 없이 노래를 끝내겠어요.
예수님과 자비 성자님께 걸고 말하는데,
슬픈지고, 부끄러운지고,
젊은 남자들은 그 경우 늘 그런 짓을 하죠.
신께 걸고 맹세하는데, 그건 그들의 잘못.
그녀는 말한다, '당신이 내 몸을 덮치기 전에는
내게 결혼약속을 했었는데.'
그는 대답한다,
'난 그걸 이행했을 거요, 저 태양에 걸고 맹세하는데,
만약 그대가 내 침대에 오지 않았더라면.'

왕 저애가 언제부터 저 꼴이 되었는가?

오필리어 전 만사가 형통하기를 바라고 있어요. 우리는 인내해야지요. 하지만 저는 그분을 차가운 땅속에 누일 것을 생각하면 울지 않을 수 없답니다. 이 사실을 오빠에게 알려주겠어요. 그래서 주신 좋은 조언에 감사하고 있어요. 가자, 내 마차야! 안녕히 주무세요, 숙녀님들, 안녕히 주무세요. 아름다운 숙녀님들, 안녕히 주무세요, 안녕히 주무세요. (퇴장)

왕 그녀를 바싹 따라가 잘 감시하기 바란다. 〔호레이쇼 퇴장〕
아, 이는 깊은 슬픔의 독 때문이로다. 이 모두가
그애 부친의 사망에서 비롯된 일. 그런데 보시오,

오, 거트루드, 거트루드,
슬픔이 찾아올 때는 수색대처럼 소수로 오지 않고
전 부대가 온다오. 처음에는 그애의 부친이 살해되었소.
그다음에는 당신의 아들이 떠났소. 이는 그 자신이 범한 난동으로
자초한 일이었으나 백성들은 폴로니어스의 죽음에 대하여
매우 혼탁하고, 불건전한 생각을 품고
그것에 대해 수군대고 있소.
그리고 짐은 서투르게 쉬쉬해가며 그분을 매장했고.
가련한 오필리어는 미쳐서 맑은 이성을 상실했소.
이 이성이 없다면 우리 인간은 그림이고, 짐승에 불과하오.
마지막으로 그리고 앞의 어느 것 못지않게 중요한 사항인데,
그애 오빠가 비밀리에 프랑스에서 귀국하여
이 의혹을 받아들이고, 미혹되어 있으며,
그의 귀에 뜬소문을 소곤거리는 자들도 없지 않소.
그의 부친 사망에 관한 못된 말들로써 말이오.
이 건에는 그럴싸하게 꾸며댈 것이 없으니까
필연적으로 짐을 고발하는 말이 거침없이
이 귀 저 귀로 들락거릴 터.
여보, 거트루드, 이것이 내 몸 여러 부위에, 살생의 산탄처럼,
필요 이상의 죽음들을 주고 있소. (안에서 소리가 난다)
거기 누구 없느냐!

내 스위스 호위병들은 어디 있느냐? 그들에게 문을 지키게 하라.

사자 등장.

무슨 일이냐?

사자 전하, 피신하시어 옥체를 보존하시옵소서.
방파제를 넘쳐 오른 바닷물이
광란의 속도로 육지를 삼키는 것도
레어티즈가 폭도들의 선두에 서서 전하의 호위병들을
압도하듯 하지는 못할 것입니다. 폭도들은 그자를 주군이라
부르며,
세상만사가 지금 막 시작하고 있기나 한 듯이
옛일을 잊고, 관례도 모르며,
취사선택하고 지지하는 것이 모두 자기들 말대로 되는 듯
외쳐댑니다, '우리 선택합시다. 레어티즈를 왕으로!'
모자를 던져 올리고, 손뼉 치며, 소리 높여 하늘을 향해
'레어티즈를 왕으로, 레어티즈를 왕으로'라고 외쳐댑니다.

왕비 그자들이 냄새를 잘못 맡고서 되게 짖어대는구나!
이 못된 덴마크 사냥개들아, 방향이 영 틀렸다.

(안에서 소리가 난다)

왕 문이 부서졌다.

레어티즈와 추종자들 등장.

레어티즈 이 왕 어디에 있는가?—여보게들, 모두 밖에서 기다려주게.
추종자들 아니, 들어가게 해주시오.
레어티즈 제발, 내 말 따라주오.
추종자들 그러겠소, 그러겠소.
레이티즈 고맙소. 문을 지키시오. 〔추종자들 퇴장〕
오, 그대 악덕 왕이여,
내 아버지를 내놓으시오.
왕비 진정하게, 레어티즈.
레어티즈 내 피가 진정된다면 나는 사생아로 선포되는 것이오.
내 아버지를 오쟁이 진 남편이라고 외쳐대는 것이며,
창녀의 낙인을
내 어머니의 더럽혀지지 않은 정숙한 이마 사이 바로 여기에
찍는 것이 되오.
왕 무엇 때문인가, 레어티즈,
그대의 반란이 이처럼 거창하게 보이는 것은?—
내버려두오, 거트루드, 짐의 신상은 염려 마시오.
신이 왕을 보호하므로
반역은 그 보호의 울타리를 들여다볼 뿐
그것의 의도를 실행에 옮기지는 못하는 법이오—말해보게,
레어티즈,
어째서 자네는 이리 화가 났는가?—그를 그냥 내버려두오,
거트루드.

말해보게, 이 사람아.

레어티즈 내 아버지는 어디 있소?

왕 사망했네.

왕비 하나 그분 탓은 아니네.

왕 그가 마음대로 물어보도록 내버려두시오.

레어티즈 어떻게 돌아가셨죠? 난 속아넘어가지 않을 거요.
충성심은 지옥에나 가라! 신하의 맹세는 가장 검은
악마에게 가라!
양심과 신앙은 지옥의 가장 깊은 구덩이에 떨어져라!
나는 지옥행도 불사하오. 내가 고수하는 점은
현세와 내세가 어찌되든 상관하지 않는다는 것이오.
어떤 결과가 생겨도 좋소. 다만 난 복수하겠소,
내 아버지를 위해서 아주 철저하게.

왕 누가 그걸 막겠는가?

레어티즈 내 의지뿐. 온누리의 뜻으로도 막지 못할 것이오.
그리고 내 수단 방법은 미약하나 유효적절하게 활용하면
큰 효과를 내게 될 것이오.

왕 레어티즈 군,
그대가 부친에 관해서 확실한 것을 알고 싶다고 해서
판돈을 몽땅 긁어가듯이
친구와 원수, 승자와 패자를 구분하지 않고
무분별하게 양쪽 모두에게 칼을 빼드는 것이 자네의 복수
방법인가?

레어티즈 아버지의 원수들만.

왕 그러면 그자들을 알고 싶나?

레어티즈 아버지 친구분들에게는 이렇게 양팔을 활짝 벌리겠소.
그리고 자신의 생을 희생시키는 애정 어린 어미 펠리컨처럼
제 피로써 그분들을 먹이겠소.

왕 아, 이제야 제대로 말하는군.
착한 아이와 참된 신사처럼 말일세.
내가 자네 부친의 죽음에 죄가 없다는 사실과
그 건에 대해서 또 통절히 슬퍼하고 있다는 사실은
대낮이 자네의 눈에 보이듯이
자네의 판단력에 명백하게 나타날 걸세.

(안에서 소리가 난다 〔오필리어의 노래가 들린다〕)

그애를 들어오게 하오.

레어티즈 그런데, 저건 무슨 소리요?

오필리어 등장.

오, 열기여, 내 뇌수를 말려라! 눈물이여, 일곱 배나 짠
소금이 되어 내 시각과 시력을 태워라!
하늘에 맹세하건대, 네 실성은 저울대가 기울도록
무게 있게 갚아주겠다. 오, 오월의 장미여!
귀여운 처녀, 다정한 누이, 아름다운 오필리어,
오, 하느님이시여, 어찌 젊은 처녀의 정신이

노인의 생명처럼 죽어버릴 수 있습니까?
자식의 어버이 사랑은 아주 섬세한 작용을 하는데 이 경우
자식은 별세한 어버이를 향한 정의 표시로
자기의 가장 소중한 소유물을 딸려보낸답니다.

오필리어 (노래한다) *사람들은 그분을 데려갔소, 얼굴을 가리지*
않고 관에 담아서.
에헤 논 노니 노니 에헤 노니. 그의 무덤 속에는
눈물이 비 오듯.
내 사랑 비둘기, 안녕.

레어티즈 제정신으로 네가 복수를 해달라고 부탁한들
이보다 더 내 마음을 움직일 수는 없을 것이다.

오필리어 그분을 *아a-다운down-아a*라 부른다면 *아-다운 아-다*
운 노래를 해야지요. 그 후렴이 노래에 매우 썩 잘 어울리는
데요! 주인의 따님을 훔친 자는 배신의 집사래요.

레어티즈 이 무의미한 말이 오히려 더 많은 의미를 전달하는구나.

오필리어 이 로즈메리꽃은 기억해달라는 표적表迹이에요. 제발, 내
사랑아, 잊지 말아줘요. 그리고 이건 팬지꽃들인데 생각해
달라는 표적이고요.

레어티즈 미친 자의 마음에도 교훈이 들어 있군. 생각과 추억에
부합한 꽃들.

오필리어 이 회향꽃을 당신께 드려요, 그리고 이 매발톱꽃도요.
운향꽃은 당신께 드리고요. 저도 좀 갖고요. 이 꽃은 일명
주일날의 은총, 운향꽃이라 해요. 당신은 나와는 다른 뜻으

로 몸에 달아야 해요. 이건 데이지고요. 당신에게는 오랑캐
꽃을 드리고 싶은데, 아버지가 작고하셨을 때 죄 시들어버
렸어요.* 그분이 고종명考終命을 누리셨다고들 해요.
〔노래한다〕 *어여쁜 울새는 내 기쁨의 전부.*

레어티즈 수심과 괴로움, 고통, 지옥까지도
누이는 우아함과 아름다움으로 바꿔놓는구나.

오필리어 (노래한다) *그분은 다시 오지 않으려나?*
그분은 다시 오지 않으려나?
아니, 아니, 그분은 돌아가셨어.
죽을 때까지 기다린들
그분은 결코 다시 오지 않으리.

그분의 수염은 눈처럼 희고,
그분의 머리는 온통 다 아마 빛깔.
그분은 가셨다, 그분은 가셨다,
우리가 한탄한들 헛될 뿐이니.
하느님의 자비가 그분의 영혼에 임하기를.
그리고 모든 그리스도 교인들의 영혼에도 하느님이
임하시기를. (퇴장)

* 로즈메리와 팬지는 각각 기억과 생각을 뜻하여 레어티즈에게, 회향과 매발톱꽃은 부정(不貞)을 의미하여 왕비에게 주어지며, 운향꽃은 회개를 상징하여 서로 다른 의미에서이긴 하지만 왕비, 오필리어 그리고 형제 살인으로 왕관을 쓴 클로디어스 왕에게 해당한다고 볼 수 있다. 한편 데이지와 오랑캐꽃은 각각 실연과 부정(不貞)의 상징이다.

레어티즈 오 하느님이시여, 이 광경을 보고 계시나이까?

왕 레어티즈, 나도 자네의 슬픔을 나누도록 해주게.
그렇게 안 하면 내게 부당한 처사가 될 걸세. 저쪽으로 좀 가세.
누구든 좋으니 가장 훌륭한 충고를 줄 사람들을 자네 마음대로 택하게.
그래서 그들로 하여금 자네와 내 말을 듣고 판단하도록 하세.
만약 그들이 짐이 직접이든 간접이든
연루되었다고 한다면 짐은 왕국,
왕관, 목숨 및 짐의 것이라 불리는 모두를
자네에게 보상으로 주겠네. 그러나 만약 그 반대의 경우라면
자네는 인내심을 발휘할 것에 동의하고
우리가 합심하여 자네의 영혼에
합당한 위로를 줌세.

레어티즈 그렇게 하시지요.
선친의 사망 원인, 허술한 장례식—
유해를 장식하는 비석, 검, 위패도 없이,
고상한 예식이나 공식적인 의식도 없이 지낸—은
해명되어야 한다는 소리가 천지를 울려
소인은 진상을 규명해야겠소이다.

왕 그렇게 하도록 해주겠네.
그리고 범죄가 있는 곳엔 거대한 철퇴가 가해지도록 하고.
자, 나와 함께 가세나. (모두 퇴장)

6장

호레이쇼와 하인 등장.

호레이쇼 내게 할말이 있다는 사람들은 어떤 사람들인가?

하인 뱃사람들입니다, 나리. 전할 편지를 갖고 있다 했습니다.

호레이쇼 그들을 들여보내게. (하인 퇴장)

이 세상 어디에도 내게 안부 전할 사람은

없는데, 햄릿 왕자가 보내는 편지라면 모를까.

선원들 등장.

선원1 신의 축복을 빕니다요.

호레이쇼 그대에게도 신의 축복이 임하기를.

선원1 그분의 뜻에 달린 일이겠지요. 당신께 전해드릴 편지가 한 통 있습니다요. 이것은 영국으로 향하던 사절이 보낸 것입니다—당신의 이름이 호레이쇼라면, 저는 그렇게 알고 있습니다만.

호레이쇼 (편지를 읽는다) *호레이쇼, 자네가 이 편지를 다 읽으면 이들이 왕에게 갈 수 있는 방편을 제공하게. 그들은 왕에게 보내는 편지도 휴대하고 있네. 우리가 항해한 지 이틀도 되기 전에 무장한 해적선이 우리를 추격해 왔다네. 우리 배의 속력이 너무 느린 것을 알고 우리는 만용을 부려 이들과 맞붙어 싸우던 중에 나는*

그들 배로 올라타게 되었네. 그 순간 그들은 우리 배를 멀찍이 벗어났다네. 그래서 나 홀로 그들의 포로가 되었다네. 이들은 나를 의적처럼 대해주었는데, 보상을 바라고 한 일이라 나는 보답해야 할 처지라네. 왕이 내 편지를 받아볼 수 있게끔 하고 마치 죽음에서 도망치듯이 속력을 다해 내게 와주게. 내가 자네 귀에다 대고 할 이야기를 직접 들으면 말문이 막힐 걸세. 하지만 말로써 이 사건의 중대성을 설명한다는 것은 구경이 큰 대포에 너무 가벼운 포탄을 장착하듯 힘들 걸세. 이 친구들이 자네를 내가 있는 이곳으로 데려다줄 걸세. 로즌크랜츠와 길던스턴은 영국으로 항해중이네. 그들에 관해서도 할말이 많다네. 안녕.

그대가 그대의 것으로 알고 있는 사람,

햄릿.

자, 갑시다. 내 당신들에게 편지들을 전할 방도를 주선하겠소.
그 용무는 신속히 끝내야 하오, 당신들이 편지를 받아온
그분에게 나를 곧장 데려다줘야 하니까. (모두 퇴장)

7장

왕과 레어티즈 등장.

왕 자, 이제 자네는 내가 무죄임을 시인하고,

나를 자네의 마음속 친구로 여겨야 하네.
자네는 이제 자네의 선친을 살해한 자가
내 목숨도 노렸다는 사실을 알 만큼
들었음이야.

레이어티즈 그건 이제 명백해진 듯합니다. 하나 말씀해
주십시오.
전하께서는 어찌 이 악행들에 대해 조처를 취하지 않으셨는지.
성질상 그처럼 중차대한 범행인데도요.
전하의 안전, 지혜, 기타 모든 사안을 고려하면
강력하게 대처했어야 하는데 말씀입니다.

왕 오, 두 가지 특별한 이유 때문이었네.
자네에게는 좀 약한 이유가 될지도 모르겠으나
내게는 강한 것이지. 그자의 어미인 왕비는
그자의 얼굴을 보아야만 살 수 있는 사람인데다 나로서도—
나의 좋은 점인지 나쁜 흑사병인지 그 어느 쪽이든 간에—
그녀는 내 생명과 영혼과는 불가분의 관계이므로,
마치 별이 자기의 궤도를 벗어나서는 움직일 수 없듯이,
나 또한 그녀를 벗어나서는 움직일 수 없다네. 다른 동기,
즉 내가 그자를 공공재판에 회부하지 못한 것은
일반 백성들이 그자에게 품고 있는 지극한 사랑이었네.
이들은 그자의 모든 결점들을 애정 속에 담아놓고 있기 때문에
나무를 돌로 변모시키는 샘처럼 그자의 족쇄를
명예로 돌려버리네. 그래서 내 화살들은

그러한 거센 바람에 비해 너무나 가벼운 나무로 된 까닭에
내 활로 되돌아올 뿐
내가 겨냥한 곳으로는 날아가지 못했을 것이네.

레어티즈 결과적으로 저는 훌륭한 부친을 잃고,
누이는 광증이라는 참혹한 상황에 빠졌습니다.
제 누이의 값어치는, 그 이전의 됨됨을 살펴볼 경우,
고금을 통틀어 가장 완벽한 여성상에
도전할 수 있었습니다. 어쨌거나 저는 반드시 복수할 것입니다.

왕 그 때문에 잠까지 망치지는 말게. 자네가 생각하면 안 되는 것은
짐의 기질이 지리멸렬하여 자신의 수염이
위험스럽게 잡아채이는 상황인데도
이를 재미로 여기는 것이네. 자세한 이야기는 곧 들려주겠네.
나는 자네 부친을 사랑했고, 짐 또한 짐 자신을 사랑하네.
그리고 이 사실이 자네가 제대로 생각하도록 해주기를 바라는데—

사자가 편지들을 들고 등장.

사자 이것은 폐하께, 이것은 왕비마마께.

왕 햄릿으로부터! 누가 가져왔더냐?

사자 선원들이랍니다, 전하. 소인은 그들을 직접 보지는 못했사옵니다.

클로디오에게서 이 편지들을 받았사오며, 그가 이것들을 가져온 사람으로부터 받았사옵니다.

왕 레어티즈, 자네에게 읽어주겠네.— 나가보게. (사자 퇴장)

〔읽는다〕 *지고지대하신 분. 제가 적수공권으로 전하의 왕토에 착지했음을 아뢰옵니다. 내일 배알할 허락을 구하옵니다. 그때에 먼저 전하의 허락을 얻어 이렇게 돌연히, 무엇보다 기이하게, 귀국하게 된 연유를 설명하겠나이다.*

햄릿.

이게 무슨 뜻이냐? 나머지 사람들도 모두 돌아왔다는 말인지? 아니면 모종의 속임수로, 날조된 내용일지?

레어티즈 필적을 알아보시겠습니까?

왕 햄릿의 글씨체야. '적수공권으로'— 그리고 여기 추신에서는 '단독으로'라 했고. 어찌된 영문인지 자네 설명할 수 있겠는가?

레어티즈 미궁 속입니다, 전하. 하지만 그자를 오게 하십시오. 저의 속병도 녹아 없어질 것입니다, 제가 살아생전에 그자의 얼굴에 대고 '이래서 넌 죽어'라 말하게 된다면요.

왕 그런 상황이라면, 레어티즈— 그의 귀국을 사실로 믿기 어렵고, 사실이 아니라 할 수도 없고?— 자네, 내가 시키는 대로 하겠는가?

레어티즈 그럼요, 전하.
전하께서 화해하라고 시키지 않는다면요.

왕 자네 자신의 화평을 도모하도록 시키겠네. 만약 그자가
항해를 포기하고 귀국해 있다면 그리고 그자의 뜻이
더이상 항해를 거부하겠다는 것이라면 내 그자를
지금 구상을 끝낸 한 계획에 끌어들이겠네.
이 계획하에서는 그자는 쓰러지지 않을 수 없을 테니.
그리고 그자의 죽음에 대해서는 어떤 비난의 소리도
없을 것이고, 그의 생모조차 그 음모를 간파하지 못하고
우연지사라 부르게 될 것이다.

레어티즈 전하, 분부대로 하겠습니다,
만약 전하께서 제가 그 도구가 되도록
해주신다면.

왕 바로 맞아떨어지고 있어.
자네가 여행을 떠나고 자네에 대한 이야기가 참 많았다네,
그것도 햄릿이 듣는 데서. 사람들은
자네의 찬란한 재주를 말했다네. 자네의 재주를 다 합해도
이 한 가지 재주만큼 그가 시기한 것도 없었지.
그런데 이 재주라는 것이 내 생각에는
그중 가장 보잘것없는 재주란 말이야.

레어티즈 그게 뭐죠, 전하?

왕 젊은이들의 모자에 장식으로 다는 리본에 불과하나
필요하기도 하지. 젊은이들에게는 경쾌하고 편한 옷이

어울리는 것은 마치 노인들에게는 검은색 털옷이
건강과 품위를 말해주는 것과
같은 이치지. 두 달 전에 노르망디의 신사가
이곳에 왔었는데—나 자신이 직접 프랑스인들을
만나보았고, 또 군에서 그들과 겨루어보기도 했는데,
그들은 승마에 명수들이라네. 그런데 이 용맹스러운 신사는
승마 귀재로서 몸이 말안장에 붙어 있다시피 했다네.
그가 놀라운 승마 솜씨를 보여주었는데
그 훌륭한 짐승과 한몸이 되어 반인반마 같았다네.
내 상상력으로는 도저히 그의 묘기를 생각할 수 없었으므로
그의 태도와 묘기백출은 지금 아무리 머릿속에 그려본들
실제로 그가 관중에게 해보인 것에는 미치지 못할 것이라네.

레어티즈 노르망디 사람이라 하셨나요?

왕 노르망디 사람.

레어티즈 틀림없이 라모드입니다.

왕 바로 그 사람이었네.

레어티즈 제가 잘 아는 사람입니다. 그는 진정 보석이요,
국보적인 존재입니다.

왕 그가 자네의 무예를 인정하면서
자네를 몹시 예찬했다네,
자네의 방어술 이론과 실기에 대해서
그리고 특히 자네의 쌍날세검 사용에 대해서.
그가 소리를 높여 누가 자네와 시합을 한다면

그야말로 대단한 볼거리가 될 거라고 외쳤다네. 그는 또
자국의 검객이 자네와 대결한다면 운신법, 방어자세, 시야가
없는 상태가 될 거라고 장담하더군. 그런데 말일세, 이 사연을
전해 들은 햄릿이 질투심으로 몸이 달아올라서
어서 속히 자네가 귀국해서 한번 겨루어보았으면
하고 간절히 바랐지.
자, 이것에서—

레어티즈 이것에서 무엇입니까, 전하?

왕 레어티즈, 자네는 부친을 소중하게 생각했는가?
아니면 슬픔의 그림과 같고,
마음 없는 얼굴과 같은가?

레어티즈 어찌하여 물으시는지요?

왕 자네가 부친을 사랑하지 않았다고 생각해서가 아니네,
사랑이라는 것은 시간의 산물임을 내가 알고 있고,
인생 항로에서 겪은 경험들을 통해서
시간이 사랑의 불꽃을 가감시킨다는 것을 깨달았네.
사랑의 불꽃 바로 그 속에는
일종의 까맣게 탄 심지가 있어서 열기를 약화시키지.
그리고 어떤 것도 한결같이 선의 상태를 유지할 수는 없지.
왜냐하면 선도 과도해지면
그 과도함으로 인해 사멸하고 마니까. 우리가 하고자 하는 것은
우리가 하고자 할 때 해야 해. 이 '하고자 하는 것'은 변화하고,
말리는 입과 손과 사태에 따라

감소하고, 지체되기 때문이지.
그리되면 이 '해야 한다는 것'도 부질없는 탄식과 같아서
내쉬면 몸을 해친다네. 문제의 핵심을 찔러 말한다면,
햄릿이 귀국했는데, 자네 어떤 일을 수행하여
자신이 진정 자네 부친의 아들임을 보여주겠는가,
말이 아닌 그 이상의 것으로 말이네?

레어티즈 교회에서라도 그자의 목을 자르는 일.

왕 진정 어느 곳도 살인범에게는 피난처가 되어서는 안 되지.
복수는 장소의 제한을 둬서는 안 돼. 하나 레어티즈 군,
이렇게 해보게나. 방에서 칩거하게.
돌아온 햄릿에게는 자네가 집에 와 있음을 알리고,
짐은 자네의 뛰어난 재주를 칭찬하는 자들을 사주하여
그 프랑스인이 한 칭찬을 한술 더 떠서 이중으로
자네의 재주를 그럴듯하게 꾸며보겠네.
결국 자네 둘을 시합에 붙여 누가 이기나 내기를 하려네.
그자는 주의력이 없고, 아주 대범하여 술책을 전혀 모르니
시합 칼을 세밀히 살피지 않을 것이야. 그러하니 쉽사리—
혹은 약간의 속임수로—자네는
날이 무디지 않은 칼을 골라, 배반의 일격으로
그자에게 부친 살해를 갚게 되는 것이지.

레어티즈 그리하겠습니다.
목적 달성을 위해 저는 칼에다 독약을 바르겠습니다.
제가 어떤 떠돌이 돌팔이 의사로부터 구입한 독약은

아주 치명적이어서 칼끝을 살짝만 그 속에 담갔다가
사람을 찔러 피를 내면, 제아무리 달밤에 캐낸
효력 있는 약초에서 채집한 진귀한 고약이라도
약간이라도 그 칼에 스친 자의 목숨을 구할 수
없게 됩니다. 저는 제 칼끝에다
이 독약을 바르겠습니다. 제 칼이 그자를 스치기만 해도
죽음이지요.

왕 이 문제를 좀더 생각해보세.
어떤 시간과 방법이 우리의 계획 실천에
가장 잘 들어맞는지 저울질해보세. 만약 이 방법이 실패하면
그래서 우리의 기도가 졸렬한 실행으로 탄로가 난다면
시도하지 않는 편이 더 좋을 거야. 그러니 이 일은
뒷받침 혹은 이차적 방편을 마련해야 해.
혹 실험중에 폭발하여 실패할 경우 받쳐줄 방도 말일세.
가만, 어디 보자.
너희 두 사람의 검술에 대해서 정식으로 내기를 걸고—
방도가 섰네!
찌르고 막고 하느라 몸이 달아올라 목이 마를 때—
이런 상황이 되도록 자네는 더 맹렬하게 공격해야겠네만—
그래서 그자가 마실 것을 청할 때를 대비해
물 한 잔을 준비하겠네. 그것을 입술에 대기만 하면
설령 자네의 독약 바른 칼을 피한다고 해도
우리의 목적은 거기에서 달성되는 것. 하나 잠깐, 무슨 소리지?

왕비 등장.

왕비 슬픔이 꼬리를 물고 연달아 일어나고 있어요.
그대의 누이가 익사했다네, 레어티즈.

레어티즈 익사했다고요? 이런, 어디에서요?

왕비 버드나무 한 그루가 시냇가 비스듬히 자라고 있어요.
회색의 잎들이 그 유리 같은 시냇물에 반사되고 있고.
그녀는 그 버드나무 가지와 미나리아재비,
쐐기풀, 데이지, 자란—방자한 목동들은 보다 상스러운
이름으로 부르지만 정숙한 처녀들은 죽은 남자의
손가락이라 부르는데—으로 희한한 화관을 만들었어요.
이 화관을 거기 늘어진 버드나무 가지에
걸려고 올라갔을 때 심술궂은 가지 하나가 부러졌고,
그때 그 화관과 그녀 자신이, 흐느끼며 흐르는 시냇물 속으로
떨어진 거예요. 그녀의 옷이 활짝 펴져서
그녀를 인어처럼 잠시 받쳐주었고,
그러는 동안 그녀는 옛 찬송가 구절들을 불렀는데,
자기 자신의 고통을 느끼지도 못했고,
흡사 물에서 태어나고, 물에서 사는 생물 같았어요.
그러나 그것도 잠시였고,
그녀의 옷이 물을 머금어 무거워진 나머지
그 가련한 아가씨를 수면 밑으로 끌어내려 그 아름다운 곡조를

더이상 부르지 못하고 진흙 속에서 죽게 했다오.

레어티즈 슬프구나, 그러면 누이는 익사했군요.

왕비 익사했지, 익사했지.

레어티즈 가련한 누이, 너는 이미 물을 너무 많이 먹었다.
그러니 내 나오는 눈물을 막으련다. 그러나 여전히
눈물 흘리는 것은 인간의 어쩔 수 없는 습성이고, 자연은 자신의
습성을 고수하는 법이지. 수치심이 무슨 험담을 해도 좋다. 〔운다〕
눈물이 다 빠지면 내 마음속의 여성성도 없어지겠지.
안녕히, 전하,
이 눈물로 끄지 않는다면, 타오를 소신의 욕지거리 불길을
막을 수 없게 될 것입니다. (퇴장)

왕 따라가봅시다, 거트루드.
내 얼마나 애를 먹었는데, 그의 격분을 진정시키느라고.
이제 그것이 되살아날까 염려되오.
그러니 따라가봅시다. (모두 퇴장)

5막

1장

두 어릿광대(무덤일꾼과 그의 동료) 등장.

무덤일꾼 그녀가 기독교장으로 매장되는가, 그녀는 제멋대로 자신의 '구원'을 구했는데도?*

동료 그렇다니까 그래. 그러니 그녀의 무덤이나 어서 파게. 검시관이 그 문제를 조사한 결과는 기독교장이 가可하다는 거야.

무덤일꾼 그게 어찌 가능한가, 그녀가 정당방위로 스스로 빠져 죽은 게 아니고서야?

동료 글쎄 그렇게 판정이 났다는데도 그러네.

---

* 무덤 파는 일꾼이 말한 '구원(salvation)'은 지옥에 떨어지는 '파멸(damnation)'을 잘못 사용한 것으로, 무식한 사람이 유식한 단어를 구사하려다가 종종 빚는 실수로 관객의 웃음을 자아내는 수법이기도 하다.

무덤일꾼 그것이 '자해행위'였음에 틀림없네. 딴것이 될 수는 없지. 왜냐, 요점은 이것이니까: 만약 고의로 익사한다면 그건 법적 행위였음을 증명한다 그 말씀이야. 법적 행위에는 세 부분이 있는데, 행하고 동하고 수행하는 거야. 고로 그녀의 익사는 고의적인 것이네.

동료 아니, 그건 또 무슨 말이야. 이봐, 들어봐, 무덤파기 양반아.

무덤일꾼 잠깐만. 물이 여기 있단 말씀이야, 알았지. 사람은 여기서 있고 말이야. 만약 이 사람이 이 물에 가서 자신을 빠뜨린다면 그건 싫든 좋든 그가 간다는 거야. 바로 이 점을 주목하게. 그러나 만약 물이 그에게 와서 그를 익사시킨다면 그가 자신을 익사시킨 것은 아니란 거야. 그런고로 자신의 죽음에 죄가 없는 자는 자신의 목숨을 단축하지 않은 거지.

동료 하지만 이게 법인가?

무덤일꾼 그럼, 여부가 있겠는가, 그건 검시관의 검시법이야.

동료 자네, 이것에 대한 진실을 알고 싶어? 만약 이분이 양갓집 여인이 아니었다면 기독교 매장은 어림도 없었을 걸세.

무덤일꾼 이제야 제대로 말하네그려. 그래서 더더욱 유감인 것은 대단한 집안 사람들이 이 세상에서 그들의 동료 기독교인들보다 이승에서 익사하거나 목매 죽는 위임을 더 많이 받고 있다는 점일세. 자 파자, 내 삽아! 유서가 깊은 조상의 직업을 그대로 계승하는 양반들치고 밭, 도랑, 무덤을 파지 않은 사람이 어디 있겠나. 아담의 업의 계승자들이니.* 〔그는 판다〕

동료 아담이 양반이었어?

무덤일꾼 그는 '문장'을 지닌 최초의 인간이었지.**

동료 뭐, 그가 무슨 '연장'을 지녔겠어.

무덤일꾼 아니, 자네 이교도인가? 자네는 성경을 어찌 이해하고 있는 것인가? 성경 말씀에 아담이 땅을 팠다고 하지 않는가. 그가 연장도 없이 땅을 팔 수 있었겠어? 내 자네에게 질문을 하나 더 하겠네. 만약 자네가 나에게 요령 있게 대답하지 못한다면 스스로 고백을 하고 말이야—

동료 쓸데없는 소리.

무덤일꾼 누가 더 튼튼한 물건을 만들어내는 사람인가, 석수, 조선공, 목수 중에서?

동료 교수대 만드는 사람일세. 왜냐하면 그 틀은 천 명이 거쳐가도 끄떡없으니까.

무덤일꾼 내 진정 자네의 기지는 참 좋아하네. 교수대는 좋은 답일세. 어떻게 좋은 답이냐고? 그것이 악행을 하는 자들에게는 좋은 해답이란 거지. 그런데, 자네가 교수대들이 교회보다도 튼튼히 지어졌다고 말한 것은 잘못일세. 고로 교수대들은 자네에게 잘 어울릴 수 있지. 자, 한번 더 맞혀보게나.

동료 누가 석수, 조선공, 목수보다도 더 튼튼하게

---

* 셰익스피어는 『헨리 6세, 2부』에서 묘사했듯 아담은 '양반(gentleman)'이 아니라 땅을 파서 살아가는 농부였다고 생각했다. 「창세기」에도 아담이 땅을 경작했다고 나온다.

** 당시 양가계급(gentleman)에 오른 평민은 문장원에 가문의 문장(arms)을 신청해서 받을 수 있었다. 'arm'의 복수형은 문장(紋章) 이외에 '도구/무기'라는 뜻도 있어서 '문장을 지닌 최초의 인간'은 도구(연장)를 최초로 사용한 인간이었다는 뜻도 된다.

제작하는가?

무덤일꾼 그래, 그 대답을 자네가 내게 하고, 멍에를 벗게.

동료 맹세코, 이번에는 맞힐 수 있어.

무덤일꾼 맞혀보게.

동료 젠장, 맞힐 수가 없네그려.

무덤일꾼 그 건에 대해서는 더이상 머리를 짜내지 말게. 자네의 둔한 당나귀는 매질한다고 걷는 속도가 개선되는 것은 아니니 말일세. 그리고 이 질문을 다음에 받는다면, '무덤 파는 사람'이라 말하게. 그가 만드는 집들은 최후 심판일까지 견디니까. 자, 요안네 가게로 가서 술 한 병 받아오게나.

〔동료 어릿광대 퇴장. 무덤일꾼은 계속 무덤을 판다〕

(노래한다) *젊어서 내가 사랑을 할 때, 사랑을 할 때,*
그것이 매우 달콤하다고 생각했다네—
즐거운 가운데 시간은 쉬이 지나갔지만,
아, 세상만사 속절없다고 생각했도다.

〔그가 노래를 부르는 사이에〕 햄릿과 호레이쇼 등장.

햄릿 이 친구는 자기가 무슨 일을 하고 있는지 느끼지도 못하나봐, 무덤 파면서도 노래를 부르고 있으니.

호레이쇼 습관이 되어 그 일이 쉬워졌나봅니다.

햄릿 바로 그거네. 쓰지 않는 손이 감각은
더 예민한 법이지.

무덤일꾼 (노래한다) *그러나 노년이 몰래 걸어와서*

억센 손아귀에 나를 움켜잡고

나를 땅속에 내동댕이쳤으니

내 신세 온데간데없도다.

〔그가 해골 하나를 던져 올린다〕

햄릿 저 해골도 전에는 혀가 매달려 있어 노래를 부를 수 있었겠지. 저자가 해골을 땅바닥에 냅다 던지는군, 마치 그것이 최초 살인을 감행한 카인의 턱뼈나 되는 듯이! 이자가 방금 올려 던져버린 대갈통은 어느 책사의 것이었는지도 모르지. 하느님도 능가하고자 한 책사의 머리. 그럴 수도 있지 않겠나?

호레이쇼 그럴 수도 있겠지요, 저하.

햄릿 아니면 어느 조신의 것인지도 모르고. '밤새 안녕하셨사옵니까, 대감, 기체 만안하시옵니까, 대감?' 아첨 떠는 조신 말이야. 이는 모모 대감의 것일 수도 있을 터. 모모 대감의 말馬을 갖고 싶을 때 그 말 칭찬을 요란스럽게 해대는 모모 대감의 대갈통 말일세, 그럴 수 있지 않겠는가?

호레이쇼 그러합니다, 저하.

햄릿 그래, 바로 그렇지. 하나 이젠 구더기 마님의 먹이가 되어 턱은 없고, 대갈통은 무덤 파는 이의 삽으로 두들겨 맞고 있네. 꿰뚫어보는 기술만 있다면 여기엔 시간 수레바퀴의 묘한 순환이 있을 터. 이 뼈들은 던지기 놀이에 쓰는, 물건값도 못 돼 키운 데 들어간 값도 못하지 않나? 이런 생각에 내 머리까지 아프군.

무덤일꾼 (노래한다) *곡괭이 한 자루와 삽 한 자루*
그리고 수의 한 벌.
오, 지금 만드는 흙 웅덩이는
이 손님 모시기에 최적의 것.

〔해골을 또하나 던져 올린다〕

햄릿 또하나 나오는군. 저것이 법률가의 해골이 아니라고 할 수도 없지. 그의 구변들, 그 세밀한 구별들, 소송사건들, 부동산 소유권, 그의 술책들은 지금 다 어디 갔는고? 그는 어째서 이 무례한 자가 흙 묻은 삽으로 머리를 두들겨 패는데 당하고만 있으며, 구타소송을 제기하겠다는 말을 하지 않는가? 흥, 이자는 생전에 대단한 토지매입자로 증서들, 금전차용증서들, 양도증들, 이중증인들, 토지이전소송들에서 생긴 증서들을 소유했는지도 모르지. 그의 잘난 머리통이 이처럼 잘난 흙으로 가득차다니. 그래 그의 양도증서들의 종말이 이것이 전부이며, 토지이전소송에서 받은 보수도 이것이 전부란 말인가? 그의 증인들이, 이중증인의 경우도 마찬가지지만, 그의 토지구입을 증언으로 얻은 결과가 이 한 쌍의 할부계약서가 지니는 내용 이상의 것이 못 된다는 말인가? 토지양도증서만 해도 이 해골 상자 속에 다 담을 수 없을 양인데, 취득자 자신이 소유한 것은 해골뿐이 아닌가?

호레이쇼 오로지 그것뿐이옵니다, 저하.

햄릿 문서는 양가죽으로 만들지 않는가?

호레이쇼 그렇습니다, 저하. 그리고 송아지가죽으로도 만들지요.

햄릿 이런 문서들을 굳게 믿는 자들이야말로 양과 송아지 같은 어리석은 자들이지. 내 이 친구에게 말을 걸어보겠네.—이보게, 이건 누구의 무덤인가?

무덤일꾼 제 것입지요.

〔노래한다〕 *오, 지금 만드는 흙 웅덩이는—*

햄릿 이건 진정 자네의 것이라 생각되는구먼, 자네가 그 안에 있으니.*

무덤일꾼 당신은 밖에 계시니, 고로 당신의 것은 아니지요. 저로 말하면, '그것에 대해 거짓말하는 것이 아니라' 그것은 제 것입니다요.

햄릿 자네가 그 속에 있어서 그것이 자네 것이라고 하는 것은 거짓말하는 걸세. 그건 죽은 자를 위한 것이지 산 자를 위한 것이 아니므로. 거짓말하고 있어.

무덤일꾼 그건 살아 있는 거짓말이라 신속히 옮겨가버립니다요. 그건 저에게서 다시 당신에게로 가버릴 것이네요.

햄릿 어떤 사람을 묻을 무덤을 파시는 건가?**

무덤일꾼 남자를 묻을 무덤이 아니올시다.

햄릿 그렇다면 어떤 여인을 묻을 무덤인가?

무덤일꾼 여인을 묻을 무덤도 아니올시다.

---

* 원문은 'thou liest in't'으로, 'lie'는 '눕다, 놓여 있다' 외에도 '거짓말하다'의 뜻도 있어 이후 햄릿과 무덤일꾼 간의 대화는 이 두 가지 뜻을 이용한 언어유희로 진행된다.

** 햄릿이 '어떤 사람을(What man)'이라 묻자 무덤 파는 사람은 'man'을 '사람'이 아닌 '남자'라는 뜻으로 취해 대답한다.

햄릿 누가 그 속에 묻힐 예정인가?

무덤일꾼 전에는 여인이었으나—그녀의 영혼이 고이 잠들기를!—그녀는 죽었습지요.

햄릿 그 친구 참 말을 정확히도 쓰려고 하는군. 우리가 정확히 말해야지 안 그러면 그자의 궤변에 신세를 망치기 십상이네. 정말이지, 호레이쇼, 삼 년간이나 나는 이 점을 목격했는데, 세상이 하도 괴팍해져서 농부들은 언어나 예법에서 조신들에 비견될 만큼이나 세련되어 그들의 뺨을 칠 정도지.—자네는 무덤 파는 일을 한 지 얼마나 되었는가?

무덤일꾼 하고많은 날 중에서도 바로 작고하신 햄릿 왕께서 포틴브래스 왕을 압도한 날부터입지요.

햄릿 그것이 얼마 전의 일인데?

무덤일꾼 그것도 모르슈? 그건 바보도 알 수 있는뎁쇼. 그건 바로 햄릿 왕자께서 태어난 날입지요.—광증으로 영국에 추방된 분 말입지요.

햄릿 아, 그렇군. 어째서 그는 영국으로 추방되었소?

무덤일꾼 그거야, 그분이 미쳤기 때문이라오. 그곳에서 정신을 되찾게 될 테니. 또 되찾지 못해도 그곳에서는 그리 큰 문제가 안 되지요.

햄릿 왜 그렇소?

무덤일꾼 그곳에서는 그분의 광증이 눈에 띄지 않을 것이기에요. 거기 사람들은 그분만큼이나 다 미쳐 있어요.

햄릿 그는 어떻게 미치게 되었는가?

무덤일꾼 매우 수상하게라고들 합디다.

햄릿 어떻게 '수상하게' 말인가?

무덤일꾼 진정, 정신까지 잃으면서요.

햄릿 어디에 바탕이 있는가?*

무덤일꾼 어디긴 어디, 이곳 덴마크에서지요. 소인은 여기에서 소년에서 어른이 될 때까지 삼십 년을 무덤을 파고 있습죠.

햄릿 사람이 땅속에 들어가면 썩는 데 얼마나 걸리오?

무덤일꾼 진정, 죽기 전에 이미 썩어 있지 않다면 말씀인뎁쇼—오늘날 천연두**를 앓다가 죽는 사람들이 많은데 이들의 시체가 매장 전에 부패하는 건 어쩔 도리가 없습지요—그는 대략 팔구 년은 갑니다. 무두장이는 구 년은 갈 겁니다요.

햄릿 무두장이는 어째서 다른 사람보다 더 오래가는가?

무덤일꾼 그거야, 그의 피부는 직업 탓에 무두질이 아주 잘 되어 있어서 상당한 기간 물을 막아내니까요. 이 물이란 것은 난잡한 성생활로 사망한 시체를 썩게 하는 데는 그만입지요. 여기에 있는 해골은 이제 이십 년하고도 삼 년간 땅에 묻혀 있었습죠.

햄릿 그건 누구의 것이었나?

무덤일꾼 창녀 자식 같은 버릇없는 자의 것이었습지요. 누구의 것이라 생각하시유?

---

* 원문은 'Upon what ground?'로 햄릿은 'ground'를 '근거, 원인' 등의 뜻으로 사용했으나 무덤일꾼은 이것을 '땅, 나라' 등의 뜻으로 받아 대답한다.

** '천연두에 걸린'이라는 뜻으로 번역된 'pocky'는 '매독에 걸린'의 뜻도 아울러 지닌다.

햄릿 아니, 나야 모르지.

무덤일꾼 염병에 땀을 못 낼 버릇없는 녀석! 그자가 한번은 내 머리 위에 라인 포도주 한 병을 부은 적이 있습지요. 이 해골은요, 요릭의 해골입니다요. 왕의 어릿광대 요릭.

햄릿 이것이? 〔해골을 집어든다〕

무덤일꾼 그렇고말고요.

햄릿 어디 좀 보세. 슬픈지고, 가련한 요릭. 내 그를 알고 있었다네, 호레이쇼. 무궁무진한 농담의 익살꾼이며, 매우 뛰어난 상상력의 소유자였네. 그는 나를 수천 번이나 업어주었다지. 이제 이 일을 돌이켜 상상해보니 몸서리가 나는군. 이걸 보니 내 위장이 뒤집혀져서 구역질이 나네그려. 여기 내가 몇 번인지 알 수도 없을 만큼 입을 맞춘 그 입술이 달려 있었지. 좌중을 웃음바다로 만들어놓던 그대의 그 농담, 익살, 노래, 번쩍이던 환담들은 다 어디 갔는가? 지금은 입 벌린 그대 자신의 몰골을 비웃어대는 농담이 하나 나오지 않는군! 턱이 아주 떨어져나갔군그래. 자, 해골아, 귀부인 방으로 가서 그녀에게 말해주거라. 제아무리 한 치나 두껍게 화장을 한다 해도 이 꼴이 되어버린다고. 그 말에 비웃으려면 마음껏 그러라 하게. 호레이쇼, 한 가지 물어볼 게 있네.

호레이쇼 무엇입니까, 저하?

햄릿 자네는 알렉산더대왕도 이런 꼴을 하고 땅속에 있을 거라고 생각하는가?

호레이쇼 그렇겠지요.

햄릿 냄새도 이렇게 고약하게 나고? 푸우! 〔해골을 내려놓는다〕

호레이쇼 그렇고말고요, 저하.

햄릿 우리 인간은 죽으면 아주 천하게 사용될 수 있다네, 호레이쇼! 상상력으로 알렉산더대왕의 고귀한 유해를 추적해보면 그게 통 입구를 막는 마개로 쓰인 걸 알아낼 수 있지 않겠나?

호레이쇼 그건 좀 너무 지나친 상상일 것 같습니다.

햄릿 아닐세, 결코 그렇지 않다네. 온건하기 이를 데 없는 상상으로 그분을 추적해보아도 그러한 결론에 이를 수 있지. 알렉산더는 죽었다, 알렉산더는 매장되었다, 알렉산더는 먼지로 돌아갔다, 먼지는 흙이다, 흙으로 진흙을 만든다, 따라서 알렉산더의 변신인 흙으로써 사람들은 맥주통 마개를 만들 수 있지 않겠는가?

시저 황제가 죽어서 흙이 되어
구멍을 막아 바람막이가 될 수 있을 거야.
오, 온 세상을 경외감으로 떨게 하던 그 흙이
벽을 때워서 겨울의 돌풍을 막다니.
하지만 가만, 잠깐만 조용히. 왕이 이리로 오신다.
왕비마마와 조신들도.

관 운구자들, 사제, 왕, 왕비, 레어티즈, 수행 고관들 등장.

저들이 따라가는 관은 누구의 것일까?
저렇듯 불구不具의 예식이라니? 이는 저들이 따라가는 고인이

무모하게 자신의 손으로 자신의 목숨을
끊었다는 걸 나타내지. 지위는 좀 있는 사람인 듯하이.
잠시 몸을 숨기고 엿보세.

레어티즈 예식은 이것뿐이오?

햄릿 저 사람은 레어티즈, 아주 고상한 젊은이지. 들어보세.

레어티즈 예식은 이것뿐이오?

사제 이 여자분의 장례식은 최대로 거행된 것입니다,
우리가 받은 위임의 범위에선. 여자분의 사망에 미심쩍은
데가 있어서 왕명으로 교회 규칙에서 벗어났기 망정이지
그녀는 최후 심판의 날을 알리는 나팔이 울릴 때까지
정화되지 않은 땅속에 묻혔을 겁니다. 관대한 기도 대신에
사발조각들, 부싯돌, 자갈들 세례를 받아 마땅할 것이나
이번에는 처녀의 화관을 쓰는 것, 처녀의 무덤에 꽃 뿌리기,
영구적 안식처인 무덤으로 운구되어
조종弔鐘을 울리며 매장되는 것이 허락되었습니다.

레어티즈 그래, 더이상의 예식은 안 된다는 거요?

사제 더는 안 됩니다.
우리는 고인 장례식의 신성함을 더럽히게 될 것입니다,
만약 고요히 타계한 영혼들에게 하듯 진혼가나 기타 안락을
축수하는 노래를 불러준다면 말입니다.

레어티즈 그녀를 땅속에 묻어라.
아름답고 더럽혀지지 않은 그녀의 육신에서
오랑캐꽃들이 솟아나리! 박정한 사제야, 내 말하노니,

내 누이는 도움의 천사가 될 것이다,
그대가 지옥에 떨어져 신음할 때.

햄릿 뭐라고, 아름다운 오필리어가!

왕비 〔꽃을 뿌린다〕 아름다운 처녀에게 아름다운 꽃들을. 안녕!
나는 그대가 햄릿의 아내가 되기를 희망했었다.
나는 꽃으로 그대의 신방을 장식하려 했었지, 아름다운 처녀여,
그대의 무덤에 뿌리리라고는 미처 생각지 못했다.

레어티즈 오, 세 겹의 슬픔이
세 곱의 십 배로 그 저주받은 머리 위에
떨어져라. 이자의 사악한 범행이 너의
가장 정교한 정신을 박탈해간 것이다.—잠시 흙 덮는 일을
중지해라.
내 한번 더 누이를 내 품안에 안아보련다. 〔무덤에 뛰어내린다〕
자, 이제 산 자와 죽은 자 위에 흙을 쌓아올려서
이 평지를 산으로 만들어 옛 필리온 산이나
하늘에 닿는 푸른 올림퍼스 산보다도
더 높게 만들어라.*

햄릿 〔나서면서〕 거 누가 이처럼 슬픔을
요란스럽게 드러내고 있는가? 그 슬픔의 구절을 들으면
유성들에게까지 마술을 걸어서 놀라 얼이 빠진

* 그리스신화는 필리온(Pelion, 펠리온) 산을 거인들이 신들과 전쟁하면서 신들의 거주지인 올림퍼스(Olympus, 올림포스) 산으로 오르기 위해서 오사(Ossa) 산 위로 옮겨놓았다고 전하고 있다.

청중들처럼 그들을 멈추겠구나! 이 사람은 나,
덴마크의 왕 햄릿이다.

레어티즈 〔그와 맞붙어 싸우면서〕 악마가 네 영혼을 앗아가길!

햄릿 자네, 기도를 잘 못했네.
제발 내 목에서 손을 치우게.
내 비록 격정적이거나 경솔한 성품은 아니지만
내게도 위험한 데가 있으므로
이를 두려워하는 것이 현명할 걸세. 이 손을 치우게.

왕 저들을 떼어놓아라.

왕비 햄릿아! 햄릿아!

모두 신사분들!

호레이쇼 저하, 고정하십시오.

햄릿 그래, 이 주제라면 나는 그자와 싸우겠네,
내 눈썹이 더이상 움직이지 않을 때까지.

왕비 오, 내 아들아, 무슨 주제 말이냐?

햄릿 저는 오필리어를 사랑했습니다. 4만 명의
오라비 사랑을 다 합쳐도 제 사랑의 양에는
미치지 못할 것입니다. 자네는 그녀를 위해 뭘 할 수 있나?

왕 오, 그는 미쳤다, 레어티즈 군.

왕비 제발 그를 그대로 내버려두오.

햄릿 정말이지 자네가 뭘 할 수 있는지 보여라.
울 테냐, 싸울 테냐, 단식할 테냐, 사지를 떼어낼 테냐,
식초를 마실 테냐, 악어를 먹을 테냐?

나도 그렇게 하겠다. 자네 여기 킹킹 울려고만 왔나?
그녀의 무덤에 뛰어들어 나를 무색케 하려고 왔나?
산 채로 그녀와 매장되어보라. 나 또한 그리하겠다.
산들을 운운하면서 지껄인다면
수백만 에이커의 흙을 우리에게 덮어씌워서 이곳의 꼭대기가
불타는 태양에게까지 솟아올라 불붙게 함으로써 높은 오사 산을
일개 사마귀로 만들게 하자! 아니, 자네가 호언장담한다면
나도 자네만큼 씨부렁거릴 수 있어.

왕비 이는 순전히 광증 때문이오.
그래서 얼마 동안은 발작이 그에게 위력을 발하겠지만
곧, 암비둘기가 황금빛 쌍둥이 새끼를
까놓을 때처럼 인내심을 발휘하여
그는 곧 고개를 떨어뜨리고 잔잔해질 것이오.

햄릿 내 말 좀 들어보게.
자네가 나를 이렇게 대하는 이유가 무엇인가?
난 언제나 자네를 사랑했다. 하나 그건 이제 중요하지 않네.
허큘리즈가 제아무리 호통을 쳐도
고양이는 야옹거리며, 개는 짖어대는 법이니까. (퇴장)

왕 호레이쇼 군, 그를 잘 보살펴주게나. (호레이쇼 퇴장)
〔레어티즈에게〕 간밤에 우리가 나눈 말을 생각하며 인내심을
강화하게.
짐은 그 일을 당장 추진할 것이야.—
여보 거트루드, 몇 명에게 당신 아들을 감시토록 하오.

이 무덤은 살아 있는 기념비가 되게 하겠다.
짐은 곧 평온의 시기를 보게 될 것이다.
그때까지는 침착하고 참을성 있게 우리 일은 진행되리라.

(모두 퇴장)

2장

햄릿과 호레이쇼 등장.

햄릿 이 이야기는 그만하세. 이제는 다른 이야기를 들려주겠네.
자네도 상황은 모두 기억하고 있겠지?

호레이쇼 기억하고말고요, 저하!

햄릿 마음속에서는 일종의 싸움이 벌어지고 있어서
나는 잠도 마음대로 잘 수가 없었지. 생각건대, 내 신세는
쇠사슬로 발목을 묶여 처벌받는 반란 선원들보다 더 나빴다네.
충동적으로—충동도 이런 일에는 쓸모가 있지. 우리가 알아야 할 것은
경솔한 행동도 심사숙고하여 벌인 일이 실패할 때 간혹
좋은 결과를 낸다는 점일세. 이것이 우리에게 주는 교훈은
우리가 아무리 거칠게 잘라놓아도 우리의 목적을
잘 다듬어서 마감해주는 신이 있다는 것이라네—

호레이쇼 지당한 말씀입니다.

햄릿 선실에서 일어나
선원들이 입는 가운을 대충 걸치고 어둠 속에서
나는 더듬어 그들을 찾아내는 소원을 풀었고,
그들의 꾸러미를 살짝 훔쳐낸 후 마침내
내 선실로 다시 돌아와서 대담하게,
두려운 나머지 예절은 잊고,
그들이 지닌 국서를 개봉했지. 거기에서 내가 본 것은, 호레이쇼,
세상에, 이런 국왕의 못된 짓도 있나!—강력한 명령이었네.
덴마크 왕과 영국 왕의 신변위험과 관련된 이유들로 꾸며진
그리고 맙소사! 나를 살려두면 가공할 위험이
닥친다는 도깨비 같은 요상한 말로
영국 왕은 내용을 읽자마자, 일각의 지체도 없이,
아니 도끼를 가는 지체함도 없이
내 머리를 쳐내야 한다는 명령이었네.

호레이쇼 어찌 그럴 수가?

햄릿 이것이 그 문제의 국서라네. 시간 있을 때 읽어보게나.
한데, 자네 내가 어떻게 대처했는지도 듣고 싶은가?

호레이쇼 부탁합니다.

햄릿 이렇게 악행의 그물에 걸려든 신세가 되자—
서막을 생각해내기도 전에
내 두뇌는 이미 연극을 시작했다네—나는 앉아서
국서를 새로 하나 만들어냈네. 달필로 그것을 썼네.
한때는 나도 정치가들과 마찬가지로

달필을 천한 것으로 여기고,
이 달필을 어떻게 하면 잊어버릴까 애도 무척 썼지.
그런데 이번에 그것이 내게 한몫을 톡톡히 해주었네.
내가 쓴 내용도 알고 싶은가?

호레이쇼 네, 저하.

햄릿 국왕으로부터의 간절한 청이라고 전제한 후
영국 왕은 그의 충성스러운 봉신이기 때문에
그들 간의 우애는 야자수나무처럼 번성하고,
평화의 여신은 항상 그녀의 밀짚 화관을 쓰고
양국의 친선을 연결하는 역할을 해야 하기 때문에,
이와 등등의 '때문에'라는 짐을 지우면서
내용을 읽고 파악하는 즉시
그 이상의 숙고를 하지 말고
그 국서 지참자들을 참회의 시간도 주지 말고
즉각 사형에 처하라고 했네.

호레이쇼 봉인은요?

햄릿 글쎄, 그 점에서도 하느님은 만사를 섭리하고 계셨네.
나는 마침 선친의 옥새를 주머니 속에 갖고 있었지.
이 옥새는 현 덴마크 국새의 본이었다네.
나는 내가 만든 문서를 먼저의 것과 동일한 모양으로 접고,
서명하고, 옥새를 찍은 후 무사히 제자리에 갖다놓았네.
바꿔치기한 물건은 결코 정체가 탄로나지 않았지. 그다음날에는
해상에서의 싸움이 있었고, 그후에 일어난 일은

자네가 이미 알고 있는 것이고.

호레이쇼 그래, 길던스턴과 로즌크랜츠는 죽음의 길로 갔군요.

햄릿 이 사람아, 그야 그들이 자청해서 맡은 일이었지.
그들에 대해 나는 양심의 가책을 거의 느끼지 않네,
그들의 파멸은 자업자득이니까.
위험한 일이지, 하수들이 두 막강한 적수가
무서운 칼날을 마구 휘둘러 찌르고 있는 사이에
끼어들다니 말이야.

호레이쇼 어찌, 이런 왕이 있을까!

햄릿 자네는 어찌 생각하지 않는가, 이제는 내 의무가—
내 부왕을 죽이고, 내 어머니를 간음하고,
불쑥 끼어들어 내 왕위 계승의 희망을 부숴버리고,
바로 내 목숨을 낚으려고 낚시를 드리워놓고
기타 등등의 속임수를 쓴 자인데—그자를 이 팔로
갚아주는 것이 완전히 합당한 일이 아니겠는가?
인간 본성을 파먹는 이 좀을 방치하여 그 이상의 악행으로
자라게 한다면 저주받게 되지 않겠는가?

호레이쇼 이제 얼마 안 있어 그는 영국 왕으로부터 보고를 받아
일의 처리 결과가 어찌되었는지 알게 될 것입니다.

햄릿 곧 그리되겠지. 하나 그동안의 시간은 내 것이지.
사람의 목숨은 '하나'를 세기 무섭게 날아가지.
그런데, 호레이쇼, 내가 매우 미안하게 여기는 것은
레어티즈에게 이성을 잃었던 일일세.

내 경우에 비추어 그 사람의 심정이 어떠할지
그 모양을 헤아릴 수 있음이야. 그에게 용서를 구하겠네.
그러나 그자의 과장된 슬픔 표시는 나를
극도의 격정 속으로 몰아넣었다네.

호레이쇼 가만! 저기 누가 오고 있습니다.

조신 오즈릭 등장.

오즈릭 저하께서 덴마크로 돌아오신 것을 환영하옵니다.

햄릿 황송하게도 감사하오.—자네, 알고 있나,
이 물파리를?

호레이쇼 아니요, 모릅니다.

햄릿 모르고 있는 자네 처지가 더욱더 은혜롭네. 왜냐하면 저런 자를 아는 것만도 악덕이 되니까. 저자는 비옥한 전답을 많이 가졌지. 가축만 많이 소유하고 있으면 짐승이라도 왕의 식탁에 동석할 수 있다네. 이자는 수다쟁이인데, 지금 내가 말한 대로 광대한 토지를 소유하고 있지.

오즈릭 저하, 만약 저하께서 한가로우시다면 폐하께서 전하시는 바를 전하겠습니다.

햄릿 정성을 다해 그것을 받들겠소. 모자는 제대로 쓰시오. 모자는 머리에 쓰는 거요.

오즈릭 감사한 말씀이오나 매우 더워서요.

햄릿 아니지, 정말이지 매우 춥고, 북풍이 불고 있어요.

오즈릭 진정, 꽤 춥습니다, 저하.

햄릿 하지만 난 무덥다고 생각하며, 나 같은 체질에는 뜨겁기까지 하오.

오즈릭 저하, 엄청나게 무덥습니다—이를테면—그 정도를 말할 수 없을 정도입니다요. 저하, 폐하의 분부를 받고 왔습니다. 저하의 머리 위에 큰 내기를 걸었다는 소식을 저하께 전하라 하셨습니다. 저하, 그 내용은 이렇습니다—

햄릿 〔그에게 모자를 쓰라는 신호를 보내며〕 청컨대, 이 예의를 잊지 마오—

오즈릭 그러지 마세요, 저하, 실은 제가 편해서입니다요. 저하, 최근에 레어티즈가 궁정으로 돌아오셨습니다. 정말이지 완벽한 신사입니다. 가장 유별난 장점들로 가득차 있으며, 대인 교제에서 예의바르고, 빼어난 외모를 지녔습니다. 기실 피부에 와닿게 평가한다면 그는 궁정예절의 안내서, 그 자체입니다. 왜냐하면 그에게서 신사라면 누구나 보고 싶어할 특징들의 구현을 발견할 수 있기 때문입지요.

햄릿 이보시오, 그에 대한 당신의 묘사로 그가 입는 손실은 없소, 비록 그의 장점을 일일이 재산세목처럼 나열하는 것은 기억력을 어지럽혀 계산이 곤란해질 것임을 내 알고 있으나, 아무리 기억력이 돛을 달고 속히 따라가도 결국 비틀거리면서 뒤따라갈 정도요. 그러나 받아 마땅한 칭찬을 해본다면 나는 그를 대단한 특성을 지닌 사람으로 치는바, 그래서 그는 그렇게도 고결하고 진귀한 천품을 갖고 있으니 그를 진실하게 평가한다면, 그를 닮은 사람이 있다면 그건 거울에 비친 그의 모습뿐이오. 그리고 그를 뒤따르려는 자는 누구라도 그의 그림자일 뿐 그 이상이 못 되오.

오즈릭 저하께서는 추호의 잘못도 없이 그를 묘사하십니다.

햄릿 무슨 의도요? 어째서 우리가 그 신사분을 부족한 인간의 언어로 포장하고 있는 거요?

오즈릭 무슨 말씀이신지요?

호레이쇼 미사여구 이외의 말로 하니까 이해를 못하는군. 진정 노력하면 당신 틀림없이 이해하게 될 겁니다.

햄릿 이 신사를 거명한 의도가 무엇이냔 말이오?

오즈릭 레어티즈를 거명한 것 말씀입니까?

호레이쇼 그의 밑천은 이미 바닥이 났습니다. 모든 금언들이 소진되었습니다.

햄릿 그렇소, 그에 대한 거명 말이오.

오즈릭 모르지 않으실 것으로 압니다만—

햄릿 모른다고 생각해주었으면 좋았을 텐데. 하긴 그랬더라도 내게는 큰 칭찬이 되진 못하오. 그래서?

오즈릭 저하께서는 레어티즈의 출중함이 무엇인지 모르시지 않습니다—

햄릿 나는 감히 그걸 밝힐 수는 없소. 내가 출중함을 두고 그와 겨루는 꼴이 될 것 같아서 말이오. 상대를 잘 안다는 것은 자기 자신을 잘 알고 있다는 뜻도 되니까.

오즈릭 제 말씀은 그의 검술이 출중하다는 겁니다. 그의 검술공

적에 부여된 명성에서 말씀입니다만 그의 출중함에 필적할
자는 전무합니다.

햄릿 그의 무기는 무엇이오?

오즈릭 세장도細長刀와 단도이지요.

햄릿 바로 그 두 가지가 그가 선호하는 무기지. 그런데?

오즈릭 왕께서 여섯 필의 바바리산産 말들을 내걸고
그분과 시합을 거셨는데, 이에 그분은 제가 알기로는
여섯 자루의 프랑스제 세장도와 단검을
띠, 칼꽂이, 기타 일체의 부속품과 더불어 맞걸었죠.
띠에 달리는 세 개의 운반대는 정말이지
절묘하게 꾸며졌으며, 띠에 잘 어울리는 지극히
섬세한, 매우 우아한 것들입니다.

햄릿 운반대란 무엇을 일컫는 말이오?

호레이쇼 이해하시려면 방주傍註의 도움을 받으셔야 할
것입니다.

오즈릭 운반대란, 전하, 칼꽂이입니다.

햄릿 우리 옆구리에 대포를 지니고 다닐 수 있다면 그 말은 보다 더 적절할 것이오. 그럴 수 있을 때까지는 칼꽂이로 합시다. 하지만 계속해보시오. 여섯 필의 바바리산 말에 대해 여섯 자루의 프랑스 칼들, 그 부속품들, 우아하게 제작된 세 개의 운반대라, 결국 프랑스 측과 덴마크 측의 대결이 되는군. 그런데 당신의 말대로 어째서 이것들을 걸었소?

오즈릭 전하께서는 왕자님과 그분 사이에 십이 회전을 겨룰 때 그가 저하를 삼 점 이상은 이기지 못할 것으로 생각하셨습니다. 그래서 삼 점을 미리 저하께 얹어주고 구 점을 두고 내기를 거신 겁니다. 저하께서 대답을 주시면 시합은 곧 거행될 것입니다.

햄릿 내가 싫다고 대답하면 어찌되오?

오즈릭 소인이 말한 '대답'은 저하께서 시합장에 나가 직접 대적하시겠다는 뜻의 대답이었습니다, 저하.

햄릿 보오, 내 여기 홀에서 걷고 있겠소. 전하께서 괜찮으시면, 지금은 나의 운동시간이기도 하니 시합 칼들을 가져오도록 해요. 물론 그 신사 양반이 원하고 또 전하께서도 아직 같은 의향이시라면 말인데, 나는 가능하면 전하를 위해서 이겨볼 것이오. 만약 이기지 못한다면 나는 덤 점수를 받고도 져서 망신을 얻게 될 테고.

오즈릭 말씀을 그대로 전해도 되겠습니까?

햄릿 그런 내용으로 전한다면야 어떤 과장적인 수사를 구사해서 보고해도 무방하오.

오즈릭 저하께 충신이 되겠다고 자천하는 바입니다.

햄릿 당신의 사람으로서이다. 〔오즈릭 퇴장〕

그자가 자천하는 건 잘하는 일이오. 다른 사람은 저자를 추천해주지 않을 테니 말이오.

호레이쇼 이 도요새는 껍질을 머리에 쓴 채 뛰어가고 있습니다.*

햄릿 그자는 어미젖을 빨아먹을 때에도 그것에 인사부터 했다네. 그래서 저자와 저자와 같은 많은 종자들은—경박한 현세에서 마구 놀아나고 있는데—오직 유행하는 말귀들만을 익히고, 겉치레뿐인 사교술만 터득했을 뿐이라네. 이런 자들은 일종의 거품의 모임처럼 하찮은 것이지만 고도로 부채질이 잘 되고, 키질로 걸러진 분별력을 지닌 사람들의 견해들을 철두철미 제쳐놓고, 자신들의 것을 고수하고 있단 말일세. 실험 삼아 훅 불면 이자들은 거품인지라 사라져버리고 말지.

귀족 등장.

귀족 저하, 폐하께서 젊은 오즈릭을 통해서 저하께 인사 말씀을 전하셨고, 오즈릭은 홀에서 기다리신다는 저하의 답을 가지고 돌아왔습니다. 폐하께서는 소인을 보내시어 저하께서 지금 레어티즈와 시합할 뜻을 견지하고 있으신지, 아니면 시간이 더 필요하신지를 알고자 하십니다.

햄릿 내 마음은 한결같소. 폐하의 뜻을 따를 뿐이오. 폐하께 적절한 시간에 내 맞출 준비가 되어 있소. 지금 아니 언제라도 내 몸상태가 지금처럼 좋다면 말이오.

귀족 전하와 왕비마마 그리고 모든 사람들이 내려오십니다.

햄릿 때맞춰 오시는군.

귀족 왕비마마께서는 저하께서 예의상 몇 마디를

* 호레이쇼는 모자를 쓰고 뛰어가는 오즈릭의 모습을 보면서 그의 잘난 체하는 태도를 평하고 있다. 도요새는 알에서 깨 알껍데기가 채 떨어지기 전에 달려간다는 속담도 있다.

레어티즈에게 시합 전에 하시기를 원하십니다.

햄릿 좋은 말씀을 해주셨군요. 〔귀족 퇴장〕

호레이쇼 저하, 이번에 지실 것 같습니다.

햄릿 나는 그리 생각하지 않네. 그가 프랑스로 간 후 나는 쭉 연습을 해왔다네. 덤 점수가 있으니 이길 걸세. 그대는 내 마음속에 불안감이 얼마나 꽉 차 있는지 모를 걸세. 하나 문제될 것은 없네.

호레이쇼 안 되겠습니다, 저하.

햄릿 그저 어리석은 예감일 뿐이네만 일종의 불안감으로서 여자의 마음이라면 아마도 좀 어지러워질 것이오.

호레이쇼 마음에 내키지 않은 것이 있다면 그에 따르세요. 제가 관객들이 여기로 오는 걸 막고, 저하의 몸상태가 적절치 못함을 말하겠습니다.

햄릿 천만에. 우린 예감을 무시하네. 각별하신 하느님의 섭리가 참새 한 마리 떨어지는 데도 깃들어 있다네. 죽음이 이제 오면 장래엔 아니 올 테고, 지금 오지 않는다면 장래에 올 테고, 지금이 아니라 해도 앞으로 반드시 올 것이네. 준비가 제일 중요하지. 어느 누구도 자신이 무얼 두고 떠나는지 알 수 없으니 일찍 떠나는 걸 아쉬워할 필요가 뭐 있겠는가? 그대로 두게.

왕, 왕비, 레어티즈, 〔오즈릭,〕 그리고 모든 귀족들,

시합도와 단검을 든 수행원들 등장.

왕 오거라, 햄릿, 와서 이 손을 잡아라.

〔레어티즈의 손을 햄릿의 손에 가져다놓는다〕

햄릿 나를 용서하게. 내가 자네에게 잘못했네.
하나 자네는 신사이니 용서하게.
여기 임석한 이들은 알고 있고, 또 자네도 틀림없이 들었을 텐데,
나는 심한 정신착란증에 걸렸다네.
내가 저지른 일이
자네의 본성, 명예, 반발을 크게 자극했을지 모르지만
그것이 광증 때문이었음을 이 자리에서 선언하는 바이네.
햄릿이 레어티즈에게 잘못했을까? 햄릿은 결코 아니네.
만약 햄릿이 자신으로부터 분리되어
본래의 자신이 아닐 때 레어티즈에게 잘못을 한다면
그것은 햄릿이 한 것이 아니며, 햄릿이 그걸 부인하네.
그렇다면 누가 그리할까? 그의 광증이네. 사실이 이러하다면
햄릿은 잘못을 당한 사람들 축에 속한다네.
그의 광증이 가련한 햄릿의 원수인 것이지.
이보게, 이 청중 앞에서
내가 고의적으로 한 잘못이 아님을 천명하니
너그러운 생각으로 이를 받아들여서
내가 집 위로 쏜 활에 그만
내 형제가 다친 격이라고 이해해주게.

레어티즈 내 본성에 관한 한 만족합니다.
이것의 동기가 이번 경우에 저를 가장 크게

복수로 움직이게 했지만 명예에 관한 한
저는 사과를 받아들일 수 없고, 화해도 없을 것입니다,
세상에 알려진 신사도의 훌륭한 선배 대가들로부터
전례에 비추어 화해해도 좋다는 유권해석이 있을
때까지는요.
제 이름이 손상되지 않도록 하기 위해서입니다만 그때까지는
당신께서 제의하신 우정을 우정으로 받아들여
그것을 욕되게 하지 않겠소이다.

햄릿 내 흔연히 받아들이겠소.
그리고 이 형제지간의 내기 시합을 허심탄회하게 해보겠소.
시합도를 달라.

레어티즈 자, 내게도 하나 주오.

햄릿 난 자네를 빛내는 배경 장식에 불과할 것이네, 레어티즈.
내 무력감 속에서 자네의 솜씨는 가장 캄캄한 밤의 별처럼
진정 찬란히 빛날 걸세.

레어티즈 저를 놀리십니다, 저하.

햄릿 아닐세, 이 손에 걸고 맹세하네.

왕 그들에게 시합도를 주거라, 오즈릭. 햄릿 조카,
내기 시합임은 알고 있으렷다?

햄릿 잘 알지요, 전하.
전하께서는 약한 쪽에 덤을 얹어주셨더군요.

왕 염려되지는 않지만 나는 두 사람의 실력을 다 보았는데,
저쪽이 훈련으로 연마가 더 되어서 덤을 놓은 것이다.

레어티즈 이것은 너무 무겁군. 다른 시합도를 보여주오.

햄릿 이것은 내게 잘 맞네. 이 시합도들은 길이가 다 같겠지?

오즈릭 여부가 있겠습니까, 저하. (그들이 시합 준비를 한다)

〔하인들이〕 포도주 병을 들고 등장.

왕 포도주 잔들을 저 탁자 위에 가져다놓아라.
만약 햄릿이 첫 판이나 둘째 판에서 득점을 한다면
혹은 셋째 판에서 동점이 된다면,
모든 흉벽의 대포를 쏘아올리도록 해라.
짐은 햄릿의 감투敢鬪를 위해서 축배를 들겠다.
그리고 짐은 이 잔에다 큰 진주를 넣겠는데,
덴마크의 사조 역대왕들이 왕관 속에 지녔던 것보다도
더 훌륭한 진주인 것이다.* 잔들을 내게 다오.
북을 쳐 나팔수에 알리고,
나팔수는 밖에 있는 포대에 알리고,
포대는 하늘에, 하늘은 땅에 알리어
'지금 왕이 햄릿를 위해 축배를 든다'는 것을 알려라. 자, 시작이다.
그리고 심판들은 눈을 부릅뜨도록 해라.

햄릿 덤비게.

---

* 당시에는 술잔에 진주(union)를 넣어 마시면 건강에 좋다는 믿음이 있었다.

레어티즈 자요, 저하. (그들이 시합한다)

햄릿 한 대다.

레어티즈 아니요.

햄릿 판정은?

오즈릭 적중타, 명백한 적중타.

레어티즈 그럼, 다시.

왕 잠깐 중지. 축배잔을 가져와라. 햄릿, 이 진주는 네 것이니라.
네 건투를 빌 잔이다. (북소리, 나팔 소리, 포 터지는 소리)
왕자에게 이 잔을 주어라.

햄릿 전 이번 판을 먼저 하겠습니다, 잔은 잠시 옆에 놓아두십시오.
자, 덤비게. (그들은 다시 시합한다)
또하나의 적중타. 그렇지 않은가?

레어티즈 스쳤습니다, 스쳤어요. 인정하겠습니다.

왕 우리 아들이 이기겠구려.

왕비 땀을 흘리며 숨을 헐떡이고 있어요.
햄릿, 여기 내 손수건을 받아 이마를 닦도록 해라.
햄릿아, 어미가 네 행운을 위해 축배를 든다.

햄릿 고마워요, 왕비마마.

왕 거트루드, 마시지 마오.

왕비 마시겠어요, 전하. 용서해주세요.
(왕비가 마시고 〔그 잔을 햄릿에게 준다〕)

왕 〔방백〕 그건 독배인데. 이미 너무 늦었군.

햄릿 왕비마마, 아직은 마시지 않으렵니다. 조금 있다가요.

왕비 이리 오너라, 내 네 얼굴을 닦아주마.

레어티즈 전하, 이번에는 소신이 맞히겠습니다.

왕 그리 생각하지 않네.

레어티즈 〔방백〕 하지만 어쩐지 꺼림칙하군.

햄릿 자, 세번째 판에 나서게, 레어티즈. 자네는 장난치듯 할 뿐이야.

제발 자네 최상의 맹공을 가해보게.

나를 어린애 다루듯 하는 것 같아.

레어티즈 말씀 다하셨어요? 자 덤비세요. (그들이 시합한다)

오즈릭 양쪽 다 무득점.

레어티즈 지금 한 대 들어갑니다. (〔레어티즈가 햄릿에게 부상을 입히고〕, 맞붙어 싸우던 중에 세장도를 바꿔 쥔다)

왕 그들을 떼어놓아라. 격분되어 있구나.

햄릿 아니다, 다시 덤벼라.

(〔그가 레어티즈에게 부상을 입힌다〕 왕비가 쓰러진다)

오즈릭 여! 저기 왕비마마를 돌봐드리세요.

호레이쇼 양쪽이 다 피를 흘리고 있어요. 어떠하십니까, 저하?

오즈릭 어떠시오, 레어티즈?

레어티즈 그야 도요새처럼 나 자신의 덫에 걸려들었네, 오즈릭.

나는 나 자신의 술책에 의해 정당하게 살해된 것이네.

햄릿 왕비마마는 어떠하신가?

왕 둘이 피 흘리는 걸 보고 졸도했느니라.

왕비 아니다, 아니다, 그 잔, 그 잔! 오, 사랑하는 햄릿아!

그 잔, 그 잔! 나는 독살되었다. (죽는다)

햄릿 오, 극악무도한 짓! 여봐라, 문을 닫아걸어라.
반역이다! 역적을 색출하라. 〔오즈릭 퇴장〕

레어티즈 역적은 여기에 있소, 햄릿. 햄릿, 당신도 살해되신 거요.
그대에게는 백약이 무효입니다.
당신에게는 목숨이 삼십 분도 채 남아 있지 않습니다.
그 반역의 도구가 당신의 손에 쥐여 있습니다,
끝이 뾰족하고 독약이 발라진 채로. 흉측한 음모는
제 몸으로 되돌아왔습니다. 보시오, 여기 내가 누워 있소이다,
결코 다시는 일어날 수 없이. 당신의 모친은 독살되셨어요.
더이상 말을 계속할 수 없습니다. 왕, 왕이 범인입니다.

햄릿 칼끝도 뾰족한데 독까지 발랐다고! 그렇다면 독이여,
효력을 내보여라. (왕에게 부상을 입힌다)

모두들 반역이오! 반역이오!

왕 오, 친구들이여, 나를 방어하라. 나는 부상만 당했을 뿐이니라.

햄릿 그대 근친상간의 살인자, 저주받은 덴마크 왕이여,
이 독배를 마저 마셔라. 그래 여기에 그대의 진주가 들어
있다 했더냐?*
내 어머니를 따라가거라. (왕이 죽는다)

레어티즈 그는 정당한 대접을 받은 것입니다.
그 독약은 그 자신이 조제한 독약이었습니다.

---

* 여기서 '진주(union)'는 왕이 죽어서 왕비와 결합 혹은 재회하라는 뜻도 겸한다.

고결하신 햄릿, 저와 용서를 교환해주십시오.
제 죽음과 선친의 죽음은 왕자님과는 상관이 없으며,
왕자님의 죽음 또한 저와는 상관없다고 말입니다. (죽는다)

햄릿 하느님이 그대의 죄를 벗겨주시기를! 뒤따라가겠네.
나는 죽네, 호레이쇼. 비참한 왕비마마여, 안녕!
이 참상에 창백해지고 두려움에 떨고 있고,
이 연극에서 유구무언의 관객들인 여러분,
시간이 남아 있기만 하다면—이 무서운 형리인 죽음이
나를 체포하는 데 일말의 인정사정도 없구나—아, 내가 진실을
말해줄 수 있으련만, 그럴 수 없는 상황이오. 호레이쇼,
나는 죽고,
자네는 살아남으니, 내막을 잘 몰라서 의아해하는
백성들에게 나의 대의를 올바르게 보고해주게.

호레이쇼 그것일랑 결코 믿지 마십시오.
저는 덴마크 사람이기보다는 고대 로마인의 기질*을 더
갖고 있습니다.
여기에 아직 독물이 좀 남아 있습니다.

햄릿 자네가 남자라면
그 잔을 내게 주게. 이리 내놓게. 맹세코, 그건 내가 마시겠네.
오, 하느님! 호레이쇼, 진실이 밝혀지지 않은 채로 남겨지면
얼마나 큰 누명을 내가 남기게 되겠는가 말일세.

---

* 고대 로마의 명장들은 전투에서 패하는 등 생의 명분을 잃으면 자살로 생을 마감했다.

만약 자네가 조금이라도 나를 마음속에 품었던 적이 있다면
이 천복天福을 잠시 연기시키고,
이 모진 세상에서 고통의 숨결을 지속하여
내 이야기를 전해주게. (멀리서는 행진곡, 안에서는 대포 소리)
이 무슨 전투적 소음인가?

오즈릭 등장.

오즈릭 포틴브래스 왕자가 폴란드에서 승전하고 돌아와
영국 사절들에게
예포를 터뜨리고 있습니다.
햄릿 오, 나 죽네, 호레이쇼.
위력적인 독이 내 정신을 완전히 좌지우지하네.
나는 영국에서 온 소식은 듣지 못하고 죽네만
새 국왕으로는 포틴브래스가 선출되리라는 것을
예언하는 바이다. 나는 그를 지명추천하고 죽노라.
그에게 그리 전하게, 그렇게 할 수밖에 없었던
대소사들과 함께—나머지는 침묵이다. (죽는다)
호레이쇼 이제 고결한 심장이 깨졌구나! 안녕히 주무십시오, 왕자님,
천군천사가 찬송가를 부르며 왕자님을 영면의 나라로
모시기를! 〔안에서 행진곡〕
어째서 북소리가 이곳으로 오고 있소?

포틴브래스, 영국 사절들 및 북과 깃발을 지닌 병졸들 등장.

포틴브래스 이 참담한 광경은 어디에 있소?

호레이쇼 당신이 보고자 하는 것이 무엇이오?

비참함과 놀라움이라면 그만 찾아다니시오.

포틴브래스 이 시쳇더미는 무자비한 살육을 외치고 있구나. 오,

오만한 죽음이여,

그대의 영원한 무덤에서는 어떤 잔치가 임박하고 있기에

그대는 한 방에 이렇듯 많은 군주들을

이렇게도 잔인하게 쓰러뜨렸느냐?

사절들 목불인견의 참상입니다.

저희들이 영국에서 가져온 소식은 너무 늦었습니다.

이 소식을 들어주실 분의 귀는 기능을 상실함으로써

그분의 명령이 이행되어 로즌크랜츠와

길던스턴이 사망했다는 것을 전해올릴 수 없게 되었습니다.

저희는 어디에서 치하의 말씀을 들을 수 있겠습니까?

호레이쇼 그분의 입에서는 듣지 못할 것입니다.

설사 그것이 살아서 당신에게 감사할 수 있는 상태라고 해도.

그분은 그들을 죽이라는 명을 내린 적이 결코 없었답니다.

하지만 이 피비린내나는 사건의 발생과 거의 때를 같이해서

당신께서는 폴란드 전쟁에서, 또 당신들은 영국에서 오셨으니

명을 내려서 이 시체들을 단 위로 높이 모시어

사람들이 볼 수 있도록 한 후 아직도 영문을 모르고 있는

세인들에게 제가 이 일들이 어떻게 발생했는지를 설명해드리겠소.
그리하여 여러분들은 듣게 되실 겁니다,
간통, 살인, 천륜에 어긋나는 범행들에 관해서,
우연하게 내린 하느님의 심판들과 우발적인 살인에 관해서,
간계와 하는 수 없이 고안한 계략에 의한 죽음들에 관해서,
그리고 결과적으로 흉계가 잘못되어 이를 꾸민 자들의
머리 위에 떨어진 죽음 등에 관해서. 이 모두를 제가
진실하게 전해드리겠소.

포틴브래스 서둘러 들어봅시다.
고귀하신 분들도 오시도록 해서 같이 듣도록 합시다.
나로 말할 것 같으면 슬픔으로써 나의 행운을 맞아들이는 바요.
나는 이 나라에 대해서 잊을 수 없는 권리도 다소 갖고 있소.
지금이 이 권리를 주장하기에 유리한 형세이기도 하오.

호레이쇼 그 점에 대해서도 저는 할말이 있습니다.
햄릿 왕자님이 입으로 직접 당신을 지명추천한다고 한 말씀은
더 많은 찬성을 국민들로부터 끌어낼 것입니다. 당장은
시체를 안치하는
일을 하도록 합시다. 민심이 들떠 있는 동안에 더 많은 불행이
음모와 오해로 발생할까 염려됩니다.

포틴브래스 대위들 넷으로 하여금
햄릿 왕자를 군인 예우로 단 위에 모시도록 해라.
그분이 왕위에 오르셨다면
가장 영특한 임금님이 되셨을 것이다. 그분의 서거를

군악과 조포로
우렁차게 알리도록 해라.
시체들을 치워라. 이 같은 광경은
전쟁터에는 어울리지만 이곳에는 심히 맞지 않는다.
자, 가서 병졸들에게 조포를 쏘도록 해라.

([시체들을 메고] 행군하고, 그후에는
대포 쏘는 소리가 터져나온다)

옮긴이의 말

본 번역본은 해럴드 젱킨스(Harold Jenkins)가 편집하고, 1982년에 영국 런던의 메수엔 출판사(Methuen & Co.)가 아든 셰익스피어 총서(The Arden Shakespeare)의 하나로 출판한 『햄릿*Hamlet*』을 바탕본문(copy-text)으로 삼았다. 젱킨스 판의 본문(이하 원문)은 제2사절판(이하 Q2, 1604~5년)을 바탕본문으로 삼고 제1이절판(이하 F1, 1623년)에만 들어 있는 대사나 자구를 거의 대부분 반영하며, 두 판본 사이에 존재하는 변형들은 주로 Q2(Second Quarto)를 따르되 일부 경우에 한해서만 F1(First Folio)를 취한 판본이다. 그리고 와전(corruption)의 경우에는 전임 편집자들을 통해 정평이 난 수정 자구를 채택했다. 역자는 Q2와 F1 사이의 변형들에 대해서는 주로 Q2의 것을 취한 젱킨스와는 달리 F1의 것을 더 많이 취했음을 밝혀둔다. 아울러 역자는 과

거에 피터 알렉산더(Peter Alexander)가 편집한 셰익스피어 전집에 수록된 『햄릿』을 역본으로 삼아 번역한 적이 있는데, 이번에 이를 전면적으로 개역했다.

본 번역본은 원문과 대조해보기 쉽도록 원문 행들의 수와 길이를 그대로 유지하면서 가급적 직역을 했다. 하지만 우리말이 영어와 문장구조, 특히 어순이 달라 모든 행을 그 내용까지 일치시키기는 어렵고, 복수의 행으로 이루어진 산문 대사들의 경우, 행의 길이를 원문의 것과 동일하게 유지하려다보니 어간과 어미가 인위적으로 분리되는 경우가 불가피하게 발생했다. 셰익스피어는 대사들을 주로 무운시(blank verse)로 엮었지만, 교육을 받지 못한 하층민들 간의 대화나 고관대작들이 이들과 대화할 때는 산문을 썼다. 지체 높은 식자들일지라도 정신이상을 가장할 때, 즉 양광을 위해서는 미친 사람이 시로 말한다는 것은 이치에 어긋난다는 판단으로 운문 대신 산문을 썼다.

한 단어가 지닌 여러 뜻을 활용한 언어유희의 경우, 원문의 것과 일치하는 '다른 뜻'을 동시에 지닌 우리말이 있기란 거의 불가능하므로 문맥상 그 단어의 주된 뜻을 역어로 삼고, 다른 뜻은 각주를 달아 설명하는 방법으로 원문의 의미를 보완하고자 했다. 기타 부연설명이 필요할 때에도 각주를 활용했다. 본문 속 인명, 국명 등 고유명사들은 대개 영어 발음에 따라 표기했음을 밝힌다. 책 말미에는 역자의 작품해설과 셰익스피어의 연보를 추가했다.

끝으로 이 번역의 출판을 맡아준 문학동네와 교정 및 기타 출판과 관련된 일로 애써주신 분들에게 심심한 감사를 표한다.

이경식

『햄릿』에 관하여

『햄릿』은 셰익스피어의 비극들 중에서는 말할 것도 없고, 그가 남긴 총 37편의 극들 중에서 가장 으뜸가며, 역사와 지역을 초월해 독자와 관객에게 감동을 전하고 날로 인기를 더해가는 동서고금을 대표하는 극작품이다. 1670여 행에 불과한 『맥베스』의 배가 넘는 3850여 행의 이 긴 극작품에는 '격언의 연속'이라던 오래전 영국의 어느 관객의 관람평이 말해주듯 인구에 회자하는 유명한 대사와 구절이 많다. 또한 『햄릿』은 스핑크스처럼 문학의 신비요 수수께끼라 불리기도 하는데, 이는 주인공 햄릿 왕자의 불가사의한 성격에 기인한 평이라 해도 과언이 아니다. 이 작품에 관한 학자들의 논문과 논저가 다른 어느 작품보다 월등히 많은 까닭 역시 아직은, 적어도 완벽하게는 풀리지 않은 이 수수께끼 때문일 것이다.

비극 『햄릿』은 복합적인 이야기들로 꾸며져 있지만 주제는 어디까지나 주인공 햄릿 왕자의 복수다. 그는 선왕의 혼령이 당부한 복수를 지연시키다 자신의 죽음을 비롯해 다른 일곱 사람의 죽음을 초래하고 만다. 셰익스피어는 햄릿처럼 살해당한 부친의 복수를 해야 하는 다른 두 젊은이—노르웨이의 왕자 포틴브래스와 폴로니어스의 아들 레어티즈—이른바 '대비되는 인물(character foil)'을 등장시킨다. 셰익스피어는 세 젊은이의 각기 다른 복수 방법과 과정을 대비시켜 햄릿의 복수가 지연되는 이유와 함께 그것과 불가분의 관계를 맺고 있는 햄릿의 성격을 입체적으로 그린다.

1. 본문

셰익스피어의 극작품들을 포함해 16, 17세기 영국에서 저작되고 인쇄된 현존하는 극작품들의 경우, 해당 작품이 어떤 종류의 인쇄원고(printer's copy/copy)를 지녔는지를 규명하는 일은 본문의 권위를 파악하는 첩경이 된다. 당시 인쇄원고로 쓰인 것으로는 우선 작가의 필사본 원고(author's manuscript/autograph copy/foul papers)와 이 원고를 무대에 올리는 과정에서 다소 가감된 무대본(promptbook)을 들 수 있다. 이외에도 연극 관람 중에 속기로 빼내거나 후에 기억으로 엮어낸 이른바 오염된 원고(memorially contaminated copy), 극의 줄거리나 역을 맡은 배우들이 암송할 수 있도록 전사해서 배포해준 역본(役本, actors' parts)을 모아 재구성한 이른바 조립된 원고(assembled copy), 출판된 사절판(Quarto, 이하 Q)의 한 권이나 무대본으로 사용된 Q본을 인쇄원고로 삼은 경우도 있다.

작가의 초고나 이것을 전사하여 쓴 무대본을 인쇄원고로 삼아 출판된 극작품은 양질의 본문을 지닌 데 반해, 기타 원고들을 인쇄원고로 쓴 경우에는 대개가 저질 본문을 낳았다. 본문의 권위는 작가의 초고가 가장 컸고, 여기에서 멀어질수록 그만큼 감소했다. 왜냐하면 전사자들은 인간인지라 각종 오자를 양산해냈고, 때로는 일부 내용을 빠뜨리기도 했다. 인쇄본의 중판 역시 이러한 문제에서 자유롭지 못해 결과적으로, 양질의 본문을 지닌 초판본일수록 권위가 높다. 당시 중판은 그 직전 판의 한 권을 인쇄원고로 삼는데다가 재식자 과정에서 오식이 중첩되었기 때문에 나중 판본일수록 본문 오염이 심했다. 극작품의 판권소유권자였던 극단은 극작을 활자화하는 일이 그들의 이해와 상충한다고 간주해 특수한 경우를 제외하고는 이를 꺼렸고, 그럴수록 자연 악덕업자들의 해적출판은 늘어갔다.

앞서 저질 본문을 낳은 여러 종류의 인쇄원고를 언급했지만, 그중에서도 한 가지 주목할 만한 것이 있다. 지방 순회공연을 나선 극단이 무대본을 챙겨오지 못한 극을 공연해야만 하는 상황에 처해, 런던에 다녀올 수가 없으니 임시변통으로 역을 맡은 배우들이 한자리에 모여 자신의 역을 중심으로 기억을 더듬어 극본을 만들어 쓰기도 했다. 이때에는 런던 관객들에게만 적합한 대목은 생략하거나 시골 관객들 취향에 맞춰 우스개를 더하기도 했다. 원본과 차이가 날 수밖에 없는 이 부실한 원고가 후에 출판업자에게 유출되어 활자화된 것이 이른바 저질 본문을 지닌 악惡사절판(bad Quarto)이다.

『햄릿』은 각기 출처가 다른 인쇄원고에서 인쇄된 세 개의 초기 본문을 갖고 있다. 1603년에 출판된 첫 사절판(이하 Q1), 1604~5년에 출판된 제2사절판(이하 Q2)*, 1623년에 이절판(Folio edition)으로 출판된 첫 극전집(이하 F1)에 수록된 이 극의 본문이다. Q1는 기억 재구로 이루어진 각본 출신이어서 저질 본문이다. Q2는 작가의 자필원고 출신 본문을 지니고, F1의 본문은 작가의 자필원고를 전사하고 공연을 위해 무대지시 등을 약간 손질한 데 더해 Q2의 본문도 일부 참고한 무대본 출신 본문이다. 따라서 Q2와 F1는 양질의 본문을 지니고 있다. Q2와 F1 사이에 Q3(1611년)와 Q4(출판연대 미상)가 출판되었으나 각기 그 직전 사절판의 본문을 인쇄원고로 삼았기 때문에 본문상의 권위는 약하다.

한 가지 유의할 점은 Q1 본문은 『햄릿』의 본래 본문이 아닌, 기억 재구 출신으로서 대폭 축소되고 심히 와전된 것으로, 제일 먼저 출판된 『햄릿』의 본문일 뿐 결코 Q2와 F의 본문들보다 먼저 존재한 것도 아니다. Q1가 셰익스피어 극단이 지방 순회공연 시에 임시변통으로 엮어낸 각본 출신임은 학자들의 연구를 통해 밝혀졌다. 곳곳에 엉뚱한 대목과 비非셰익스피어 구절들이 들어 있고, 폴로니어스와 그의 하인 레이널도는 코램비스(Corambis)와 몬태노(Montano)로 바뀌어 있는 등 등장인물들의 이름도 달리 표기되어 있다. 또 유명한 독백 'To be,

* *Hamlet* Q2의 출판연대를 1604~5년이라고 쓴 까닭은 현존하는 Q2 7권 중 일부는 '1604'로, 나머지의 것은 '1605'로 되어 있기 때문이다. 짐작건대 1604년 말에 인쇄가 시작되어 해를 넘기게 되면서 '4'를 '5'로 바꾼 것으로 보인다. 이를 제외하고는 전체 본문이 일치해 동일 판의 권들임이 분명하나, '1605' 권들의 경우 접지기호의 오식이 'G2'에서 'O2'로 바로잡혔다.

or not to be'를 포함한 3막 1장의 대부분이 2막 2장 중간에 들어가 있다.* 무엇보다도 Q1의 행수는 2154로, 표지에 '새로 참되고 온전한 원고에 의거 종전의 거의 두 배로 확대 활자화된 것(Newly imprinted and enlarged to almost as much / againe as it was, according to the true and perfect / Coppie)'이라 쓰여 있듯이 가장 긴 대략 3719행에 이르는 Q2와 비교해볼 때, 극 길이가 절반 이상으로 대폭 축소되었음을 알 수 있다. 그야말로 악사절판 저질 본문의 전형이라 할 수 있다. G. I. 다시(G. I. Duthie)는 Q1 본문에 관한 학위논문인 *The 'Bad' Quarto of 'Hamlet'*에서 마셀러스가 등장하는 이른바 'Marcellus-scenes'의 대사들이 비교적 정확하게 반영된 점을 들어 Q1 본문이 마

---

* 셰익스피어의 극들은 모두 5막 구조를 지닌다. 초기 본문들은 막, 장의 표시가 제대로 되어 있지 않고, 행 표시 또한 없었다. 오늘날 우리가 셰익스피어 극을 인용할 때 언급하는, ×막 ×장 ×행의 표기는 후세 편집자들의 판에 따른 것이지 셰익스피어와는 무관하다. 그렇다면 셰익스피어의 극들이 5막 구조임은 어떻게 알 수 있는가. 우선 내용이 중요하게 기능한다. 그다음으로는 일반적으로 등장인물들이 '모두 퇴장('exeunt〔omnes〕'는 한 사람만 퇴장할 때의 무대지시 'exit'의 복수형)'이라는 무대지시가 나오면 해당 막이나 장이 끝나는 것을 의미하고, 극중에 새 인물이 등장한다는 무대지시가 나오면 새로 시작하는 것으로 간주되었다. 또한 'Till then sit still, my soul. Foul deeds will rise,/ Though all the earth o'erwhelm them, to men's eyes'(1막 2장 끝), 'More relative than this. The play's the thing/ Wherein I'll catch the conscience of the King'(2막 2장 끝) 등에서 보듯이 압운을 이루는 약강5보격(iambic pentameter)의 서사시적 2행 연구(heroic couplet)로 끝나는 경우도 있어 별도의 표시가 없더라도 막과 장을 충분히 가려낼 수 있었다. 『햄릿』의 경우 Q1과 Q2는 막과 장의 구분이 없다. F1는 2막 2장까지만 부분적으로 라틴어로 적혀 있다(1막 1장은 'Actus Primus. Scœna Prima.', 2장은 'Scena Secunda', 3장은 'Scena Tertia.', 그리고 2막은 'Actus Secundus.' 및 'Scena Secunda'로 표기되어 있으나, 2막의 경우 1장 표시는 또 빠져 있다. 아마도 2막의 표시로 2막 1장임을 알리는 데 더해 2장 표시로 분명해지니 의도적으로 생략한 듯하다. 참고로, 후대의 편집자들은 1막을 3장이 아닌 5장으로 구분한다).

셀러스 역과 극중극의 루시아너스 역 등을 이중으로 맡았던 배우와 볼티맨드 역본을 확보한 배우의 기억 재구에 의한 것이라고 단정했다.*

Q2는 작가의 초고를 인쇄원고로 삼아 활자화된 본문을 지니고 있어 『햄릿』의 세 본문 중에서 가장 권위가 있다. 그 까닭에 J. 도버 윌슨(J. Dover Wilson), 피터 알렉산더(Peter Alexander), G. B. 에번스(G. B. Evans), 해럴드 젱킨스(Harold Jenkins) 등 20세기 후반의 유수한 편집자들은 Q2를 『햄릿』의 바탕본문으로 삼았다. F1 역시 작가의 초고를 전사하여 만든 무대본 원고 출신으로 판별되어 Q2에 버금가는 양질의 본문을 지니고 있기에, 이 두 본문 사이에 존재하는 변형들은 편집자들 각자의 분별력에 따라 취사선택된다. 더불어 Q2와 F1의 본문들에는 16, 17세기 영국의 식자-조판-해판, 교정 방법 등의 독특한 인쇄 관행으로 인해서 동일한 판임에도 불구하고 다수의 변형들이 존재한다. 이러한 변형들 중 어느 것이 교정을 반영한 것인지 혹은 어느 것이 작가 자신의 자구인지에 대한 판단 또한 편집자의 몫이 된다.

문제는 Q2에는 들어 있지만 F에는 없거나 이와 반대로 F1에는 들어 있지만 Q2에는 없는 대목을 어떻게 처리하느냐다. 오늘날 편집자들의 경향은 F1 본문에만 들어 있는 대목들을 각자의 판단에 따라 취사선택적으로 Q2의 본문에 수용하고, 이 때문에 본문의 총 행수에도 차이를 보인다. Q2에는 F에 없는 200행 내지 220행이 들어 있고, F에는 Q2에 없는 행이 약 85행쯤 있다.** 햄릿의 긴 독백(4.4. 32-66)을 포함

---

* G. I. Duthie, *The 'Bad' Quarto of 'Hamlet': A Critical Study* (Cambridge at the University Press, 1941), p. 273.

** Q2에만 들어 있는 1행 이상의 행들로는 1.1. 111-28; 1.3. 18; 1.4. 17-38, 75-78;

해 여러 사람들의 대사가 몽땅 빠진 몇몇 경우를 제외하면, F의 행수가 Q2의 행수보다 적은 가장 큰 이유는 중복적인 내용을 정비했기 때문이다. 예를 들어, 3막 2장 극중극에서 왕비의 대사 중 Q2에서는 'For women feare too much, euen as they loue,/ And womens feare and loue hold quantitie/ Eyther none, in neither ought, or in extremitie', 3행으로 되어 있는 것을 F에서는 'For womens Feare and Loue, holds quantitie/ In neither ought, or in extremity', 2행으로 바로잡아놓았다. 이 경우 본 번역본은 바탕본문인 Q2 대신에 F를 따랐다. Q2에서는 1행('Quoth ſhe, Before you tumbled me, you promiſd me to wed')으로 되어 있는 것을 F에서는 2행('Quoth ſhe before you tumbled me,/ You promis'd me to Wed')으로 나누어놓았는데, 이 역시 F가 Q2를 바로잡은 것이 명백하므로 본 번역본은 F를 따랐다(4.5. 62-63). 또한 1막 2장 햄릿의 독백에 나오는 Q2와 이를 따른 아든판(1.2. 149)의 'Like *Niobe* all teares, why ſhe'도 본 번역본은 F의 'Like *Niobe*, all teares. Why ſhe, euen ſhe'로 대체했다. 왜냐하면 F의 것이 10음절로 된 완전한 약강5보격의 행을 이루고 있어서 Q2의 것을 바로잡았다고 판단했다.

1606년 5월 27일, 연극에서 하느님과 관련된 불경스러운 단어를 사용할 경우 당시로서는 거금인 10파운드까지 벌금을 과하는 법령이 공

2.2. 17, 440-41, 461; 3.2. 166-67, 213-14; 3.4. 71-76, 78-81, 163-67, 169-72, 182, 204-12; 4.1. 4, 41-44; 4.4. 9-66; 4.5. 29, 38, 48, 164, 187; 4.7. 67-80, 99-101, 113-22; 5.1. 259; 5.2. 106-34, 136-40, 152-53 등이다. 한편 F에만 들어 있는 1행 이상의 행들로는 2.2. 212-13, 239-69, 322-23, 335-58, 394-95; 3.2. 113-14; 4.5. 161-63; 5.1. 34-37; 5.2. 68-80, 236 등이다.

포되는데, 이미 'Sblood(=God's blood), By Gis(=by Jesus), By Cock(=by God) 등으로 약화되어 새 법령에 부합하는 표현들을 F에서는 ''Swounds[zwounds / swounds]'(=God's wound, 2.2. 572)처럼 때로는 Why와 같은 무의미한 간투사로 대체하거나 ''Sblood' (God's blood, 3.2. 360)처럼 아주 빼버림으로써 변형을 낳기도 했다. 물론 Q2와 F 간에는 4막 4장 서두에서 폴란드 원정에 나선 포틴브래스 왕자가 부하 장교에게 하는 말인 softly(Goe softly on.)/safely(Go safely on.)를 비롯해 surely/freely, thus / this 등 의미상 차이가 나는 다수의 변형들이 존재한다.

2. 저작연대와 출전

『햄릿』의 저작연대는 셰익스피어의 다른 작품들과 마찬가지로 정확히는 알 수 없고 추정만 가능하다. 이 작품에 대한 최초의 명시적 언급은 1598년 9월 7일과 1601년 2월 25일 사이에 있었다. 문학비평가 프랜시스 미어즈(Francis Meres)가 1598년 9월 7일자로 판권등록을 하고 그 직후에 출판한 『지혜의 보고*Palladis Tamia: Wit's Treasury*』를 보면, 초서에서부터 당대 영국의 유명 작가들을 고전 작가들과 비교하며 언급한 셰익스피어 작품들 속에는 『햄릿』이 포함되어 있지 않았다. 하지만 문인 게이브리얼 하비(Gabriel Harvey)가 소장한 1598년에 출간된 스페트(Speght) 편집의 초서 작품집 난외에 '에섹스 백작이 영국을 크게 예찬하고 있으며 (…) 젊은이들은 셰익스피어의 『비너스와 아도니스』에 열광하나 그의 비극 『덴마크의 왕자 햄릿』은 노숙한 이들을 기쁘게 하고 있다'고 적어놓았다. 동사 '예찬하고(commendes)'가 현재형인 것으로 보아 1601년 2월 25일 처형당한 에섹스 백작이 당시 살아 있음을 말해준다. 이들 외적 근거에 따르면, 셰익스피어의 『햄릿』은 1598년 9월 7일 이후에서 1601년 2월 25일 사이의 어느 때에 저작된 것이 확실해져 후세 학자들은 저작연대를 통상 1600~1년으로 잡는다.

이를 확인해주는 내적 증거도 있다. 이 작품의 2막 2장에 어린이 극단에 관한 언급이 나온다. 1600년 말 런던의 블랙프라이어즈(Black-friars) 극장에서 활동을 시작한 소년 배우단에 대한 언급이 명백하므로, 『햄릿』의 저작연대가 1600년 말보다 앞설 수는 없다. 실제로 이 극단은 작품에서도 언급되듯 큰 박수갈채를 받으며 인기를 얻어 성인 극단에 위협이 된다. 이 싸움을 영국 연극사는 '무대/극단들의 전쟁(War of the Theatres)'이라 기록한다.

『햄릿』이 처음 공연된 때는 1602년 7월의 어느 날로 기록되어 있으며, 1603년에는 케임브리지와 옥스퍼드에서 공연된다. 출판업자 제임스 로버츠(James Roberts)가 1602년 7월 26일에 '최근 체임벌린 경 극단원들이 공연한 덴마크 왕자 햄릿의 복수라는 극본(latelie Acted by the Lo〔rd〕: Chamberleyne his servantes)'의 판권을 등록했다. 그러나 판권행사는 로버츠가 아닌 'N. L. 니컬러스 링과 존 트런들(N. L. 〔Nicholas Ling〕 and Iohn Trundell)'이, 아마도 관행에 반하여 1603년에 이 작품의 첫 사절판을 런던에서 출판했다. 이 사절판 표지에 이 극이 런던 및 케임브리지와 옥스퍼드 대학 등지에서 국왕극단원들이 공연한 각본 출신임(As it hath beene diuerſe times acted by his

Highneffe fer- /uants in the Cittie of London: as alfo in the two V- / niuerfities of Cambridge and Oxford, and elfe-where)을 밝혔다. 판권등록란에는 '체임벌린 경 극단원들'이 공연한 극으로 표기된 내용이 표지의 간기에는 '국왕극단원들'로 바뀐 것은 1603년 3월 24일에 엘리자베스 여왕이 사망하고 제임스 1세가 왕위를 잇게 되자 셰익스피어 극단은 체임벌린 경 극단에서 국왕극단(King's Men)으로 명칭이 바뀌었기 때문이다.

『햄릿』의 줄거리는 원래 12세기에 쓰이고 1514년에 출판된 덴마크 사학자 삭소 그라마티쿠스(Saxo Grammaticus)의 『덴마크 역사책 *Historiae Danicae*』에서 왔는데, 여기에 햄릿(Amleth)이 최초로 기록되어 있다. 이 인물이 영국 희곡에 들어온 것은 프랑스인 프랑수아 드 벨포레(François de Belleforest)가 번역한 이 책의 불역판(1570년, 1576년, 1582년, 1601년 등 열 차례에 걸쳐서 중판되었다)인 『비극 이야기들 *Histoires Tragiques*』을 통해서였다. 왜냐하면 이것의 영역본은 『햄릿』이 나온 지 여러 해가 지난 1608년에 출판되었기에 덴마크어를 몰랐을 것이 틀림없는 셰익스피어는 불역판 제5권의 '암렛(Amleth)' 이야기를 참고했을 것이기 때문이다. 아마도 셰익스피어는 본문상 수정 사항이 많은 1582년 판보다는 그의 작품과 유사점이 더 많은 1576년 판을 참고했을 것으로 추정된다. 어쨌든 여기에 기술된 주요 내용이 셰익스피어의 『햄릿』과 흡사하다. 형제 살인, 근친상간, 양광佯狂, '내실 장면' 등이 들어 있고, 이름은 다르지만 주인공 암렛(벨포레의 번역본에는 'Hamblet'이라 쓰여 있다)은 셰익스피어의 오필리어, 호레이쇼, 폴로니어스, 로즌크랜츠, 길던스턴에 해당되는 인물들과 유사한 관계를 갖고 있다. 주인공 암렛과 그의 모친 게루다(Gerutha)는 셰익스피어의 햄릿(Hamlet)과 거트루드(Gertrude)와 이름까지도 유사하다.

그러나 셰익스피어 『햄릿』의 출전은 삭소-벨포레에 나오는 햄릿 이야기보다는 셰익스피어가 이 작품을 쓰기 이전에 영국에 존재했다고 전해지는, 이른바 *Ur-Hamlet*(셰익스피어의 햄릿 직전에 있었던 것으로 추정이 되는 작품)일 가능성도 크다. 토머스 내시(Thomas Nashe)는 동료 극작가 로버트 그린(Robert Greene)이 1589년에 출판한 산문 로망인 *Menaphon*에 기고한 서문 'The Gentlemen Students of Both Universities'을 통해 대학 교육을 받지 못한 극작가들을 비난했다. 특히 토머스 키드(Thomas Kyd)를 두고 필생(the trade of Noverint〔scrivener〕)이 주제넘게 극작에도 손을 대고 있다(hee will affoord you whole Hamlets)는 말로써 그를 *Ur-Hamlet*의 작가로 일축한 바 있다. 실제로 키드가 1588~9년에 쓴 비극 『스페인 비극*The Spanish Tragedy*』은 『햄릿』과는 반대로 아버지가 살해당한 아들의 복수를 하는 내용이지만, 무자비한 복수극이라는 점에서부터 여러 유사점들이 있다. 특히 케네스 뮤어(Kenneth Muir)는 삭소-벨포레에는 혼령, 극중극인 〈쥐덫〉, 레어티즈와 포틴브래스, 오필리어의 익사, 해적, 무덤 장면 등이 들어 있지 않은 점을 들면서 이것들이 *Ur-Hamlet*에서 온 것임을 확신했다.* 이외에도 혼령의 등장, 극중극, 광증의 요소와 특정한 행들이나 구절들도 키드의 작품과 존 마스턴(John Marston)의 『안토니오의 복수*Antonio's Revenge*』 등 그 직전에 나온 타 극작가들의 작품들

---

* K. Muir, *Shakespeare's Sources*, Vol. One: Comedies and Tragedies (London: Methuen & Co Ltd, 1957, reprint with new appendices, 1961), pp. 110~12.

에서 온 것으로 보이는 경우들이 다수 있다.

3. 극의 제목과 주도적 심상

『햄릿』의 원제는 Q1와 Q2의 표지에 공히 '덴마크 왕자 햄릿의 비극적 이야기(The Tragicall Hiſtorie* of H A M L E T, Prince of Denmarke)'로 되어 있고, F1의 것은 서두의 목차(CATALOGVE)에는 '햄릿의 비극(The Tragedy of Hamlet)'으로, 본문이 시작되는 서두에는 '덴마크 왕자 햄릿의 비극(THE TRAGEDIE OF HAMLET, Prince of Denmarke)'으로 되어 있다. F1 목차의 비극부에 수록된 작품들 중에서 제목에 '비극(tragedy)'이라는 단어가 들어간 것은 『햄릿』과 더불어 『코리어레이너스』 『맥베스』 뿐이고, 『타이터스 앤드로니커스』 『로미오와 줄리엣』 『오셀로』 『리어왕』 『줄리어스 시저』 『앤토니와 클리오파트라』에는 없다.

『햄릿』은 부정不貞, 잘못된 사랑, 살인, 야망, 도덕적 타락과 부패를 다룬다. 이 병든 사회를 셰익스피어는 악성 종양, 악취가 하늘을 찌르는 각종 사회악과 부패, 고통, 죽음 등과 같은 병의 심상들(disease imagery/'sickness' images)을 탁월하게 구사함으로써 여실히 그려냈다. 덴마크가 병들고 썩은 사회임을 마셀러스의 "덴마크 국가에는 무언가가 썩어 있네('Something is rotten in the state of Denmark', 1.4.

---

* 'historie/history'는 그리스어에서 온 라틴어 'historia'에서 유래된 단어로 여기서는 프랑스어 'histoire'와 더불어 'story, tale, narrative' 등의 의미를 지니고 있다.

90)"라는 말이 웅변적으로 말해준다.

햄릿은 성치 못한(unwholesome), 곧 병든 사회와 시대를 그의 첫 독백(1.2. 129-58)에서부터 강도 높게 표현한다. 어머니의 재빠른 재혼에 큰 충격을 받은 그는 자신의 오염된 육신이 해체되어 이슬로 화했으면 하고 바라고, 하느님이 자살을 금하지만 않았더라면 자살했을 정도로 부질없어 보이는 세상만사를 한탄한다. 그는 이 세상이 잡초만 무성한 제초가 되지 않은 정원('an unweeded garden', 1.2. 135)이요, 본성이 막되고 거친 것들이 세상을 독점하고 있다(동 135-36)고 표현한다. 그는 그처럼 사악하게도 몹시도 잰걸음으로 시동생의 잠자리로 달려간 어머니의 근친상간적 결혼이 유익한 결과를 가져올 리 만무하다며 그녀의 비도덕적, 비윤리적 처신을 거듭 규탄하고 한탄한다.

햄릿은 어머니의 내실에서 폴로니어스를 살해한 후에도 어머니가 선친과의 혼인가약의 맹세를 헌신짝처럼 버리고 순결한 사랑의 이마에 화인을 찍은 부끄러운 행실을 계속하는 모습을 보고, 원소들이 조화롭게 결합된 견고한 큰 땅덩어리인 대지를 붉게 물들이던 하늘도 마치 최후 심판일을 맞은 듯이 슬픈 표정을 짓고 상심한다고 말한다('Heaven's face…Is thought-sick at the act', 3.4. 48-51). 햄릿은 이와 유사한 은유를 사용해서 사람의 사고思考까지도 둘러싼 병든 도덕적 환경을 묘사하면서 이 'sickly(병든)'라는 단어를 어머니의 타락한 도덕성과 윤리성을 규탄할 때도 쓴다.

햄릿은 3막 4장의 일명 '내실 장면(closet scene)'에서 남편인 왕을 살해한 시동생과 재혼한 모친이 무슨 잘못을 자신이 범했다고 혀를 함부로 놀리고 있느냐고 하자 그녀의 죄상을 정숙의 우아함과 순수함을 더럽히는 행위요, 순진무구한 사랑의 맑은 이마에서 장미의 아름다움을 앗아서 거기에 수치의 화인을 찍어 결혼서약을 도박꾼의 맹세와 같은 허위로 만든 행위, 백년가약이라는 몸집에서 그것의 정수를 뽑아버리고 언어의 광상곡으로 만듦으로써 하느님 자신도 최후 심판의 날을 맞아 분노하여 생각을 '병들게' 한 행위라고 질타한다. 어머니가 분별력 없이 재빠르게 시동생의 침대로 달려간 까닭은 어머니의 감각과 몸의 동작이 병에 걸려서 마비된 것이 틀림없다고 진단한다. 이처럼 모친의 도덕적, 윤리적 타락을 날카롭게 규탄하는 자신의 언행을 어머니가 광증 때문이라고 일축하자, 햄릿은 제발 썩은 영혼에 일시적 진통효과를 내는 고약을 바르지 말라면서 그것은 헌 살갗만을 덮을 뿐 그 사이에 속에서는 지독한 화농이 온통 몸속으로 파고들어가 겉으로는 보이지 않은 채 전신을 감염시킨다고 모친을 깨우친다. 이어서 햄릿은 어머니에게 하늘에 고백하고, 과거의 일을 회개하며, 앞으로의 일을 삼가고, 잡초가 더욱 무성하도록 거름까지 뿌리지 말라는 고언까지 한다. 그는 어머니를 도덕적으로 타이르는 무례를 용서해달라면서 이렇듯 병적으로 비대한 시대에서는 미덕이 악덕에게 선을 베풀도록 허락해달라고 몸을 굽혀 간청해야 한다고, 과체중으로 건강을 잃은 세태를 통탄해 마지않는다. 이러한 햄릿의 질책으로 결국에는 왕비 자신도 자신의 영혼이 병든 영혼('my sick soul', 4.5. 17)임을 깨닫는다.

햄릿은 앞서 어머니의 내실로 가던 중에 홀로 무릎을 꿇고 기도하는 숙부를 발견함으로써 복수할 절호의 기회를 맞으나 회개의 기도를 하고 있는 자를 죽여 천당으로 보내는 것이 복수가 되지 못하므로 구원의 기회가 전혀 없을 때를 택하겠다는 방백에서도 그를 향해 그대의 병든 날들('thy sickly days', 3.3. 96)이 연장될 뿐이다, 하고 역시 병 심상을 사용했다. 이뿐만 아니라 햄릿은 클로디어스를 건강한 형(wholesome brother)을 말려 죽게 한 곰팡이 핀 이삭('a mildew'd ear', 3.4. 64-65)이라 묘사한다.

클로디어스는 4막 3장의 독백에서 영국 왕에게 햄릿이 영국으로 도착하는 대로 즉결처분을 내리라고 하면서 햄릿이 마치 열병처럼(like the hectic in my blood) 자신의 핏속에서 기승을 부리고 있기 때문에 이를 영국 왕이 치료해주어야겠다(4.3. 69-70)고 병 심상을 사용하여 말한다. 또 햄릿은 5막 2장에서도 클로디어스 왕을 체내에 퍼져나가는 암종병균(canker) 같은 좀(canker)에 비유하면서 우리 몸에 더이상의 위해를 가하기 전에 그를 처치하는 게 정당하지 않겠느냐(5.2. 67-70)는 말로 호레이쇼의 의견을 구하기도 한다. 이 암종병균이 꽃망울들이 터지기도 전에 봄의 어린 새싹들을 해친다는 심상과 더불어 말려 죽이는 독기가 이슬에 촉촉이 젖은 청춘의 아침에 강성한다(1.3. 39-42)는 심상이 앞서 이미 구사된 바 있다.

클로디어스 왕이 햄릿의 광증을 방임하다가 폴로니어스가 살해당하고 자신의 안위 역시 위협받게 되자 병 심상을 활용한 비유로 이를 묘사한다. 즉 마치 몹쓸 병을 앓고 있는 자가 그 소식이 새나가지 않도록 하는 데만 급급하다가 급기야 그것이 자신의 생명을 골수까지 갉아먹도록 만든 꼴이 되었다는 것이다(4.1. 21-23). 또한 클로디어스는 독백으로 영국 왕에게 햄릿을 즉시 살해하라고 하면서 그 이유를 햄릿이 열병처럼 자기 핏속에서 들볶고 있으니 치료를 부탁한다(4.3. 69-70)고도 말한다. 클로디어스는 이런 이유로 위급한 병들은 오로지 응급치

료에 의해서만 치료될 수 있을 뿐(4.3. 9-11)이라고 역시 병 심상을 사용해 표현한다. 끝으로 클로디어스 왕은 폴로니어스의 죽음과 서투르게 쉬쉬해가며 치른 장례식에 대해 온 백성이 의혹을 제기하는 상황을 머릿속에 매우 혼탁하고 불건전한 생각('the people muddied, / Thick and unwholesome in their thoughts', 4.5. 81-82)을 품고 있다고 표현한다.

햄릿 왕자는 포틴브래스 왕자가 5다거트도 안 나가는 가치 없는 작은 땅덩이를 위해서 2천 명의 군졸을 이끌고 원정에 나섰다는 소식에 이 하찮은 지푸라기를 위해서 귀한 목숨과 엄청난 돈을 들이는 것이야말로 사치와 평화로 인해 생성된 종기가 신체 내부에서 터진 것으로서 겉으로는 사람이 왜 죽어가고 있는지 그 원인을 드러내지 않는 법(4.4. 27-29)이라고 말한다. 요컨대, 셰익스피어는 안에서 곪아터지는 화농이나 종기와 관련된 일련의 심상들을 통해 덴마크와 덴마크의 사회가 도덕적, 윤리적으로 타락하고 부패했음을 은유적으로 생생하게 그렸다.

요약하자면, 햄릿은 총체적인 타락상을 보이는 덴마크가 대변하는 세상에서 연명하는 일은 고통이요, 일종의 지옥일 뿐 천복과는 거리가 먼 것으로 보고 있다. 그래서 햄릿은 호레이쇼가 자신을 따라 죽겠다고 남은 독배를 들고 자결하려 할 때 자신이 마시겠다면서 그 독배를 빼앗고, 호레이쇼마저 죽으면 아직 알려지지 않은 사연들로 인해 누명(a wounded name)이 뒤에 남게 되니까 자신을 친구로 가슴에 품어왔다면 죽는 천복을 잠시 연기하여 고통의 삶이지만 연명하여 자신의 이야기를 백성들에게 전해달라(5.2. 348-54)고 부탁하는 것이다.

4. 주요 등장인물의 성격분석

셰익스피어는 하느님 다음으로 많은 성격을 창조했고, 그다음이 찰스 디킨스이리라는 세평이 있다. 과연 셰익스피어는 인물의 성격을 창조하는 데 천재성을 발휘한 작가였다. 그가 창조한 등장인물들의 성격을 완벽하게 규명할 수는 없겠지만, 본문이 허락하는 이상의 유추나 상상력을 경계하면서 분석을 시도해보기로 한다. 무엇보다 등장인물의 성격은 대개 시종여일하게 묘사되나 극이 진행되면서 성장하거나 변화할 수도 있으니 해당 인물에 대한 첫인상에 지나치게 사로잡히는 일은 경계해야 할 것이다.

등장인물의 성격을 파악하는 데는 세 가지 요건이 있다. 첫째, 등장인물이 직접 말하고 행동하는 것에 대한 분석이다. 타 인물과의 대화나 태도를 통해 그의 됨됨이나 인성을 파악해볼 수 있다. 둘째, 등장인물은 자신의 속내와 심경 그리고 앞으로의 행동 방향을 일종의 자기 고백인 독백이나 방백을 통해서 전달한다. 독백이나 방백은 등장인물이 자신의 심경과 속내를 가장 솔직하게 관객에게 전달하는 극적 수법이다. 특히 무대에서 홀로 하는 대사를 뜻하는 독백*은 인물의 성격을 파악하는 데 큰 비중을 차지한다. 방백은 타 등장인물(들)과 함께 무대

---

* 독백(soliloquy)은 '홀로'를 뜻하는 'solus'와 '말하다'를 뜻하는 'loqu'의 합성어다. 『햄릿』에서는 독백이, 중간에 방백으로 끊겼다가 이어지는 여덟번째 독백을 하나로 쳐도 무려 11개(①1.2. 129-58 ②1.2. 255-59 ③1.5. 92-112 ④2.2. 543-601 ⑤3.1. 56-90 ⑥3.1. 152-63 ⑦3.2. 379-90 ⑧3.3. 36-72 및 97-98 ⑨4.3. 61-71 ⑩4.4. 32-66 ⑪4.6. 4-5)가 나온다. 이중의 7개가 주인공 햄릿 왕자의 것이고, 1개(⑥)는 오필리어, 2개는 왕(⑧와 ⑨), 나머지 1개(⑪)는 호레이쇼의 것이다.

에 있으나 관객에게만 들리는 것으로 하는 일종의 약속, 곧 무대 관행으로 독백과 달리, 수 개의 단어 혹은 짧은 대사로 된 것이 특징이다. 등장하는 비중이 낮은 인물에게서는 독백과 방백을 찾아보기가 어렵다. 셋째, 그에 대한 타 극중 인물, 특히 적수의 인물평이다. 이때에는 대개의 경우 진실을 말하기에 적수의 호평은 특히나 신빙성을 지닌다. 이러한 평가 기준을 갖고 햄릿, 혼령, 거트루드, 클로디어스, 폴로니어스, 오필리어, 레어티즈, 호레이쇼, 로즌크랜츠와 길던스턴, 포틴브래스, 무덤일꾼 및 오즈릭의 성격을 차례로 알아보기로 한다.

셰익스피어 비극은 주인공이 독백으로 된 극의 첫 대사를 하는 『리처드 3세』처럼 예외가 없지 않으나 일반적으로 막이 오르면 군소 등장인물(들)이 등장하며 대화를 통해 극의 상황을 전달하는 가운데 자연스럽게 주인공을 언급하고, 그의 등장을 준비하는 형식을 보인다. 『햄릿』도 궁성의 망대에서 보초병 버나도가 프랜시스코와 교대하고, 또 다른 보초병인 마셀러스 및 햄릿과 동문수학하는 친구인 호레이쇼가 합세하는 장면으로 시작된다. 주인공 햄릿은 다음 장인 1막 2장에서부터 등장하게 된다.

1) 햄릿

햄릿은 이 극의 중심인물이므로 다른 등장인물들과 매우 긴밀하고 복잡한 관계를 맺고 있다. 극중에서의 행동 다수가 그의 성격 못지않게 이 관계로부터 비롯된다. 관계를 통해 드러나는 그의 성격은 점잖으나 때로는 잔인하기도 하며, 다정한가 하면 보복적이고, 심사숙고의 신중성을 지녔는가 하면 동시에 충동적인 살인도 불사한다.

햄릿은 선친을 매우 존경하는 효자다. 그가 처음 등장하는 1막 2장, 홀로 상복을 입은 채 말석에 앉아 머리를 숙이고 한숨만 쉬고 있는 햄릿을 향해 왕은 '내 조카 햄릿, 내 아들('my cousin Hamlet, and my son', 1.2. 64)'이라 부른다. 이에 햄릿의 첫 대사가 방백으로 나온다. '숙질 이상의 인척관계가 되었으나 부자지간은 될 수 없는 법('A little more than kin, and less than kind', 동 65)'이라는 관객들은 알 듯 모를 듯한 말로 반항적이고 불편한 속내를 드러낸다. 왕이 '구름이 아직도 네 몸에 끼어 있으니 어찌된 일인가?('How is it that the clouds still hang on you?', 동 66)라며 은유의 질책성 반응을 보이자 햄릿은 보다 노골적인 반감으로 맞서 '아닙니다, 전하, 소신은 햇빛을 지나치게 받고 있습지요('Not so, my lord, I am too much in the sun', 동 67)'라고 대꾸한다. 질문의 'clouds'에 대해 'sun'으로 대답한 것인데, 'son(아들)'과 발음이 같은 'sun(햇빛)'을 말함으로써 왕에게 자신을 당신의 아들이라 부르지 말라는 속뜻을 전한 셈이다. 이에 그의 어머니이자 왕비가 나서서 생자필멸이 인간의 상사임을 들어 아들을 달래며 '그렇다면 어째서 너는 그처럼 유별나게 보이느냐?(동 74-75)'라고 물어 울분을 참아오던 햄릿은 격정적인 대사를 늘어놓게 된다. '보여요, 왕비님? 결코 아닙니다. 저는 '보인다'를 알지 못합니다('Seems, madam? Nay, it is. I know not "seems"', 동 76)'라는 항의를 시작으로 격렬한 반응을 보인다.

1막 2장에서는 주인공 햄릿이 처한 상황—현왕의 대사를 통해 그와의 관계가 '가장 높은 조신, 조카, 내 아들'임이 밝혀지고, 어머니인 왕비의 간청에 따라 수학하던 비텐베르크 대학으로 돌아가는 대신 궁정에 남게 된다—이 설명된다. 또한 그의 첫번째 독백(1.2. 129-58)이 나온다. 이 첫 독백의 주제는 작고한 선친에 대한 모친의 배신이다. 작고한 지 두 달도 안 된 부왕, 그가 태양의 신 히페리온이라면 현왕은 반인반수의 괴물 사티로스와 같고, 어머니를 극진히 아끼던 선친을 잊지 못하는 햄릿에게 어머니의 조급한 재혼*은 '약자여, 그대의 이름은 여자로다!('Frailty, thy name is woman', 1.2. 146)'를 외치게 했다. 이 독백 이후 호레이쇼가 등장해 그와 나누는 대화에서도 햄릿은 장례식을 위해 차린 음식을 좀 식은 채로 결혼식에 내놓는 것을 절약이라 한다(1.2. 180-81)며 모친의 조급한 재혼을 풍자하는 데 더해 천당에서 최악의 원수를 만나면 만났지 모친의 재혼식은 다시는 보고 싶지 않다(동 182-83)고 거듭 강한 유감을 표명한다. 이러한 이유로 햄릿은 어머니를 잣대 삼아서 여인들을 평가하기에 '짧다(brief)'라는 말만 들어도 자동적으로 '여인의 사랑처럼('As woman's love', 3.2. 149)'이라는 반응을 보이게 된다. 이러한 모친의 처신은 필연적으로 연인 오필리어에 대한 햄릿의 사랑, 관점, 평가, 태도 등에도 큰 영향을 미친다.

햄릿은 1막 5장에서 선친의 유령으로부터 충격적인 사실을 전해 듣

---

* '조급한'이라는 단어는 햄릿의 어머니인 거트루드가 처음 썼다. 그녀는 자신의 조급한 결혼과 선왕의 죽음이 햄릿이 보이는 정신이상의 주된 원인이라고 진단했다('...no other but the main,/ His father's death and our o'er-hasty marriage', 2.2. 56-57). 시동생과의 재혼보다는 조급한 결혼을 문제삼은 것인데, 고대 유대사회에는 수혼법/시동생결혼법(Levirate Marriage Law)이 있었고, 구약성경의 「신명기」(25장)와 「창세기」(38장)에서 보듯이 형이 아들 상속인 없이 사망할 경우 형수는 시동생과 결혼했다. 영국의 헨리 8세는 부왕 헨리 7세의 둘째 아들로서 형 아서가 무남독녀 메리를 두고 사망하자 스페인 공주였던 형수(Katharine of Aragon)와 결혼했는데, 이에 대해 영국 사회가 논란을 빚은 예는 없었던 듯하다.

게 된다. 덴마크 국민들에게 알려진 바와 달리 독사에 물린 것이 아니라 숙부에게 독살되었다는 사실만도 감당하기 어려운데, 어머니가 선친의 생전에도 숙부와 간통을 해왔다는 데 햄릿은 큰 충격을 받는다. 동이 트고 홀로 남게 된 햄릿은 세번째 독백(1.5. 92-112)을 한다. 머릿속에 든 잡다한 모든 것을 전부 지우고 혼령의 명령만을 남겨두겠다고 다짐하면서 어머니를 '가장 몹쓸 여인(동 105)'으로, 숙부 왕을 '미소 짓는 저주받은 악한(동 106)'으로 칭하면서 수첩을 꺼내 '사람은 미소 짓고, 거듭 미소를 지으면서도 악한일 수 있다(동 108)'를 적어놓고, 혼령이 떠나며 남긴 '잘 있어라, 잘 있어라, 나를 기억하거라('Adieu, adieu, remember me', 동 111)'라는 말을 자신의 좌우명으로 삼겠다고 맹세한다. 이 사건 이후 햄릿은 자신이 양광(佯狂; 'antic disposition', 동 180)을 취할 수 있음을 알린다. 원수인 클로디어스의 경각심을 피하면서 복수를 꾀할 기회를 잡는 데 필요하다고 판단한 듯하다. 그것은 자신이 미쳐서 복수는커녕 매사에 무능한 사람이 되었음을 원수에게 인식시켜서 클로디어스 왕의 경계심을 늦추는 동시에, 형을 살해하고 왕비와 왕관을 취한 숙부의 은폐된 범죄를 알고 있음을 감추기 위한 일거양득의 방법이기도 했다.

기실 햄릿은 자신을 미친 사람, 적어도 정신이상자로 알리는 데 성공한다. 그의 광증은 연인 오필리어와 그녀의 부친 폴로니어스는 물론이고 죽마지우인 로즌크랜츠와 길던스턴, 심지어 무덤 파는 일꾼에게까지 알려진다. 그의 광증은 상황과 등장인물에 따라 'mad' 'ecstasy' 'transformation' 'lunacy' 'distemper' 'madness' 'distracted / distract / distraction' 'far gone' 'wildness' 등 다양한 단어들로 표현

된다.* 햄릿 자신은 자신의 광증을 '나는 북북서로 미쳤을 뿐이지(I am but mad north-north-west, 2.2. 374)', '내 두뇌가 병들었다네(My wit's diseased, 3.2. 313)'로 표현한다. 그리고 그가 펜싱시합 직전에 상대인 레어티즈에게 한 사과(5.2. 222-35)에서는 시합장에 모인 관중들이 모두 알고 있고, 또 레어티즈도 틀림없이 들어서 알고 있을 것이라면서 자신이 심한 '정신착란증(a sore distraction)'이라는 처벌을 받고 있다며 'madness'를 세 번이나 언급한다.

그렇다면 적수인 클로디어스 왕에게는 어떠한가. 3막 1장의 '수녀원 장면', 즉 햄릿과 오필리어의 만남을 숨어서 지켜본 폴로니어스와 왕은 햄릿의 정신 상태에 대해 상이한 결론을 내린다. 왕은 햄릿의 감정이 사랑의 감정이 아니며, 격식을 갖추지 못한 말들도 광증과는 다르다고 판단한다. 그는 햄릿이 마음속에 맺힌 데가 있어서 폭발하면 위험할 것이니 신속히 영국으로 추방해버릴 결심을 굳히나, 폴로니어스는 엿들은 대화의 내용으로 왕자가 겪는 불행의 발단이 짝사랑이라 확신하게 된다. 햄릿은 폴로니어스 부녀에게는 자신이 미쳤음을 확인시키는 데 성공하나 클로디어스 왕에게는 미치지 않았으리라는 큰 의혹을 갖게 했다.

---

* 각 단어가 언급된 부분은 다음과 같다: 'mad'(2.1. 84, 110/ 2.2. 92, 94, 97, 100/ 3.1. 149/ 3.4. 106, 190/ 4.1. 7, 19/ 5.1. 144, 146, 150, 151, 267), 'ecstasy'(2.1. 102/ 3.1. 162/ 3.4. 74, 140), 'transformation'(2.2. 5), 'lunacy'(2.2. 49/ 3.1. 4), 'distemper'(2.2. 55/ 3.2. 328/ 3.4. 123), 'madness'(2.2. 150, 205, 210/ 3.1. 8, 166, 190/ 3.3. 2/ 3.4. 73, 143, 145, 148, 189/ 4.1. 25, 34/ 5.1. 279/ 5.2. 228, 233, 235), 'distracted'(1.5. 97/ 3.1. 5; 'distract'(=out of one's mind, 4.5. 2), 'distraction'(5.2. 225), 'far gone'(2.2. 189), 'wildness'(3.1. 40/ 5.1. 150).

2막 2장에서 햄릿은 배우들에게 『곤자고 살인』을 연기하도록 요청한 다음, 네번째 독백(2.2. 543-601)을 통해 복수가 지연되는 상황에 대해 자책한다. 허구의 연극 대사를 마치 자신의 비극적인 개인사인 듯 심신의 온갖 역량을 기울여 연기하는 배우의 모습과 자신을 비교하며, 햄릿은 모든 소유물과 귀중한 생명을 끔찍하게 유린당한 왕을 위해서 말 한마디 못하는 자신을 비둘기 간을 지닌 유약한 자이자 둔하고 패기도 없는 겁쟁이라 자책하며 여러 자기비하적인 표현들을 늘어놓는다. 하지만 이 독백의 마지막 부분에서 햄릿은 앞으로 취할 행동의 방향을 제시한다. 죄지은 자들이 관극을 하던 중에 교묘한 연기에 마음속 깊이 감동받고 자신들의 죄상을 털어놓았다는 이야기를 떠올려, 궁을 방문한 배우단이 선친의 암살과 유사한 대목을 숙부 앞에서 연기하도록 해 그의 급소를 찔러보겠다는 계획이다. 만약 그가 이 대목에서 움찔하기만 해도 자신이 가야 할 길은 분명해진다는 것이다(동 584-93). 그는 자신이 만나본 혼령이 속임수로 자신을 해치려는 악령일 수도 있으니 연극을 통해 숙부-왕의 양심을 간파할, 연극이라는 적절하고도 결정적인 방법을 갖게 된 것에 쾌재를 부르며 이 긴 독백을 끝낸다.

햄릿의 다섯번째 독백이 바로 인구에 회자되는 가장 널리 알려진 독백이다. 단연 셰익스피어의 전작을 통틀어 가장 유명한 독백이기도 한, '살 것이냐 아니면 죽을 것이냐, 그것이 문제로다(To be, or not to be, that is the question)'로 시작되는 자살을 생각해보는 대사의 골자는 다음과 같다. 햄릿은 변덕스러운 운명의 돌팔매와 화살을 맞는 것이 고상한 행동인지 아니면 파도처럼 밀려오는 온갖 고난에 대항하여 물리치는 것이 고상한 행동인지 판가름하기가 힘들다. 죽는 것은 잠드는 일일 뿐이고, 잠으로 우리 육신이 물려받은 두통과 허다한 충격들을 없앤다면 그 이상 잘된 결말은 없을 터인데, 만약 잠을 자는 중에 꿈을 꾼다면 문제라는 것이다. 죽음이라는 잠 속에 어떤 꿈들이 찾아올까를 생각하면 망설여질 수밖에 없다는 것이다. 이런 관점이 생의 불행을 오래 지속되게 한다고 말한다. 또한 고달픈 인생을 신음하고 땀을 흘리며 살아가는 까닭 역시 죽음 다음에 무엇이 올지 알 수 없는 두려움 때문이라 말한다. 햄릿은 이러한 이유들을 들어 결의가 실행되지 못하는 까닭을 설명하고 있다.

여기서 주목해볼 점은 햄릿이 복수를 미루고 있는 자신을 자책하고, 더불어 혼령에게서 들은 숙부의 범행이 진실인지를 확인하는 일이 선행되어야 하고 이에 극중극을 활용하겠다는 계획에 기뻐하자마자 자살을 심각하게 고려하고 있다는 것이다. 학자마다 상이한 설명을 제시하나, 필자는 고도로 발달한 햄릿의 도덕성에 주목해보고자 한다. 2막 2장에서 햄릿은 폴로니어스에게는 요즘 세상 돌아가는 대로라면 정직한 사람은 만 명에서 하나 골라낼 수 있을 정도(2.2. 178-79)라 하고, 죽마지우들과의 대화에서는 덴마크는 감옥 중에서도 최악의 감옥이자 부패한 나라이며, 자신의 숙부가 왕이 되니까 선왕의 생전에는 그를 비웃던 사람들이 이제 그의 초상화 한 점을 20, 40, 50, 아니 100다커트에 사는 것이 그리 이상한 일이 아니라('not very strange', 2.2. 359)고 확실히 자연스럽지 못한 데가 있는(동 363-64) 아첨과 도덕적 타락이 만연된 세태를 한탄한다. 또 3막 1장에서 햄릿은 자신을 꽤 '정직한(honest)' 사람이라 생각하지만 어머니가 낳아주지 않으셨다면 하고 바랄 정도의 악덕을 많이 지니고 있다고 하면서 오필리어에게 느닷없이 정숙한가('Ha, ha! Are you honest?', 3.1. 103) 하고 묻고, 결혼하여 죄인들을 낳는 자(동 122)가 되지 말고 수녀원으로 들어가라고 강권한다. 이는 즉 숙부의 죄상이 사실로 드러나 그를 처단한다고 해도 덴마크가 도덕적 타락 속에 계속 남아 있다면 복수의 실현이 무슨 소용이 있겠느냐는 회의에 빠져 행동이 마비된 상태라고밖에는 볼 수 없다.

햄릿은 'honest(정직한/정숙한)'*와 'good(선)'에 대단한 강박관념을 갖고 있다. 개인적이든 사회적 차원이든 이 단어들을 기준으로 병든 사회를 진단한다. 이에 대한 강박관념은 그의 우울증 내지는 염세증과도 밀접히 연결된다. 햄릿은 3막 2장에서 호레이쇼를 존경스럽고 참다운 친구로 삼은 이유로, 이권과 출세를 위해서는 권력자를 아첨의 혀로 핥고 무릎을 굽실거리는 아첨과 아부가 만연한 부패하고 타락한 세태(동 60-62)에도 불구하고 올바른 정신밖에 호구책이 없는(3.2. 58-59) 가난한 처지에서도 행운의 여신의 시련과 보상을 동일하게 감사한 마음으로 받아들이는 감정과 이성의 조화를 이룬, 그래서 행운의 여신도 어찌하지 못하는 그의 금욕주의적인 강인한 성격을 들었다(동 65-71). 햄릿은 아첨을 싫어해 비옥한 토지를 많이 소유하고 있다는 이유로 입궐한, 아첨배의 상징이라 할 수 있는 오즈릭(5.2. 82-83)과 같은 조신을 모르는 것이 더 축복받은 상태라면서 그자를 알고 있다는

---

* 햄릿은 당시 두 뜻을 지닌 'honest/honesty'를 정직, 정숙 혹은 이 두 뜻이 결합된 의미로 경우에 따라 다르게 활용했다(2.2. 176, 178, 202, 268; 3.1. 107, 110, 112, 113, 122 등).

사실조차도 악덕이 된다(동 85-86)고 말한다. 도덕과 윤리가 땅에 떨어진 최악의 감옥인 덴마크에서는 죽음이 천복(felicity)이기에 햄릿은 자신을 따라 자결하려는 호레이쇼에게 천복을 잠시 미루어두고 이 모진 세상에서 고통의 숨을 유지하여 자신의 이야기를 널리 알려달라고 부탁하는 것이다(동 352-54).

3막 1장, 햄릿의 'To be, or not to be, that is the question' 독백 직후에 폴로니어스의 계획대로 햄릿과 오필리어가 만나는, 이른바 '수녀원 장면'에서 오필리어는 햄릿에게서 모욕적인 말을 듣고 그의 광증을 심각하게 받아들이게 된다. 왕자를 연모하고 존경해온 그녀에게 광증에 의한 햄릿의 무너짐은 그녀가 귀히 여기는 모든 것—사적이든 국가 차원의 것이든 모든 것—의 무너짐이었다. 햄릿과의 만남 직후에 이어지는 그녀의 독백(3.1. 152-63)은 햄릿의 진면목에 대한 진술을 고스란히 담고 있다. 고결한 심성('a noble mind', 동 152)의 표상인 햄릿이 이제 무너졌다는 한탄에 이어 조신의 눈, 군인의 칼, 학자의 변辯인 햄릿, 국가의 기대와 꽃이었던 햄릿, 만인의 우러름을 받는 왕자 등 햄릿에 대한 가치판단이 담긴 표현들을 늘어놓는다.

이 같은 햄릿의 성격에 대한 제3자의 객관적인 평은 클로디어스 왕에게서도 나온다. 이는 적수가 하는 인물평이어서 더욱 설득력과 신빙성을 지닌다. 4막 7장에서 왕은 레어티즈와 함께 햄릿을 살해할 음모를 꾸미며, 햄릿을 의심할 줄 모르는 넓은 도량을 지닌, 매우 대범하고 순진한 성격의 소유자로 기술한다. 또한 햄릿 왕자가 덴마크 백성들의 큰 사랑을 받고 있음도 언급한다. 레어티즈의 부친인 폴로니어스를 살해했으며, 왕인 자신의 신변을 위협하는 햄릿을 처벌하지 않는 이유도 그를 향한 백성들의 대단한 사랑 때문이라고 부연한다. 앞서 설명한 바대로 왕은 햄릿의 광증을 믿지 않고, 오히려 반격을 가해 그를 사지로 내몰 계획을 짠다. 이 계획은 극중극 이후 햄릿이 자신의 범행을 간파해 신변이 불안해지자 바로 실천으로 옮겨져 3막 3장에서 왕은 초조감을 드러내며 로즌크랜츠와 길던스턴에게 국왕과 국가의 안위를 위해 더는 햄릿의 광란을 방관할 수 없으니 영국으로 시급히 호송할 준비를 하라고 명한다. 햄릿이 이 정보를 어떤 경로로 입수했는지는 알 수 없으나 3막 4장의 '내실 장면'에서 자신의 영국행을 언급하고, 4막 1장에서 왕비로부터 폴로니어스가 살해된 사실을 보고받은 왕은 4막 3장에서 햄릿에게 직접 영국행을 명한다. 그는 햄릿에게 이번 살인 범행으로 인해 왕자의 각별한 안전을 위해서 시급히 국외로 출국시킨다고 허언을 농하면서 선편도 대기하고 있고, 순풍에 수행원들까지 영국행의 모든 준비가 완료되었다고 통고한다. 이에 햄릿은 좋소이다('Good', 4.3.49)라고 반응하면서 작별 인사를 왕에게가 아닌 현장에도 없는 어머니에게 한다('Farewell, dear mother', 동 52). 왕이 사랑하는 아버지에게도 해야지, 하자 햄릿은 부부는 일심동체이므로 어머니에게 작별 인사를 하면 아버지에게도 한 셈이라는 논리를 펴며 퇴장한다.

햄릿은 앞서 연극 대사의 한 대목을 배우들 앞에서 암송해 폴로니어스로부터 억양도 내용 이해도 훌륭하다(2.2. 462-63)는 호평을 받았는데, 극중극 공연을 앞둔 3막 2장에서 배우들에게 연극과 연기에 대한 견해를 피력하면서 발성법, 손놀림, 감정 억제와 절제 등에 관해 전문적인 연기 강의를 펼친다. 이중에서도 가장 인상 깊은 대목은 '분별력(discretion)'을 교사로 삼아서 대사와 연기를 각각에 맞추고, 연극의 목적에 벗어나지 않도록 특히 자연스러움을 넘어서지 말라는 주문이다. 그는 연극의 목적은 예나 지금이나 거울을 자연에 비추어 미덕과 악덕의 참모습을, 현세의 실체와 진면목을 고스란히 보여주는 것이라 말한다. 이를 통해 햄릿 왕자의 연극과 연기에 대한 안목과 조예가 전문가 수준임을 알 수 있다. 고전에 대한 풍부한 지식과 연극에 등장하는 여러 배역에도 정통하며, 그가 사용하는 언어로 미루어볼 때, 햄릿은 광범위하고 다양한 교양과 경험을 지닌 전형적인 르네상스 지식인이다.

3막 2장 극중극을 관람하기 위해 입장한 왕이 햄릿에게 '우리 조카 햄릿은 어찌 지내고 있는가?('How fares our cousin Hamlet?', 3.2.92)' 하고 묻자, 햄릿은 '아주 잘 지냅니다, 카멜레온의 음식으로. 저는 약속으로 꽉 찬 공기를 먹고 사니까요. 식용 수탉이라도 이렇듯 잘 먹여 키울 수는 없을 겁니다('Excellent, i'faith, of the chameleon's dish. I eat the air, promise-crammed. You cannot feed capons so', 3.2.93-94)'라고 대답한다. 언중유골의 말이다. 왕은 'fares'를 'does'의 뜻으로 말하나 햄릿은 이 단어의 다른 뜻인 'eat〔eats〕'로 답한다. 햄릿은 공기만 먹고 산다는 전설을 지닌 카멜레온을 들어 자신이 약속으로 가득찬 공기를 먹고 있다고 말한다. 즉 햄릿을 왕위계승자로 삼겠다는 말과 달리 그럴 의지를 보이지 않는 왕의 약속을 빗댄 표현으로, 'air'는 발음이 동일한 'heir(후계자)'와 짝을 이루는 언어유희다.

이 자리에서도 햄릿의 양광은 계속된다. 이리 와서 내 곁에 앉으라는 어머니의 말에 그는 더 강한 자석이 여기 있다면서 오필리어에게 몸을 돌려, 그녀에게 '당신의 무릎 속에 좀 누워도 될까요?('Lady, shall I lie in your lap?', 3.2. 110-11)' 하고 묻는다. 이에 질겁한 오필리어에게 햄릿은 천한 짓('country matters', 동 115)—'country'의 첫 음절(count)의 발음이 여성의 성기를 뜻하는 비속어 'cunt'의 발음과 동일한 점에 유의—를 뜻한 것이라 생각하지는 말라는 둥 다소 야한 말로써 긴장감을 조성한다. 오필리어가 무언극의 의미를 묻자 햄릿은 '비밀스러운 범죄(miching malicho. It means mischief, 3.2. 135)'라면서 막 등장한 서막배우가 하는 말을 들으면 알게 된다고 말해준다. 이에 오필리어가 이 '무언극〔쇼〕의 의미도 말해줄까요('Will a tell us what this show meant?', 동 139)'라고 묻자 햄릿은 오필리어의 물음 속 '〔this〕 show'를 이와 발음이 유사한 'shoe'(여성의 성기를 뜻하는 말)의 의미를 담은 말장난으로 답한다.

극중극, 곤자고가 살해되는 장면에서 왕이 급히 자리를 뜨는 것으로 그의 범행은 확인된다. 이어 햄릿이 왕비의 분부에 따라 내실로 이동하는 중에 햄릿의 여섯번째 독백(3.2. 379-90)이 나온다. 효심을 잃어 어머니를 살해한 네로의 혼이 자기 가슴속에 들어오지 못하게 하겠다고, 어머니에게 잔인한 말을 퍼붓게 되더라도 모자의 천륜과 정은 잃지 않을 것이라고 다짐한다. 즉 단도와 같은 날카로운 말은 건네도 단도를 직접 사용하지는 않을 것임을, 어머니를 물리적으로 해치지 않겠다는 결의를 새삼 다진다.

3막 4장은 이른바 내실 장면이다. 내실 문을 열고 들어온 햄릿은 어머니에게 자신을 부른 까닭을 묻는다. 모자간에는 첫마디부터 언쟁이 벌어져, 격한 대화가 오가고 햄릿의 살기등등한 완력 행사에 왕비가 소리쳐 도움을 구하자, 휘장 뒤에 숨어서 엿듣던 폴로니어스가 인기척을 냈다가 햄릿의 칼에 맞는다. 폴로니어스는 살해당했다는 신음 소리를 내며 쓰러져 죽고, 왕비는 아들에게 도대체 무슨 짓을 한 것이냐고 묻는다. 햄릿은 '아니, 저도 모르겠어요. 왕인가요?('Nay, I know not./Is it the King?', 3.4. 25-26)' 하고 묻는다. 이 물음은 햄릿이 휘장 뒤에서 염탐하는 자가 왕이길 바라고 있었음을 말해준다. 햄릿이 칼을 빼내며 휘장을 젖히자 폴로니어스의 시신이 드러난다. 왕비가 이 얼마나 경솔하고 피비린내나는 범행이냐고 하자, 햄릿은 왕을 살해하고 그분의 동생과 결혼한 어머니만큼이나 나쁜 범행('A bloody deed. Almost as bad, good mother,/As kill a king and marry with his brother', 동 28-29)이라고 시인한다. 이에 왕비가 왕을 살해하는 만큼이라니('As kill a king?', 동 30) 말도 안 된다는 투로 이의를 제기하자, 이 한마디로 햄릿은 어머니가 선친을 살해하는 일에는 관여하지 않았음을 믿게 된다. 햄릿은 폴로니어스가 살해되자 어쩔 줄 몰라하며 손을 쥐었다 놓았다 주무르고 있는 어머니에게서 그녀의 과오를 본격적으로 짜내기 시작한다. 가장 먼저 혼인 맹세를 언어의 잡동사니로 둔갑시킨 어머니의 행위를 거칠게 성토한다. 앞서의 독백에서 햄릿은 어머니에게 단도처럼 날카로운 말은 하되 실제로 단도를 사용하지는 않겠다고 다짐한 바 있는데, 왕비는 햄릿의 말들이 단도처럼 귀에 들어온다며(3.4. 95) 그만하라고 애원한다. 이내 혼령이 등장해 햄릿의 무뎌진 결심을 날카롭게 하는 한편, 심적 고통을 겪고 있는 어머니에게 위로를 건네라고 당부한다. 햄릿이 이렇게 혼령을 마주하고 대화를 주고받는 사이에도 어머니는 그 혼령을 보지도 듣지도 못한다. 이는 혼령은 자신이 모습을 보이고 싶은 사람에게만 보인다는 당시의 믿음이 반영된 것으로, 결과적으로 왕비는 허공과 이야기를 나누는 아들이 미쳤다고 믿게 된다.

4막 4장에서 노르웨이의 왕자 포틴브래스는 앞서 덴마크 왕이 한 약속에 따라 폴란드 원정군을 이끌고 덴마크 영토를 통과하는데 마침 영국행을 위해 이동하던 햄릿이 이 행군을 목격한다. 그가 아무리 싸게 임대해도 아무도 농사를 짓지 않을 이름뿐인 작은 땅덩이를 위해 원정길에 올랐다는 대답을 들은 햄릿은 무가치한 이름뿐인 지푸라기 같은 작은 땅 조각을 위해서 수많은 인명과 막대한 비용을 무릅쓰는 데 충격을 받고 이 심경을 독백으로 토로한다. 그는 충분한 명분이 있음에도 여전히 지연되고 있는 선친의 복수에 대해 자성한다. 제대로 된 위대함이란 대의명분 없이 거동하는 것이 아니라 명예가 걸려 있을 때는 지푸라기만한 일에도 싸움을 크게 벌이는 것이라 볼 때, 부친이 살해당하고, 모친이 더럽혀짐을 당한 마당에 자신은 분별력과 혈기의 촉구를 받아 더욱 분발해야 함에도 불구하고 무위로 일관하고 있으니 자신의 이 처신은 언어도단이라는 것이다. 이렇게 햄릿은 스스로를 목적성 없는, 시쳇말로 개념도 의식도 없는 얼빠진 자라고 자성하면서 이제부터는 자신의 생각이 잔인무도한 것이 못 되면 무가치해질 것이라며 짐짓 용기를 내본다. 하지만 돌아올 가능성도 불투명한 채로 고국을 떠나며 하는 이 같은 다짐이 과연 얼마나 실효성이 있을 것인지는 회의적일 수밖에 없다.

5막에 이르러 오필리어의 장례식을 목격하게 된 햄릿은 요란하게 슬픔을 토로하던 레어티즈 앞에 모습을 드러내며 자신을 '덴마크의 왕 햄릿이다('Hamlet the Dane', 5.1. 251)'라고 외친다. 햄릿은 오필리어에 대한 사랑 주제는 도저히 양보할 수 없는 주제라며, 오필리어에 대한 자신의 사랑은 4만 오빠들의 사랑을 다 합쳐도 당할 수 없을 것이라고(동 264-66), 오필리어에 대한 자신의 지극한 사랑을 처음 공개적으로 선포한다.

5막 2장에서 펜싱시합을 시작하기 전 햄릿은 앞서 호레이쇼에게 자신과 비슷한 처지인 레어티즈에게 자제력을 잃은 언행을 한 것에 대해 유감을 표하며 그의 호의를 구하겠다(5.2. 75-80)고 말한 대로, 또 어머니의 뜻에 따라(동 202-203) 레어티즈에게 사과한다. 이런 식으로 화해에 잠정 합의한, 선친의 복수를 해야 하는 처지의 두 젊은이는 왕의 명에 따라 죽음에 이르는 경기를 치르게 된다. 왕의 죽음에 대해 레어티즈는 자업자득이라며 왕의 계략을 폭로하고, 레어티즈 자신과 선친 폴로니어스의 죽음은 햄릿에 의한 것이 아니었으며, 햄릿의 죽음 또한 레어티즈에 의한 것이 아니라고 서로 합의해 용서를 교환하자고 청한다. 햄릿은 물론 이에 화답한다. 햄릿은 하느님에게 레어티즈를 용서해주시기를 빌면서 자기도 그를 뒤따르겠다고 말한다. 햄릿은 그의 첫 대사('A little more than kin, and less than kind', 1.2. 65)와 마찬가지로 마지막 대사 역시 '나머지는 침묵이다('the rest is silence', 5.2. 363)'라는 신비로운 말을 남기고 운명한다.

햄릿은 충동적인 순간에는 행동에 나서는 사람(a man of action)이었다. 폴로니어스 살해, 홀로 해적선에 승선하여 그들과 대적한 일, 오필리어의 무덤에 뛰어들어 레어티즈와 멱살을 잡고 벌이는 격투, 펜싱시합을 앞두고 불안감이 들었지만 이를 밀어내고 초지일관 실행에 옮긴 일, 펜싱시합중에 왕이 레어티즈와 꾸민 흉계에 걸려서 모친과 자신이 죽게 되었음을 깨닫자마자 왕을 살해하는 대목 등에서 보이듯 충동적으로 행동할 때에는 행동력을 유감없이 발휘한다. 그러나 그는 본질적으로 앞뒤를 재고, 숙고를 거듭하는 우유부단함으로 인해 무위의 인간(a man of inaction)이 되어 자신과 타인들의 죽음을 초래했다.

2) 혼령

셰익스피어는 『햄릿』을 포함하여 『맥베스』 『리처드 3세』 『줄리어스 시저』 『심벌린』 『헨리 6세 1, 2부』 『헨리 8세』 『한여름밤의 꿈』 『윈저궁의 아낙들』 『템페스트』 등에서 혼령, 마녀, 환영 같은 초자연적 요소를 극에 활용했다. 『햄릿』의 혼령은 셰익스피어의 다른 초자연적 요소들에 비해서도 극의 액션에 더욱 큰 영향을 주기에 주요 등장인물에 포함한다.

혼령은 햄릿 왕자의 선친인 햄릿 선왕의 혼령이다. 햄릿 선왕은 생전에 무용을 떨친 왕이었다. 궁궐 망대에서 야밤중에 보초를 서면서 이미 두 번이나 혼령을 목격한 버나도와 마셀러스 및 호레이쇼를 통해 혼령이 착용한 갑옷은 바로 그분이 야심찬 노르웨이 선왕과 대적할 때 입으셨던 것이며, 그 전투에서 이겨 약속된 땅을 차지하게 된 무용담이 전달된다. 햄릿 선왕은 주저하는 성격인 아들 햄릿과는 달리 용맹스러운 인물로, 아들의 우상이기도 했다.

궁성 망대에서 혼령을 만나게 된 일을 전하기 위해 호레이쇼가 햄릿을 찾았을 때, 비텐베르크 대학에서 수업을 받고 있어야 할 자신의 동학이 궁궐에 와 있자 햄릿은 놀라워하며 방문 사유를 묻는다. 호레이쇼가 선왕의 장례식 참석차 왔다고 하자, 햄릿은 정색을 하면서 모친의 조급한 재혼을 풍자하고는 돌연 '내 아버지—내 아버지를 뵙는 듯 하네—' 하자 바로 몇 시간 전에 망대에서 혼령을 본 바 있는 호레이쇼는 혼령이 재등장한 줄 알고 사방을 살피며 방향을 묻는다. 이에 햄릿은 '내 마음의 눈에(1.2. 185)'라고 대답하면서 그분은 모든 점에서 완벽하셨고, 그분과 같은 사람은 다시는 볼 수 없을 거라며 부친에 대한 흠모의 정을 드러낸다. 선친 왕에 대한 햄릿의 존경심은 1막 2장에서의 독백(특히 139-40, 152-53, 187-88)과 3막 4장의 내실 장면에서 선친과 숙부를 비교할 때(55-62)와 재등장한 혼령을 일컬을 때(105) 여실히 드러난다.

햄릿은 1막 4장에서 선친의 혼령을 처음 보게 된다. 그는 망대에 재출현한 혼령에게 육중한 대리석 뚜껑을 열고 무덤을 나와 완전무장한 채로 인간 세상에 나타난 연유를 묻는다. 혼령이 대답 대신 따라오라는 수신호를 보내자 햄릿은 말리는 친구들의 손을 뿌리치고 홀로 따른다. 1막 5장에서 햄릿은 단독으로 대면한 혼령에게서 매우 충격적인 말을 듣게 된다. 혼령은 자신의 정체를 밝히고, 가장 흉측하고, 가장 반인륜적인 살인을 당한 데 대한 복수를 명한다. 혼령은 자신의 사인이 정원에서 낮잠을 자다가 독사에 물린 결과라는 발표는 덴마크 백성의 귀를 속이기 위해 조작된 것으로, 실상 그 독사는 지금 왕관을 쓰고 있다고 폭로한다. 숙부의 손에 의해서 목숨, 왕관, 왕비를 동시에 강탈당했으니 효심이 있다면 참지 말고 덴마크 국왕의 침대가 저주받은 욕정과 근친상간의 자리가 되지 않도록 하라고 아들에게 당부한다.

여기서 한 가지 주목할 점은 혼령이 동생의 손에 모든 것을 빼앗긴 일 못지않게 자신의 죄가 만발할 때 명줄이 잘려 인생의 명세서도 작성하지 못한 채 온갖 죄상을 머리에 이고 하느님의 심판대에 서게 되었다는 통탄이다(1.5. 76-79). 선왕 혼령의 이러한 호소는 햄릿의 뇌리에 깊이 각인되어 그후 주요 시점마다 언급된다.

이후 내실 장면에서 다시 나타난 혼령의 행동으로 그가 다정한 남편이었고, 아내를 지극히 사랑했음을 엿볼 수 있다. 혼령은 아내가 아들에게 윤리적, 도덕적 잘못을 심히 추궁당하게 되자 이번에는 완전무장이 아닌 평상복 차림으로 등장해 놀라서 심히 당황한 모친에게 위로의 말을 건네라고 아들을 타이른다(3.4. 110-15). 1막에서 등장할 때에는 머리에서부터 발끝까지 완전무장을 하고 나타났으나, 아내의 내실에서는 평상복 차림으로(Q1의 무대지시에 의하면 잠옷 차림으로 등장한다; 'Enter the ghost in his night gowne') 나타난다.

혼령이 생전에 아내와 동침할 때 입었던 잠옷 차림으로 등장한 점과 더불어 아내를 위해 아들을 타이르는 모습은 앞서 1막 5장에서 아침이 가까워져 성급히 떠날 때에도 숙부에게는 복수하라고 당부하면서도 어머니는 하늘과 그녀의 양심에 맡기고 나쁜 마음을 품지 말라고 당부했던 것과 함께 그의 지극한 아내 사랑이 죽은 후에도 지속되고 있음을 보여준다. 그만큼 거트루드 왕비의 배신이 크게 그려진다.

3) 거트루드 왕비

거트루드는 작고한 선왕과의 사이에서 낳은 아들 햄릿을 지극히 사랑하는 어머니다. 또한 그녀는 시동생인 현재의 왕 클로디어스와 재혼함으로써 여전히 왕비이나 아들 햄릿에게는 모친-숙모가 되었다. 그녀는 남을 해치는 악인은 결코 아니나 전남편이 사망한 지 두 달이 채 안 된 시점에, 그것도 시동생과 성급히 재혼함으로써 윤리적, 도덕적 문제를 낳았다. 그러나 그녀는 선왕인 남편에 대한 변절이 얼마나 부끄럽고 인륜에 어긋나는지를, 아들 햄릿과는 달리 자각하지 못한다. 그녀는 성욕 등 원초적인 욕구만 충족되면 마냥 행복해하는 도덕적 의식이 결여된 여인으로, 적어도 아들에게는 그렇게 비치고 있다.

그녀는 그토록 자신을 사랑해주던 남편을 잊고 성급히 재혼한, 나약한 여인의 상징이기도 하다. 3막 2장에서 극중극 관람을 위해 모인 자리에서 오필리어가 '기분이 좋으신 듯합니다(3.2. 120)'라고 하자, 햄릿은 사람은 모름지기 명랑해야 한다며 남편이 죽은 지 두 시간도 안 되는데 기쁜 표정으로 옆에 앉아 있는 자기 어머니를 좀 보라고 한다. 오필리어가 두 달의 배나 되었다며 기간을 정정하자 햄릿은 짐짓 놀란 듯이 '그리 오래되었소?(동 127)' 하며 능청을 떤다. 햄릿은 초고속으로 재혼한 어머니의 배신적 처신을 끊임없이 환기한다. 1막 5장에서 혼령으로부터 충격적인 사실을 전해들은 뒤로 햄릿은 어머니를 '가장 몹쓸 여인('most pernicious woman', 1.5. 105)'으로, 숙부 클로디어스를 '미소 짓는 저주받은 악한('smiling damned villain', 동 106)'으로 칭한다.

거트루드 왕비는 햄릿이 마련한 극중극 관람중에 곤자고가 조카 루시아너스에게 살해당하는 장면에서 클로디어스 왕이 돌연 자리를 피하자, 이에 대한 일을 나무라기 위해 햄릿을 내실로 불러들인다. 3막 4장의 이른바 '내실 장면'은 '그래, 어머니, 무슨 사연이신지요?'라는 햄릿의 물음으로 시작된다. 이에 왕비가 '햄릿, 너는 네 아버지를 크게 화나게 했다('Hamlet, thou hast thy father much offended', 3.4. 8)'고 말하자, 햄릿은 '어머니, 어머니는 제 아버지를 크게 화나게 하셨어요('Mother, you have my father much offended', 동 9)'라고 어머니의 말투를 그대로 받아 대꾸한다. 아들의 이런 반응에 당황한 왕비가 '나를 몰라보겠느냐?(동 13)' 하고 묻자 햄릿은 더이상 감정을 억제하지 못하고, 어머니의 신분을 이렇게 표현한다. '당신은 왕비, 당신 남편의 동생의 아내, 그리고, 아니라면 얼마나 좋겠습니까만, 내 어머니입니다(동 14-15)'. 이런 상황임에도 거트루드는 남편을 죽인 자와 재혼하는 극중극의 대목에서 양심에 가책을 느낀 왕과는 달리 아무런 가책도 느끼지 못한다. 햄릿은 계속해서 어머니의 처신, 특히 시동생과 나누는 욕정이 인륜에 얼마나 어긋나는지를 설명하나 그녀는 좀처럼 자신의 잘못을 깨닫지 못한다.

왕비는 햄릿이 죽은 폴로니어스를 끌고 내실을 떠나자 왕에게로 달려가 햄릿이 광증으로 노대신을 살해했다고 고한다(4.1. 7-12). 거트루드의 현 남편에 대한 사랑은 4막 5장에서 부친의 사망 소식을 듣고 급히 귀국한 레어티즈가 그를 왕으로 옹립하려는 무리를 이끌고 궁궐문을 부수고 들어와 왕과 대치할 때에도 잘 드러난다. 분기탱천한 레어티즈가 '내 아버지는 어디 있소?' 하고 묻자 왕이 '사망했네'라고 답할 때, 그녀는 재빨리 전하 탓이 아니라는 말을 더하며 남편을 두둔한다(동 128).

거트루드의 아들 사랑은 유난히도 강하다. 클로디어스 왕은 감시하기 위해서 햄릿을 항상 눈앞에 두고 싶어하는 데 반해, 그녀는 햄릿을 사랑하기 때문에 대학으로 돌아가지 말고 함께 지내자고 종용한다. 왕비의 애정에 대해서는 클로디어스 왕의 대사로도 엿볼 수 있다. 레어티즈가 왕에게 살인을 범하고 그의 목숨까지 위협하는 햄릿에 대해 아무런 조처를 취하지 않은 이유를 묻자 두 가지를 언급하는데, 그의 모친인 왕비가 그를 쳐다보는 재미로 살아갈 정도로 자식 사랑이 대단하다는 점을 첫번째로 내세울 정도다(4.7. 11-12).

2막 2장에서 거트루드는 왕에게 햄릿 왕자가 광증을 앓게 된 연유를 부친의 사망과 자신들의 조급한 결혼 때문일 것이라고(2.2. 56-57) 말하지만, 폴로니어스가 자신의 딸인 오필리어를 연모해 생긴 상사병이라고 자신만만해하자 내심 그 때문이기를 바란다(동 152). 거트루드는 햄릿의 광증이 오필리어의 미덕에 기인했기를 바라며 그녀의 덕성이 햄릿 본래의 맑은 정신을 되찾게 하여 두 사람이 잘되기를 희망했다(3.1. 38-42). 이에 비추어보면 거트루드는 오필리어를 사랑하는 아들 햄릿의 배필로, 자신의 며느릿감으로 생각했음을 알 수 있다. 이는 5막 1장에서 그녀가 오필리어의 무덤에 꽃을 뿌리며 하는 말에서도 확인된다. '나는 그대가 햄릿의 아내가 되기를 희망했었다./ 나는 꽃으로 그대의 신방을 장식하려 했었지, 아름다운 처녀여,/ 그대의 무덤에 뿌리리라고는 미처 생각지 못했다.(5.1. 237-39)'

거트루드는 햄릿과 레어티즈의 펜싱시합이 햄릿을 죽이기 위한 왕의 음모임을 알지 못했다. 5막 2장에서 그녀는 아들이 땀을 흘리고 가쁜 숨을 몰아쉬며 시합하는 모습이 안쓰러워 햄릿에게 자신의 손수건을 건네며 이마의 땀을 닦으라고 한다. 햄릿의 승운을 빌기 위해 술잔을 든 왕비는 독이 든 줄 모르고 마셔버린다. 햄릿을 찌른 독 바른 검이 뒤바뀌며 레어티즈를 찌르는 경합이 벌어질 때 왕비가 쓰러진다. 햄릿이 어머니의 상태를 묻자 왕은 두 시합자가 피를 흘리는 것을 보고 기절했을 뿐이라고 대답하자, 왕비는 여력을 다해 진실을 밝힌다. '아니다, 아니다, 그 잔, 그 잔! 오, 사랑하는 햄릿아! / 그 잔, 그 잔! 나는 독살되었다(5.2. 315-16)'. 거트루드가 죽으면서 남긴 이 마지막 말의 함축적 의미는 매우 크다. 우선 지금까지는 의식, '개념'이 없는, 그저 여인으로서 기본적인 욕구만 충족되면 만족하고 행복해하던 평범한 여자로 살아온 거트루드가 생전 처음으로 누구도 하기 힘든 값진 말, 자신의 비행과 비윤리적 행태를 일거에 다 용서받을 수 있는 말을 용감히 함으로써 일약 정의의 사도로 탈바꿈하게 된다. 또한 이로써 햄릿이 악의 근원인 사이비 왕 클로디어스를 영구적으로 제거하게 되어 온갖 병폐와 오염으로 썩고 병든 덴마크가 정화되는 계기가 마련되었다는 점이다. 자업자득으로 자신이 마련한 독검에 찔려 죽어가는 레어티즈도 왕비가 독살되었음을 폭로하고, 이 모든 것의 책임이 왕에게 있음을 증언한다. 레어티즈의 증언 또한 햄릿으로 하여금 이제 30분밖에 남지 않은 목숨을 문제의 독 바른 검과 독배로써 클로디어스 왕을 죽여 선친이 당부한 복수를 늦게나마 실현할 수 있게 해준다.

4) 클로디어스 왕

클로디어스 왕은 주인공 햄릿 왕자의 숙부이자 햄릿 선왕을 이은 덴마크의 왕이다. 그는 친형인 선왕을 독살한 후 왕위를 차지하고, 곧이어 형수와 결혼했다. 그는 조카 햄릿 왕자의 왕위계승을 막고 왕위에 올라서는 형제 살해에 이어서 조카 살해를 기도하는 덴마크의 도덕적 타락의 중심에 서 있는, 아니 타락한 덴마크의 중심이다. 이제 햄릿 왕자의 숙부-계부가 된 그는 줄곧 조카와 갈등을 빚는다. 클로디어스는 후사를 남기고 죽은 형의 아내, 곧 형수와 결혼했기 때문에 그의 결혼은 수혼법에 의한 결혼에도 해당되지 않는다. 더구나 그는 형의 생전에 이미 형수와 간통죄를 범해왔고, 형을 살해하고 내처 형수와 결혼했기 때문에 윤리에도 한참 어긋나는 인물이다. 클로디어스와 햄릿 두 사람은 '막강한 적수('mighty opposites', 5.2. 62)'라고 불릴 정도로 극을 이끌어나가는 주역이다. 즉 클로디어스는 주역(protagonist)인 햄릿 왕자의 상대역(antagonist)으로 설정되어 있다.

극 초반, 클로디어스가 형인 선왕을 독살하고 왕위를 차지했다는 사실은 선왕의 혼령을 만난 햄릿만이 알고 있는 내용이다. 혼령은 그를 근친상간과 간통의 짐승('incestuous ···adulterate beast', 1.5. 42)이라 칭하고, 쓰레기('garbage', 동 57)로 규정했다. 이후로 햄릿은 클로디어스를 종놈('slave', 2.2. 576), '잔인하고 음란한 악한! 무정하고, 음흉하고, 음탕한 불륜의 악한('bloody, bawdy villain!/ Remorseless, treacherous, lecherous, kindless villain', 동 576-77)'으로 칭한다. 선왕의 죽음을 정원에서 낮잠을 자던 중 독사에 물려 사망한 것으로 거짓되게 알린 것을 비롯해 클로디어스는 위선자이며 매우 능한 사기한이기도 하다.

1막 2장의 첫 어전회의는 지난 두 달간 그가 능변으로 대소신료의 마음과 충성심을 산 것은 물론이요, 국정을 완전히 장악했음을 보여준다. 클로디어스는 자신이 독살한 선왕의 서거를 짐이 사랑하는 형 햄릿의 죽음이라 말하고, 햄릿을 '내 조카 햄릿, 내 아들(my cousin Hamlet, and my son, 1.2. 64)'이라 위선적으로 부른다. 진부한 수사를 앞세워 다음 왕위계승자는 햄릿이라고 발표하겠다며 거짓말로 햄릿을 회유하려 든다. 선친에 대한 애도는 이제 끝내고 자신을 아버지로 생각해달라며, 아들 사랑이 가장 지극한 아버지에 못지않은 총애를 베풀겠다는 등의 감언이설을 늘어놓는다. 하지만 이는 햄릿을 곁에 두고 감시하며 그 어떤 복수도 불가능하게 만들려는 계획에서 비롯된 말로, 극에서 계속 반복되어 나타난다. 3막 1장에서 그는 폴로니어스에게 햄릿의 우울증이 장차 낳을 위험을 예방하기 위해 그를 영국으로 보낼 계획을 짜며, 밀린 조공을 독촉하기 위함이라는 명분을 든다(3.1. 172). 또한 햄릿이 이국의 풍물을 구경하며 가슴속의 맺힌 것을 제거할 수도 있으리라고 구실을 댄다. 하지만 그의 진정한 목적은 영국 왕으로 하여금 햄릿을 참수케 하는 것임을 이후의 독백에서 토로한다(4.3. 61-71).

클로디어스는 한두 차례 회개하는 모습을 보이나 이 역시도 진정성이나 지속성이 있는 회개가 아니라 위선으로 위장된 말뿐인 회개다. 예를 들면, 그는 햄릿과 오필리어의 만남을 숨어 지켜보기로 하면서 폴로니어스의 말에 방백으로 공감을 표하는데, 그 내용은 이러하다. 양심에 거리낌을 느끼는 양 화장이라는 인위적 수단으로 꾸며진 창녀의 뺨이 그렇게 만든 화장품보다 더 추하기로서니 나의 행동이 나의 가장된 언어('my most painted word', 3.1. 53)보다 추한 것에 비하겠느냐며 괴로운 심정을 토로한다.* 그의 회개는 그 자신이 한 평처럼 꾸며진 것일 뿐 진정성이 없다. 3막 2장에서 클로디어스는 극중극을 관람하다가 자신의 범행과 유사한 대목이 나오자 자리를 박차고 나온다.

* 이외에도 여인들의 화장에 대한 부정적인 묘사가 두 개(3.1. 144-46; 5.1. 186-88) 더 있다.

이어 3막 3장에서 그는 무릎을 꿇고 참회의 기도를 하는데, 이 참회 또한 앞뒤 사건과 모순되는 위선적인 행동이다. 이 기도에서 우선 그는 자신이 저지른 살인죄의 악취가 천지에 진동한다면서 형제 살인이라는 인류 최초의 저주를 받았음을 인정한다(3.3. 36-38). 자신의 흉악한 살인죄를 용서해달라는 기도를 바라지만, 그 살인의 전리품인 왕관, 야망, 왕비를 그대로 지니고 있는 한 이루어질 수 없는 기도임을 스스로도 잘 알고 있다(동 51-55). 결국 그는 진정한 회개가 불가능한데 회개한들 도시 무슨 소용이 있겠는가(동 65-66) 하는 회의에 빠진다. 새 잡는 끈끈이에 엉긴 자신의 영혼이 빠져나가려고 발버둥치면 칠수록 더욱더 말려들고 있다(동 68-69)는 비유로 그는 자신의 기도의 말들은 하늘로 날아오르지만 생각이 지상에 그대로 남아 있으니 생각 없는 말이 하늘에 결코 올라갈 수 없다(동 97-98)고 지금까지 시도한 자신의 기도가 한낱 위선적인 기도였음을 고백한다.

클로디어스는 매우 영리하고 약삭빠른 사람이다. 노르웨이의 포틴브래스 왕자와 관련된 외교 현안 처리와 햄릿과 관련된 문제를—햄릿의 광증이 폴로니어스의 의견대로 오필리어에 대한 짝사랑 때문이라고 믿지 않으며, 자신에게 닥쳐올 위험을 없애기 위해 햄릿을 재빨리 영국으로 보내 자신의 안전을 도모하기 위한 방책을 세우는 등—처리하는 방식으로 증명될 수 있다. 클로디어스는 또한 수완이 능한 자로, 자신의 권력을 수호하고 위협적인 햄릿을 처치하는 일에 정치적, 외교적으로 수를 꾸민다. 4막 3장에서 햄릿을 국외로 추방해 죽이는 계획을 전하며, 그 어떤 반대도 없게 이토록 돌연한 햄릿의 추방을 심사숙고의 결과로 보이게 해야 함을 강조한다. 4막 7장에서는 부친의 죽음을 복수하겠다고 이성을 잃고 그에게 달려드는 레어티즈를 진정시키며 독배와 독검을 마련해 공동의 적수요 원수인 햄릿을 살해하는 계획에 합의를 이끌어낸다. 이는 그의 회유력이 만만치 않음을 보여주는 사례일 것이다. 앞서 4막 5장에서 클로디어스 왕은 미쳐서 애처롭게 노래를 부르는 오필리어를 보고 레어티즈가 다시 격정에 사로잡힐 것을 염려해, 만약 자신이 그의 부친 폴로니어스의 죽음에 직접이든 간접이든 관련이 있다면, 자신의 왕국, 왕관, 목숨 및 자신의 것이라 부를 수 있는 모든 것을 그에게 보상으로 내주겠다(4.5. 203-206)고 선언한 바 있다. 그러나 이는 당장의 난경을 피해보려는 꼼수로, 진정성이 전혀 없는 한낱 거짓에 불과한 말이다. 형을 독살해 왕관을 차지한 그가 충동적인 풋내기 젊은이에 불과한 레어티즈에게 자신의 모든 것을 넘겨줄 리 만무하다.

클로디어스는 주색을 탐하는 인물이다. 그는 자신이 청할 때는 무언으로 반발한 햄릿이 어머니의 요청에 따라 궁궐에 머물겠다고 하자 몹시 만족하며(1.2. 121; 124-28), 밤에 주연을 갖겠다고 선언한다. 노르웨이에 파견된 사신들이 외교적인 성과를 거두고 귀국했을 때도 이를 기뻐하면서 그날 밤 주연을 베풀겠다(2.2. 84)고 말한다. 이러한 주연에 대해 햄릿은 지키기보다는 깨는 것이 더 명예로운 관습이라고 단호히 말한다(1.4. 14-16). 그는 덕분에 덴마크인들이 주정뱅이들이라는 오명을 여러 나라들로부터 받고 있으며, 국가의 큰 업적에서 그 골수를 없애는 꼴이 되고 있다고 한탄한다(동 17-22). 이런 덴마크의 퇴폐적인 음주문화의 중심에 클로디어스 왕이 자리잡고 있고, 이를 혐오하며 못마땅해하는 햄릿이 그를 주신酒神의 종인 사티로스에 비유한 것은 당연하다고 하겠다.

클로디어스는 형제 살인, 근친상간, 왕권 찬탈 등 인륜 도덕법은 물론이요 왕권신수라는 하느님의 법까지 범함으로써 질서를 파괴하고, 자신을 포함해 여덟 명이나 비극적인 죽음을 맞게 한 용서받을 수 없는 범인이다. 특히 햄릿에게 그는 어디까지나 아버지를 살해하여 왕이 된 왕권 찬탈자다. 그가 살기등등한 레어티즈도 신이 보호하는 임금을 해치지는 못한다(4.5. 123-25)고 왕권신수설을 들먹이면서 왕비를 안심시키지만, 선왕을 독살하고 왕권을 탈취한 찬탈자는 하느님이 옹립한 왕이 아니어서 그의 왕권신수설 운운은 이만저만한 착각이 아니다. 햄릿의 말처럼 클로디어스는 자신의 형인 선왕을 독살하고, 왕비 형수의 몸을 더럽혀 창녀로 만든 그리고 햄릿 왕자의 왕위계승권을 새치기해 간(5.2. 64-65) 한낱 근친상간의 간통자요, 간악무도한 악한일 뿐이다. 그러나 한 가지 첨언할 점은 클로디어스는 선과 악을 마음속에서는 분간을 하고 있다는 것이다. 자신의 죄과가 용서받을 수 없는 종류의 것임을 숙지하고 있고, 내심 뉘우치나(3.3. 36-38) 그 죄과를 바로잡는 데까지 이르지는 못하여 진정한 의미의 회개는 하지 못한다.

5) 폴로니어스

1막 1장과 2장이 햄릿 왕자의 우울한 가정사를 보여준다면 1막 3장은 비교적 단란한 폴로니어스의 가정을 보여준다. 연인인 햄릿과 오필리어의 가정환경이 대비되는 셈으로, 햄릿의 가정은 아버지를 잃고 어머니와 숙부-계부인 클로디어스 왕으로 구성되어 있고, 오필리어의 가정은 부친 폴로니어스와 오라버니 레어티즈로, 역시 세 식구로 되어 있다.

폴로니어스는 두 자녀에게 매우 자상한 부친으로 그려진다. 1막 3장 레어티즈가 프랑스로 출국하는 장면에서는 사이좋은 오누이와 아버지의 관계가 잘 나타난다. 오빠는 누이에게 혈기 왕성한 햄릿 왕자의 충동적인 호의에 경계심을 갖도록 충고한다. 이러한 충고에 귀를 기울이며 누이는 오빠에게, 일부 잘못된 목자들이 하듯이 누이에게는 천당으로 가는 험준한 형극의 길을 택하라고 하고서 정작 자신은 경박한 방탕아처럼 환락의 길을 걸으며 자신의 설교 내용을 도외시하지 말 것을 주지시킨다(1.3. 47-51). 이제 등장한 폴로니어스는 아직 승선하지 않은 아들을 책하면서 대략 아홉 가지 교훈의 말을 해준다(동 58-80). 레어티즈는 부친에게 하직 인사를 하고, 누이에게는 자기가 해준 말을 명심하라는 말을 남기고 마침내 승선한다.

폴로니어스는 아들이 퇴장하자마자 딸에게 레어티즈의 충고를 다그쳐 묻는다. 오필리어가 햄릿 왕자가 근자에 많은 애정 표시를 주었다고 하자, 그는 딸이 사용한 '애정(affection, 1.3. 100)'이라는 말에 대해 위험한 경우를 경험하지 못한 풋내기('a green girl', 동 101)처럼 말하고 있다며 앞으로는 자신을 어린애로 여기고, 애정 표시를 진짜인 것처럼 받아들임으로써 아버지를 바보로 만들어 망신시키지 말라고 따끔하게 타이른다(동 105-109). 그는 아들인 레어티즈에 대해서도 마찬가지로 염려하고 세심하고도 애틋하게 마음을 쓴다. 이는 2막 1장 레이낼도를 프랑스로 보내기 위해 준비하는 과정에서 여실히 드러난다. 폴로니어스는 아들이 파리에 머무는 동안 그가 어떤 이들과 교제하고 또 어떻게 처신하고 있는지를 탐문하는 법을 세세히 이르지만,

결국 마지막으로 당부하는 말은 아들 녀석이 마음껏 즐기도록 놓아두라(2.1. 72)는 것이다.

연로한 폴로니어스는 주책스럽지만 대감*으로서 클로디어스 왕에게는 매우 충성스러운 으뜸신하다. 클로디어스가 왕위에 오르고, 형수와 결혼하는 데 큰 공을 세운 보필지신이기도 하다. 그의 공식 직함은 명시된 적이 없으나 햄릿은 그를 대신('counsellor', 3.4. 215)이라 칭한 바 있고, 그는 스스로를 보필지신('assistant for a state', 2.2. 166)이라 칭한 바 있다. 노르웨이로 파견되었던 특사가 성공적으로 귀국했음을 왕에게 최초로 보고하는 이도 폴로니어스라는 점으로 볼 때, 그는 영상에 해당하는 대신이 아니었을까 짐작해본다. 1막 2장에서 왕은 레어티즈에게 청하기만 하면 받아주지 못할 것이 없으니 소청을 말해보라고 하면서 덴마크 왕인 자신과 그의 부친 폴로니어스의 관계를 머리와 심장, 손과 입의 관계보다 더 긴밀한 관계(1.2. 47-49)로 표현하며, 매우 애정 어린 말로 그의 프랑스 출국 소청을 쾌히 허락한다. 왕은 폴로니어스를 충성스럽고 명예로운 사람(2.2. 130)으로 생각한다는 말도

---

* 폴로니어스의 직책은 햄릿이 그를 지칭한 'counsellor' 외에는 제시되지 않았으나 그가 선왕의 동생 클로디어스가 황태자인 햄릿을 제치고 왕위를 계승하는 데 절대적인 공을 세운 것으로 보아 왕의 신임이 두터운 정책보좌 역할을 했을 것으로 추측된다. 햄릿은 3막 4장에서 그의 시체를 두고 생전에는 수다스러운 바보 늙은이였으나 이제는 아주 조용하고, 아주 비밀을 잘 지키고, 아주 엄숙하다('This counsellor/ Is now most still, most secret, and most grave,/ Who was in life a foolish prating knave', 215-17)고 그를 평하며 '대신(counsellor)'이라 칭했다. 이는 조언자, 고문역 등을 뜻하지만 국왕 클로디어스의 절대적인 신임을 받고 있어서—왕이 그를 충성스럽고, 명예로운 사람('a man faithful and honourable', 2.2. 130)이라 말한 적도 있음—아마도 각료의 수장인 영상 역할을 했을 것으로 짐작되며, 따라서 그를 대감이나 영상으로 번역하는 것도 무난할 듯하다.

한다. 또 왕은 레어티즈에게 그의 선친 폴로니어스를 지극히 아꼈다(4.7. 34)는 말도 한다.

그의 주책스러운 면모를 부각해보면, 무엇보다도 폴로니어스는 장황하고도 반복적인 특유의 수사를 구사한다. 2막 2장에서 햄릿 왕자가 앓는 광증의 원인을 찾아냈다 호언하며, 왕이 원인을 듣기를 원하자 폴로니어스는 우선 귀국한 노르웨이 사절들부터 접견하시고, 자신의 소식은 그 잔치의 후식으로 올리겠다(2.2. 52)고 비유를 동원해 답한다. 사절단 접견을 마치고 햄릿 왕자의 광증에 대한 폴로니어스의 수사는 우스꽝스럽기까지 하다. 그는 '간결함은 지혜의 정수이고, 장황함은 사족과 외장'(동 90-91)이므로 간단히 아뢰겠다고 하고는 요령부득의 반복성 장광설을 늘어놓는데, 이는 왕비조차 어찌하지 못하는 정도다. '고상한 아드님은 미치셨습니다. 소신이 미쳤다고 함은, 진정한 미침을 정의할 때 미쳤다고 하는 것 외에 달리 무엇이 있겠사옵니까?(2.2. 92-94)'에 이어서 '그분이 미쳤다는 것, 그것은 사실이고, 사실이므로 유감이며, 유감이지만 사실이옵니다('That he is mad 'tis true; 'tis true 'tis pity;/ And pity 'tis 'tis true', 동 97-98)' 이렇게 말한 뒤 어리석은 수사는 이제 그만두겠다 하고는 동일한 유형의 수사를 이어나간다. 폴로니어스의 이러한 수사법은 이미 그의 첫 대사에서부터 나타났다. 왕이 프랑스로 출국하겠다는 레어티즈의 소청을 윤허하기 전에 그의 부친인 폴로니어스의 의사를 타진하자 그는 '자식이 끈질기게 졸라대어 소신의 허락을 짜냈고, 소신은 결국 자식의 뜻에 억지로 도장을 찍었사옵니다(1.2. 58-60)'라는 독특한 은유의 수사법을 썼던 것이다.

폴로니어스는 햄릿의 광증이 자신의 딸인 오필리어를 연모하는 탓이라 보고, 딸에게는 주의를 주는 한편, 왕과 왕비에게는 햄릿과 자신의 딸에 대한 일을 낱낱이 고한다. 클로디어스 왕이 자신의 진단에 회의적인 반응을 보이자, 자신이 확실히 그러하다고 아뢰었을 때 틀린 적이 한 번이라도 있었느냐(2.2. 153-55)고 자화자찬의 말을 서슴없이 내뱉고는, 자신의 진단이 사실과 다를 때는 자신의 목을 쳐내라(동 156) 하는 등 다소 경망한 극언까지 불사하면서 만일 햄릿의 정신이상이 오필리어에 대한 사랑 때문이 아니라면 국사를 돕는 일은 그만두고 낙향하여 농사나 짓겠다(동 164-67)고 자신만만해한다.

2막 2장에서 폴로니어스는 현왕의 주구走狗 노릇을 하고 있는 데 대해 양광의 탈을 쓴 햄릿 왕자로부터 호된 비판(2.2. 181)을 받기도 한다. 해당 장면에서 폴로니어스가 퇴장할 때 햄릿은 '이 주책바가지 늙은이하고는('These tedious old fools', 동 219)' 하며 폴로니어스를 귀찮고도 무용한 늙은이로 평한다. 그는 극중에서 여러 번 햄릿의 놀림을 받는다. 2막에서는 그가 배우들이 궁궐을 방문한 소식을 '저하, 전해드릴 소식이 있습니다('My lord, I have news to tell you', 2.2. 385)' 라는 말로 전하려고 하자, 이미 이 소식을 알고 있는 햄릿이 그의 이 말을 그대로 되풀이하면서 로마 시대 명배우의 이름을 거명함으로써 그를 어리둥절하게 만든다(2.2. 385-91). 3막에서는 내실로 들라는 왕비의 전갈을 햄릿에게 전하며 나누는 대화에서, 햄릿이 하늘에 뜬 구름의 모양이 낙타 모양이라고 하자 그는 과연 낙타와 흡사하다고 했다가, 다음 순간 햄릿이 족제비라고 하자 금방 말을 바꾸어 족제비 등과 같다고 말을 바꾸더니 햄릿이 고래라고 하자 역시 고래와 매우 흡사하다고 이내 말을 바꾼다(3.2. 367-73). 특히나 이 장면에서 폴로니어스가 햄릿에게 무시와 조롱의 대상이 되는 까닭은 그가 항시 왕의 비위를 거스르지 않겠다는 정신으로 일관하는 나머지 아첨 근성이 있는 간신의 면모를 드러내기 때문일 것이다.

3막 1장에서는 폴로니어스의 계획에 따라 햄릿과 오필리어가 대화를 나누게 되는데, 자신들의 대화를 엿듣는 자가 있음을 눈치챈 햄릿이 돌연 오필리어에게 그대의 부친은 지금 어디에 있느냐고 묻는다. 부친이 숨어서 엿듣고 있음을 알고 있는 오필리어는 얼떨결에 집에 계신다고 대답하지만, 이 대답이 거짓말임을 알아챘을 햄릿은 그녀에게 문을 걸어 잠가서 그가 집안에서만 바보짓을 하도록(3.1. 133-34) 하라면서 폴로니어스를 바보로 평가한다. 폴로니어스에 대한 햄릿의 냉혹한 평가는 그가 클로디어스를 왕위에 옹립하는 데 일등공신이었던 까닭에 있다고 추론해볼 수 있다.

폴로니어스는 수다스럽고, 남의 일에 끼어들어 참견을 잘하는 인물이다. 딸을 미끼로 삼아서 햄릿의 심중을 알아내 왕에게 아낌없이 고해보려는 망령된 노인이기도 하다. 햄릿과 오필리어, 햄릿과 거트루드의 대화도 아무런 거리낌없이 숨어서 엿듣는다. 3막 4장에서 그려진 그의 죽음은 아이로니컬하다. 내실 장면에서 폴로니어스는 왕비에게 햄릿을 따끔히 질책하라 조언하며, 자신은 휘장 뒤에 숨어서 '숨을 죽이고 있겠습니다(I'll silence me even here, 3.4. 4)'라고 하는데 그의 말은 그대로 실현되어 그곳에서 숨이 끊어져 영원히 침묵하게 된다. 햄릿이 휘장을 젖히며 칼에 찔린 자가 폴로니어스임을 발견하고는, '그대 가련하고, 경망되고, 끼어들기 잘하는 바보, 잘 가시오. 나는 그대를 그대의 상전으로 잘못 알았소. 운명을 받아들이시오. 이제는 쓸데없이 끼어드는 것이 위험함을 알았을 거요(동 31-33)'라고 일갈한다. 햄릿이 시신을 끌고 내실을 나오며 '이 대신은 이제 아주 조용하고, 아주 비밀을 잘 지키고, 아주 엄숙'해졌다며, '생전에는 어리석은 수다쟁이 영감(3.4. 217)'이었다는 평을 하는데, 이 역시 폴로니어스 성격의 참 면모를 서술한 것이라 할 수 있다.

폴로니어스는 극중 웃음거리를 제공하는 어릿광대 같은 인물로 관객들에게 인식되나 일국의 재상으로서 왕 클로디어스와 왕비 거트루드의 두터운 신임을 받았고, 아들과 딸을 사랑한 아버지로서의 부성도 그저 간과할 수만은 없는 그의 특성일 것이다.

6) 오필리어

오필리어의 성격 규명은 연인 햄릿과 부친 폴로니어스와의 관계를 논하는 과정에서 대부분 드러났듯이 마음씨 고운 아름다운 처녀이자, 햄릿 왕자를 사랑했고, 부친의 말에 순종하는 효녀다. 오필리어는 오빠인 레어티즈로부터 햄릿이 혈기가 왕성하여 지속성이 없는 달콤한 말로 일시적으로 누이를 희롱하고 있을 뿐이라는 경고(1.3. 5-10)와 왕자 신분인 햄릿이 평민들과는 달리 나라의 안위가 달린 배우자 선택을 자기 마음대로 할 수도 없다면서 그가 무절제하게 조른다고 순결한 처녀의 보물을 내주면 안 된다는 경고(동 16-32)를 받는다. 이에 더하여 부친까지 유사한 경고를 하자(1.3. 95-97; 105-107; 115-21; 126-34) 햄릿과 더이상은 연인이 될 수 없음을 자각한다.

오필리어가 햄릿 왕자로부터 받은 편지와 선물을 돌려주는 데에는 이런 배경이 있었다. 햄릿에 대한 그녀의 사랑이 식었거나 변심을 했기 때문은 결코 아니었다. 왜냐하면 그녀가 부친에게 약속한 이후에는 햄릿과의 접촉을 삼가지만 마음속에는 여전히 햄릿에 대한 사랑이 그대로 남아 있었다. 그녀는 햄릿이 양광을 위해 그녀의 내실로 들어가 정신병자처럼 굴자 당황하고 놀라나, 이 광경을 후에 부친에게 애정과 동정 어린 언어로 묘사한다(2.1. 77-84; 87-100). 또한 3막 1장의 '수녀원 장면'에서 햄릿으로부터 죄인들을 낳는 자가 되지 말고 수녀원에 들어가라는 온갖 악담을 듣고도 '그처럼 고결한 심성이 여기 무너져내렸구나!'로 시작되는 독백(3.1. 152-63)을 통해 극중 어느 인물의 대사보다도 햄릿의 진면목을 관객에게 제대로 전한다.

오필리어는 성숙한 판단력을 지닌 것으로 그려진다. 물론 부친과 왕이 자신을 미끼로 햄릿의 광증 원인을 밝히고자 할 때 이를 마다하지 않은 것은 사실이나, 그렇다고 이것이 햄릿에 대한 그녀의 사랑이 식었다는 증거가 될 수는 없다. 아마도 그녀는 그렇게 해서라도 광증의 원인을 알아내고 싶고, 햄릿이 예전의 모습을 되찾을 수만 있다면 그보다 더한 일에도 자발적으로 협조했을 것이다. 또한 천진난만한 처녀이지만 오빠와 부친이 혈기 왕성한 나이의 남녀관계에서 그녀에게 닥칠 수 있는 바람직하지 못한, 아니 불리한 결과들을 조언할 때 이해하고 받아들이는 성숙한 처녀이기도 하다. 3막 2장에서 극중극을 관람하며 햄릿이 오필리어에게 '내 그 (욕정의) 날카로움을 무디게 하려면 신음 소리를 내야 할게요(3.2. 244)'라며 다소 과한 성적 농담을 던지자 '점입가경이시옵니다('Still better, and worse', 동 245)'라고 받는 모습에서 이 농담에 대한 그녀의 이해와 대처가 매우 성숙한 것임을 알 수 있다.

그렇기 때문에 이토록 아름답고도 온건한 오필리어가 미쳐서 노래를 부르는 모습은 관객에게 슬픔과 안타까움을 더할 수밖에 없다. 오필리어가 부르는 노래의 가사를 분석해보면, 오빠의 부재중에 부친이 비명횡사하고, 그 살해자가 연인 햄릿이며 또한 이로 인해 햄릿이 해외로 추방되는 일련의 사건으로 심적 타격을 받은 탓으로 실성하게 된 듯하다(4.5. 29-30; 38-40; 48-55; 62-63; 164-65; 187-96). 이러한 비극적인 사연 때문에 그녀는 관객의 동정과 연민의 정을 한몸에 받는다. 그녀는 극중 인물 그 누구로부터도 악평을 받지 않는다. 그녀는 죽는 순간까지도 시종 아름답고 천진난만한 처녀로 남는다. 왕비가 뛰어난 무운시로 기술한 그녀의 익사 장면(4.7. 165-82)은 오필리어의 죽음에 대한 애절함을 한껏 고조시켜준다.

7) 레어티즈

부친의 사망 소식을 듣고 프랑스에서 급히 귀국한 레어티즈는 그를 왕으로 옹립하겠다는 무리를 이끌고 궁궐에 침입하여 왕에게 선친의 죽음과 비밀리에 허술하게 치른 장례식을 따지면서 협박하는 매우 충동적인 젊은이다. 하지만 오필리어에 대한 여러 장면에서 엿볼 수 있듯이 누이를 몹시도 사랑하는 정다운 오빠이기도 하다.

누이에 대한 레어티즈의 사랑은 극 후반부 오필리어의 광증을 목격했을 때와 그녀의 장례식 장면에서 더욱 극적으로 나타난다. 4막 5장에서 오필리어는 미쳐서 노래를 부르며 들어온다. 그는 이 목불인견의 광경에 자신의 정신과 시력을 상실해 누이의 애처로운 모습을 느끼지도 보지도 못하기를 간절히 바라고, 또 누이의 광증을 저울대가 크게 기울도록 갚아주겠다고 하늘에 맹세한다(4.5. 154-57). 그가 미친 누이를 5월의 장미(동 157)라고 부르면서 귀여운 처녀, 다정한 누이, 아름다운 오필리어(동 158)라고 울부짖을 때 누이에 대한 그의 애정은 최대로 고조된다. 그는 누이가 미쳐서 알듯 모를 듯한 노랫말을 부를 때 이 무의미함이 오히려 의미 이상의 내용을 지니고 있다(동 172)고, 누이의 노랫말이 자신에게는 각별한 뜻을 전달하고 있다고 말하기도 한다. 그리고 누이의 익사 소식을 왕비로부터 전해 듣고는 가련한 오필리어는 이미 많은 물을 갖고 있으므로 자신은 눈물이 흘러나오는 것을 막겠다고 애를 쓰지만 계속 흘러나오는 눈물을 어찌할 수가 없다. 그는 이런 때 눈물을 흘리는 것은 인간 모두의 습성이므로 수치심에도 불구하고 자연에 순응하겠고, 눈물이 다 빠져나오면 다시는 이런 나약한 모습도 사라질 것이라(4.7. 184-88)고 하면서 운다.

5막 1장 오필리어의 장례식 장면에서도 그는 초라한 예식에 대해 항의하고, 주례 사제에게 악담을 퍼붓는다. 레어티즈가 온갖 악담을 이어가면서 누이의 무덤에 흙덮기를 중단시키고 돌연 무덤 속으로 뛰어들어 산 자와 사자에 흙을 덮어 옛 펠리온 산보다도 더 높은 산으로 만들라는 말로 누이를 향한 사랑을 표시하자, 햄릿은 비로소 자신을 드러내면서 오필리어를 향한 사랑을 주제로 도전해 두 젊은이는 몸싸움을 벌이게 된다.

레어티즈는 충동적이며, 감정을 억제하지 못하는 경솔한 청년이다. 그는 궁궐 문을 부수고 궐 안으로 침입하여, '이 왕 어디에 있는가('Where is this king?', 4.5. 112)'라는 막말을 토해낸다. 마침내 왕의 방문을 열어제친 그는 왕에게 선친의 죽음을 복수하겠다고 소리를 질러 그가 매우 충동적이고, 감정적인 젊은이임을 여실히 드러낸다. 그는 왕에게 부친의 사망 경위를 물으며, 아버지 원수를 철저히 갚을 것이라며 안하무인격의 언행(4.5. 130-36)을 서슴없이 한다. 레어티즈는 선친에 대한 복수를 수행함에 있어서는 지옥행도 불사하겠다고 선언한다. 후에 왕이 그를 회유하는 데 성공해 선친의 복수를 위해 어떤 행동을 보여줄 것인지를 묻자 레어티즈는 '교회에서라도 그자(햄릿)의 목을 자르는 일(4.7. 125)'을 하겠다며 기독교인이라면 도저히 입에 담을 수 없는 극언을 한다.

레어티즈는 그의 충동적이고 감정적인 성격으로 인해 급기야 불법적인 복수 수단을 사용한 결과, 햄릿의 죽음은 물론 자신의 죽음마저 초래하고 만다. 또 그와 공모자인 왕이 왕자를 독살하려고 마련한 독배는 햄릿이 아닌 왕비가 마시고 사망한다. 이렇게 되자 레어티즈는 자신의 죽음을 자신이 놓은 덫에 걸려 정당하게 살해된 것(5.2. 312-13)이라고 실토하면서 왕비도 독살당했으며, 이 모든 것의 책임은 왕에게 있다고 말한다. 또 그는 왕이 햄릿의 손에 들린 레어티즈의 독검에 찔리고, 그가 직접 조제한 독배의 일부를 강제로 먹고 죽자 왕의 죽음 역시 자업자득이었다고 폭로한다(5.2. 332-33). 레어티즈가 죽으면서 하는 마지막 말은 햄릿에게 용서를 서로 교환해, 자신과 선친의 죽음을 햄릿에게 돌리지 않고 햄릿 또한 자기의 죽음을 자신에게 돌리지 말자(동 334-35)는 것이었다.

레어티즈의 이 마지막 말이 담고 있는 의미는 자명하다. 클로디어스 왕은 죽으면서 끝내 회개하지 않았지만 레어티즈는 회개하고, 살인자를 고발한 후 햄릿과의 화해로써 모든 것을 정리하고 죽는다는 점이다. 그는 비록 충동적이고 감정적이지만, 누이를 끔찍이도 사랑한 오빠였다. 햄릿은 레어티즈가 왕과 자신을 죽이려는 흉계를 꾸민다는 사실은, 아직은 모르고 오로지 사랑한 여인의 오라버니라는 사실만을 알고 있을 때이기는 하지만, 그를 '아주 고상한 젊은이('a very noble youth', 5.1. 217)'라고 칭한 바 있다. 레어티즈는 이를 갚기라도 하듯 죽으면서 햄릿 왕자를 '고결하신 햄릿('noble Hamlet', 5.2. 334)'이라고 부른다.

8) 호레이쇼

호레이쇼는 비텐베르크 대학에서 햄릿과 동문수학하는 학우다. 햄릿이 가장 신뢰하는 막역한 사이지만 언제나 햄릿 저하(my lord, my dear lord, your lordship) 등의 존칭을 사용해 수차 햄릿으로부터 친구로 불러달라는 말을 듣기도 한다. 호레이쇼가 입궁한 후 처음 만나는 햄릿에게 인사말을 건넬 때에도 햄릿을 왕자님('Hail to your lordship', 1.2. 160, 'The same, my lord, and your poor servant ever', 동 162)으로 깍듯이 부른다. 이에 햄릿은 '왕자님의 미천한 하인' 대신에 '친구'라고 'servant'를 'friend'로 바꾸어 부르겠다고 한다(동 163). 호레이쇼 일행이 햄릿에게 간밤에 나타난 혼령 소식을 전하고 그날 자정 망대에서 만나기로 약조하고 헤어질 때 이들이 '왕자님께 저희들의 충성을('Our duty to your honour', 동 253)'이라고 인사하자 햄릿은 'duty'를 'loves'로 바꿔서 그대들의 '우정을(동 254)'이라 표현하겠다고 말한다. 또 햄릿이 홀로 혼령을 만난 후 호레이쇼와 그 일행에게 건네는 말에는 왕자와 신하들이 아닌 친구가 친구에게 하는 어법을 사용하고 있음도 주목하게 된다. 햄릿이 '그럼 신사 양반들, 우정을 다해서 내 자네들에게 신의를 다짐해두네. 그리고 햄릿은 비록 불우한 사람이지만 그대들에게 사랑과 우의를 표하는 데 부족함이 없을 걸세(1.5. 190-94)'라고 말할 때, 친구들에 대한 햄릿의 애정과 겸손함이 그대로 표현되며, 그렇기 때문에 호레이쇼를 비롯한 주변 사람들에게 존경을 받고 있음을 보게 된다.

호레이쇼는 자신이 귀국한 까닭을 왕자님의 부왕 장례식 참석차 왔다(1.2. 176)고 말했다. 호레이쇼의 이 말은 레어티즈가 클로디어스 왕의 대관식을 보기 위해 프랑스 유학 중 급거 귀국한 것과는 대조를 이루고 있는 점에 주목할 필요가 있다. 호레이쇼는 레어티즈와는 유를 달리하는 왕자의 진실한 친구라는 점이 이로써 크게 부각되기 때문이다. 호레이쇼의 이 대답에 햄릿은 그를 학우('fellow-student', 동 177)라 부르면서 제발 자기를 조롱하지 말라며 내 어머니의 결혼식을 보러 온 것(동 177-78) 같다고 말한다. 이에 호레이쇼는 '참으로, 왕자님, 그 일이 곧이어 있었지요('Indeed, my lord, it follow'd hard upon', 동 179)'라고 평한다. 비교적 제3자의 위치에 있는 호레이쇼의 이 평은 극적으로 중요한 함의를 갖는다. 이는 곧 햄릿 어머니의 재혼이 미망인이 된 지 얼마 되지도 않은 시점에 이루어진 것에 유감을 표시하는 것에 다름 아니기 때문이다.

고대 그리스의 비극에는 코러스가 등장한다. 코러스는 제3자의 객관적인 입장에서 극의 내용과 진행 과정 및 앞으로의 전개를 관객에게 알리고, 평하고 설명해주는 해설자 역할을 하는데, 호레이쇼는 바로 코러스 역할을 맡은 코러스적 인물(choric character)이다. 그는 5막 2장에서 햄릿으로부터 영국 왕에게 보낸 국서의 내용을 전해 듣고 클로디어스를 참 나쁜 왕이라는 뜻으로 '어찌 이런 왕이 있을까('Why, what a king is this!', 5.2. 62)'라고 평하는데, 이 또한 코러스의 역할이다. 그리고 호레이쇼가 극의 마지막에 시체들로 가득한 무대 위에서 비극의 자초지종을 설명하고, 포틴브래스 왕자에게 덴마크의 대권이 이양되게 된 사연을 극중 인물들과 관객에게 알리는 것 역시 그가 코러스라는 극적 역에 부합한다는 데 이론이 있을 수 없다.

1막 5장 이후 호레이쇼가 햄릿을 만나는 것은 극중극을 앞둔 3막 2장에서다. 극단원들에게 연기 지도를 끝내고 무대에 홀로 남게 되자 햄릿은 호레이쇼를 소리쳐 불러들인 후 호레이쇼에게 그가 자신이 일찍이 사귄 자들 중에서는 가장 균형 잡힌 사람이라(3.2. 54-55)는 칭찬으로 시작하는, 말하자면 호레이쇼 인물론을 편다. '자네는 온갖 고통을 겪으면서도 아무렇지 않은 양 행운의 여신이 주는 고와 낙을 똑같이 감사한 마음으로 받아들인 사람이었다네. 충동과 분별력이 절묘한 조화를 이루어 행운의 여신의 손가락이 내고 싶은 음을 멋대로 내는 피리 같은 자가 아닌 사람(동 65-70)'이라고 말이다. 여기서 햄릿이 묘사한 호레이쇼의 상, 고통을 고통으로 생각하지 않고, 감정과 이성이 잘 조화되어 있어서 행운의 여신도 어찌하지 못하는 격정의 노예가 아닌 상은 어김없는 금욕주의자(stoic)의 상이다. 고대 그리스의 스토아 철학자들의 가르침이 바로 현자는 격정을 갖지 않으며, 희로애락의 감정에 동하지 않고 오로지 자연에 순응해야 한다는 것이었다. 요컨대, 호레이쇼는 완벽한 금욕주의자로, 햄릿은 이 점을 높이 산다.

호레이쇼는 햄릿을 비롯해 오필리어 등 등장인물에게 도움이 되는 역할을 수행하기도 하는데, 3막 2장의 극중극에서는 선친 왕을 독살하는 장면에서 심히 당황한 클로디어스 왕을 목격하는 햄릿의 조력자로 활동한다. 4막 5장에서는 실성한 오필리어가 왕비를 만나겠다고 조르는데, 왕비가 거절하자 호레이쇼가 개입해 오필리어의 소원을 성취시켜준다. 그는 왕비에게 그녀가 악의를 품은 자들의 마음속에 위험한 억측들을 뿌릴 수도 있으니 만나서 말을 건네보는 것도 좋을 것이라(4.5. 14-15)고 조언하여 이를 성사시키는데, 단순히 친구 햄릿의 애인 오필리어에 대한 배려일 수도 있겠으나 어디까지나 호레이쇼의 따뜻한 마음씨의 발로로 봐야 할 것이다.

이렇게 타인에게 베푸는 호레이쇼의 이타적인 따뜻한 마음씨는, 운동을 중단한 지도 오래고 영국 추방으로 인해 마음고생이 많았을 햄릿과 펜싱 유학중인 레어티즈의 시합이 아무래도 마음에 걸려 시합에서 패하실 것이라며 염려의 말을 햄릿에게 전할 때(5.2. 205)에도 드러난다. 호레이쇼의 만류에도 거행된 시합에서 결국 왕과 레어티즈의 흉계에 걸려서 죽음에 직면하게 되었을 때, 햄릿은 죽음이 임박해 관객들에게 자신의 사연을 설명해줄 시간이 없으니 자신의 명분과 비극의 진상을 올바로 알려달라고 부탁한다. 이에 호레이쇼는 그렇게 하리라 믿지 말라고 하면서 자신은 덴마크인이기보다는 로마인(유명한 로마인들 중에는 브루투스, 카시우스롱기누스, 안토니우스처럼 자결한 사람이 많았다)이라고 하면서 아직 남은 독배를 마시고 참다운 친구인 햄릿을 따라 죽겠다고 한다. 하지만 햄릿이 간절히 만류하며, '진실이 밝혀지지 않은 채로 남겨지면 얼마나 큰 누명을 내가 남기게 되겠는가 말일세.

만약 자네가 조금이라도 나를 마음속에 품었던 적이 있다면, 이 천복을 잠시 연기시키고, 이 모진 세상에서 고통의 숨결을 지속하여 내 이야기를 전해주게(동 349-54)' 하며 부탁한다.*

호레이쇼는 햄릿에게서 받은 부탁을 십분 이행한다. 영국 사절들, 포틴브래스 왕자를 맞이해 적절한 예우를 하고 그동안에 발생한 일들과 마침내 흉계의 목적과는 달리 그 장본인들의 머리 위에 죽음이 떨어진 데 대한 설명을 한다(동 369-91). 호레이쇼는 마지막으로 포틴브래스를 덴마크의 왕으로 선출하는 데 찬성한다는 햄릿의 유언을 전하며, 우선 사람들의 마음이 흉흉하므로 더이상의 불상사가 일어나지 않도록 시신들부터 수습하자고 제의한다(동 396-400). 호레이쇼의 마지막 조처는 민심을 안정시키고, 왕위후계 문제가 국론분열이나 갈등의 여지를 근원적으로 없애고 덴마크의 태평성대를 기약하는 데 결정적으로 기여한다.

9) 로즌크랜츠와 길던스턴

로즌크랜츠와 길던스턴은 햄릿 왕자의 죽마고우들이요, 어릴 적 교우들이다. 호레이쇼가 햄릿의 신임과 존경을 받고 있는 친구라면, 이 둘은 햄릿의 불신을 사 그의 조롱거리가 된다. 로즌크랜츠와 길던스턴

* 햄릿이 호레이쇼에게 사후에 누명이 남지 않도록 자신의 이야기를 세상에 알려달라고 할 때 그 자신은 구체적으로 무엇이라고 말은 하지 않았으나 아마도 클로디어스가 형인 선왕을 독살한 후 왕위에 오르고, 선왕의 생시에도 형수와 간통생활을 한 인륜 도덕에 역행한 못된 왕이어서 자신의 복수 대상이 될 수밖에 없었다는 사실이 포함되었을 것이다. 기실 이 사실을 아는 사람은 햄릿 자신과 극중극 직전에 햄릿의 귀띔으로 어렴풋이 알게 된 호레이쇼밖에 없다.

이 입궁한 이유는 왕과 왕비의 초청 때문이다. 광증을 보이는 햄릿 왕자의 내심을 파헤치기 위해 이들을 불렀다. 왕에 의하면, 이 두 사람은 햄릿과 함께 공부하며 자라 어린 시절 그의 행실을 잘 알고 있다(2.2. 11-12). 왕비 또한 햄릿이 이처럼 마음을 두고 있는 친구들도 또 없을 것이라고 확신하고 있다(동 19-21). 햄릿도 이들을 내 다정한 친구들('My excellent good friends', 2.2. 224), 내 친구들('my good friends', 동 240), 다져진 우정으로(동 270), 친애하는 친구들('dear friends', 동 273), 우리의 우정('our fellowships', 동 284), 늘 간직해온 우리들의 사랑('our ever-preserved love', 동 285-86)' 등의 말로써 우의를 표한다.

이러한 표현들은 극 중반까지 이어져 햄릿은 자신의 정신상태와 광증 여부를 알아내 왕에게 보고하는 임무를 띠고 궐내로 들어와 심지어 왕에게 영국으로 추방당하는 자신을 호송해가는 책임까지 부여받은, 독사 같은 자들이라고 믿는 이 두 친구를 '두 동창들('my two school-fellows', 3.4. 204)'로 언급한다. 이뿐 아니라 3막 2장에서는 로즌크랜츠가 자신을 햄릿에게 직접 그의 친구라고 말한다. 그는 햄릿에게 그의 정신이상의 원인이 무엇이냐고 묻고 고충을 친구에게까지 털어놓지 않는다면 스스로 들어앉은 감옥에서 나와 자유로운 몸이 될 수 있는 문을 닫아버리는 것이 된다(3.2. 328-30)고 말했던 것이다. 이로써 로즌크랜츠와 길던스턴이 햄릿의 죽마고우가 틀림없음이 증명된다. 그러나 로즌크랜츠와 길던스턴은 로즌크랜츠가 말했듯('My lord, you once did love me', 동 326) 전에는 햄릿 왕자의 사랑을 받았으나 지금에 와서는 그렇지 못함이 이 주장에 대한 햄릿의 답변으로 확실해진다. 즉 햄릿은 자신의 양손 손가락들을 쳐들어 내보이면서 이것들('pickers and stealers', 동 327)에 걸고 맹세하건대 지금도 사랑한다고 말하기 때문이다. 손가락의 기능은 여러 가지가 있으나 햄릿이 그중에서 특히 남의 비밀을 소매치기하고 훔치는 기능을 염두에 두고 있다고 볼 때, 이 말은 두 친구를 자신의 비밀을 빼내려는 첩자로 인식하고 있음을 함축한다.

이들은 햄릿의 변모 원인을 알아내달라는 왕과 왕비의 간곡한 부탁에 대해 명을 잘 받들어 소임을 다하겠다고 말함으로써 왕과 왕비로부터 각각 다음과 같이 고맙다는 말을 받는다. '고맙네, 로즌크랜츠와 착한 길던스턴('Thanks, Rosencrantz and gentle Guildenstern', 2.2. 33)', '고맙네, 길던스턴과 착한 로즌크랜츠('Thanks, Guildenstern and gentle Rosencrantz', 동 34)'. 왕과 왕비가 각각 이들에게 한 이 사의의 말은 로즌크랜츠와 길던스턴이 성격적으로나 역할에서나 구분이 안 될 정도로 대동소이함을 상징적으로 드러낸다. 로즌크랜츠는 길던스턴을, 길던스턴은 로즌크랜츠를 대변하는 일심동체라는 뜻이기도 하다. 이 두 사람이 일심동체임을 보여주는 대목들은 더 있다. 햄릿이 이 두 친구를 만나 선과 악, 꿈과 야망에 관한 추상적인 논쟁을 하다가 궐 안으로 들어가자고 하자 이들은 '저희들이 전하를 모시겠습니다('We'll wait upon you', 2.2. 266)'라고 합창한다. 또 이 둘은 늘 같이 등장했다가 같이 퇴장한다. 4막 1장에서는 왕이 '여봐라, 길던스턴('Ho, Guildenstern!', 4.1. 32)'이라고 소리쳐 부르자 로즌크랜츠와 길던스턴이 함께 등장한다. 무대지시들에서는 'Enter Rosencrantz and Guildenstern'(2막 2장의 219행과 220행 사이)과 'Exeunt Rosencrantz and Guildenstern'(2막 2장의 39행과 40행 사이), 'Enter Rosencrantz and Guldenstern'(4막 1장의 32행과 33행 사이)과 'Exeunt Rosencrantz and Guildenstern'(동, 37행과 38행 사이)에서 보듯이 거의 예외 없이 로즌크랜츠의 이름이 먼저 나오고 길던스턴의 이름은 다음에 오지만 대사들 속에서는 'My excellent good friends. How dost thou, / Guildenstern? Ah, Rosencrantz'(2.2. 224–25)와 'So Guildenstern and Rosencrantz go to't'(5.2. 56)에서 보듯이 길던스턴의 이름이 먼저 나오는 경우도 있다.

로즌크랜츠와 길던스턴이 햄릿과 처음 대화를 나누는 것은 2막 2장에서다. 이들은 햄릿으로부터 '두 사람은 어찌 지내고 있는가(2.2. 225–26)'라는 막역한 친구들에게 하는 그런 인사를 받자 전자는 '지구상의 보통 사람들처럼(동 227)'이라고 답하고, 후자는 '지나치게 행복하지는 않다는 점에서 우린 행복하지요. 우린 행운의 여신의 모자 맨 꼭대기에 있지는 않아요(동 228–29)'라고 대답한다. 햄릿이 행운의 여신의 구두 밑바닥은 아니냐고 묻자 로즌크랜츠는 그것도 아니라고 답한다. 햄릿이 그렇다면 행운의 여신의 허리께 아니면 그녀의 〔성적〕 호의의 한복판에(in the middle of her favours) 살고 있을 듯하다고 되묻자, 길던스턴이 '기실 우리는 그녀의 평범한 백성이지요('Faith, her privates we', 동 234)'라고 답한다. 햄릿이 사용한 'favours'는 단순한 호의가 아닌 성적 호의라는 뜻으로 사용된 것이고, 길던스턴이 사용한 'privates'는 행운의 여신의 평범한 족속들이라는 뜻으로 사용했지만 햄릿은 이를 행운의 여신의 '음부'라는 뜻으로 받고 있다. 그다음 행들에서 햄릿은 자신의 말뜻을 명시함으로써 그것을 오해한 길던스턴을 정정하고 있음을 본다: '행운의 여신의 은밀한 부분이라? 그건 어김없는 사실이오, 그녀는 창녀니까('In the secret parts of Fortune? O most true, she is a/strumpet', 동 235-36)'.

이쯤 되면 햄릿의 두 친구는 햄릿에 의해 완전히 농락당한 셈이다. 이들의 임무가 햄릿이 변모한 까닭을 파악해 왕에게 보고하는 것이고, 이를 눈치채고 있는 햄릿은 이 두 친구에게 말려들지 않으려고 음담패설도 마다하지 않으면서 할말은 다 하고 있다. 그는 광인티를 내면서 이들을 우롱한다. 이 우롱은 여기서 그치지 않는다. 무슨 좋은 소식이라도 있느냐는 햄릿의 물음에 로즌크랜츠는 별로 없지만 세상이 정직해졌다(2.2. 237)고 대꾸한다. 이에 햄릿이 그렇다면 최후 심판일이 가까웠다는 것인데, 이는 세상의 본질상 불가능한 것이므로 자네의 소식은 진실이 아닐세, 하고 답하며 좀더 구체적인 질문을 던진다. 즉 행운의 여신이 자네들을 감옥으로 보냈으니 그럴 만한 잘못이라도 범한 것인가(동 239-41)라고 앞서의 행운의 여신을 빗댄 질문의 연장선에서 묻는다. 이번에는 길던스턴이 '감옥이라니요, 저하?(동 242)'라고 불찬성의 반응을 보이자, 햄릿은 덴마크는 감옥, 그것도 최악의 감옥이라고 대꾸한다. 이번에는 로즌크랜츠가 '저희들은 그리 생각하지 않는데요, 저하(동 248)'라고 말하여 햄릿으로부터 세상에는 좋은 것도 나쁜 것도 없으며 다만 생각하기에 달려 있는데, 자기에게는 덴마크가 감옥이라는 반응을 얻자, 햄릿의 생각이 아니라 야심이 그런 사유를 낳고 있으며, 저하의 마음에는 덴마크가 너무 좁을 거라고 평한다. 햄릿이 호두껍데기에 갇혀 있어도 무한한 공간의 왕으로 만족할 수 있는데 악몽을 꾸어서 그렇다고 답하자, 길던스턴은 그 꿈이 진정 야심이고, 야심을 지닌 사람들의 실체가 바로 꿈의 그림자라 말한다. 햄릿이 꿈 자체가 그림자라고 주장하자, 로즌크랜츠는 야심이란 가벼워서 그림자의 그림자에 불과하다고 추상적 언쟁으로 바꾼다. 마침내 햄릿이 더이상 논리를 이어나갈 수 없다면서 궐 안으로 이제 들어가자고 했을 때 이 두 친구가 합창하듯 저희들이 모시겠다고 하자, 햄릿은 자네들을 하인으로 치지 않는다면서, 진심을 말하자면 자기는 〔그대들과 같은 사람들을 통해서〕 지독하게도 철저하게 모심을 받고 있다네('I am most dreadfully attended', 동 269)라는 말로 이들의 참견과 그 목적을 언짢게 여기고 있음을 내비친다.

이어서 햄릿이 다져진 우정에서 하는 말이라면서 이 두 사람에게 엘시노 궁정에 입궐한 이유를 추궁한다. 햄릿의 질문에 이들이 당황하자, 햄릿이 이들이 왕과 왕비에게 한 비밀 약속이 훼손되지 않도록 자신이 미리 말하겠다면서 근자에 자신이 변화하게 된 상황을 설명한다. 폴로니어스의 등장으로 이들의 대화가 잠시 방해를 받기 직전, 햄릿은 두 친구에게 그들이 자신의 비밀을 알아내려는 것을 의식해서인지 짐짓 '내 숙부-부친과 숙모-모친은 속고 있다네(2.2. 372)'라는 말을 던진다. 이에 귀가 번쩍 뜨인 길던스턴이 '무엇에 있어서 말씀입니까'라고 묻자 햄릿은 자신의 광증과 관련된 것을 알듯 모를 듯한 말로, 즉 자기는 북-북-서로만 미쳤고, 남풍이 불 때는 매와 왜가리를 구별한다('I am but mad north-north-west. When the wind is/ southerly, I know a hawk from a handsaw', 동 374-75)고 말한다. 설사 'hawk'가 맹금인 매가 아니라 미장이의 흙받기이고, 'handsaw'가 매와 비슷한 왜가리가 아니라 흙받기와 유사한 작은 톱인 손톱이라는 연장을 두고 한 말이라고 해도 햄릿이 의미하는 바는 대동소이한 것으로서 자신에게는 현상과 진상을 구별하는 능력이 있다는 것이다. 햄릿은 두 친구를 농락하는 언중유골의 말을 한 것이고, 이를 듣는 두 친구에게는 애를 태울 정도로 알쏭달쏭한 말이 되고 있다.

로즌크랜츠와 길던스턴이 이후 등장하는 때는 3막 1장에서다. 이들이 그동안 어떤 성과를 냈는지 왕과 왕비는 알고 싶어한다. 로즌크랜츠는 햄릿은 자신이 정신 나간 것을 느끼고 있다고 고백하면서도 그 원인에 대해서는 좀처럼 마음의 문을 열지 않는다고 답한다(3.1. 5-6). 길던스턴의 대답은 햄릿이 자기들에게 마음을 주지 않고, 그의 진정한 마음상태를 고백하도록 유도할 때마다 교묘한 광증을 통해 빠져나간다(동 7-10)고 대답한다. 반가이 맞아주기는 하더냐는 왕비의 물음에 로즌크랜츠가 '아주 신사답게요'라고 답하자 길던스턴은 '그러나 다분히 억지로 그러는 듯했습니다'라고 설명을 보충한다.

로즌크랜츠와 길던스턴은 다시 3막 2장에서 햄릿을 만난다. 길던스턴은 햄릿에게 국왕 전하가 심기가 매우 좋지 않은 상태로 침소에 드셨다는 말로 시작한다. 그 원인이 '술병' 때문인가라고 묻는 햄릿에게 길던스턴은 '화병' 때문이라고 답한다(3.2. 295). 이에 햄릿이 그렇다면 이를 의사를 찾아가 말해야지 자기에게 전하의 심신을 깨끗하게 해달라고 하는 것은 그분을 더욱더 큰 화병으로 빠지게 하기 십상일 것이라고 말하자 길던스턴은 본론을 엉뚱한 방향으로 몰고 가려는 햄릿을 원망한다. 그는 왕비마마가 괴로운 중에 자신을 왕자 저하에게 보내신 것이라며 제대로 된 답변을 주시겠다면 왕비마마의 명을 전달할 것이고, 아니면 죄송하지만 이대로 돌아가겠다(3.2. 307-308)고 강경

한 입장을 취한다. 이리하여 햄릿은 두뇌가 병들어서 합리적인 대답을 하는 것은 불가능하나 최대로 노력하겠다면서 용건을 말해보라고 하자 로즌크랜츠가 왕비마마가 저하의 행동으로 대경실색하셨다는 소식을 전한다. 이어지는 장면에서도 역시 두 죽마고우에 대한 햄릿의 몹시도 못마땅한 심기가 드러난다. 이들의 대화는 리코더를 갖고 등장한 배우들로 전환점을 맞는다. 햄릿이 배우들이 들고 온 리코더 중 한 개를 빌린 다음, 사람들에게서 떨어진 곳으로 길던스턴을 데려가 자기를 덫으로 몰고 가려는 의도가 무엇이냐고 직접적으로 묻는다. 이에 당황한 길던스턴이 '강한 의무감이 지나쳐 무례를 범했다면 이는 저하에 대한 저의 사랑이 죄입니다요(동 339-40)'라고 변명을 늘어놓지만, 햄릿은 이해가 잘 되지 않는다며, 대뜸 피리를 불어보라고 권한다. 길던스턴이 불지 못한다('My lord, I cannot', 동 343)고 답하나 햄릿은 집요하게 권한다. 햄릿은 피리 부는 일은 거짓말하는 것만큼이나 쉽다('It is as easy as lying', 동 348)고 비꼬는 말까지 하면서 부는 요령을 설명해주지만 길던스턴은 끝내 자신은 재주가 없다면서 거절한다. 햄릿은 작심하고 그를 크게 나무란다. '이 작은 악기 속에는 음악도 많고 훌륭한 음도 들어 있지만 자네는 그것을 소리나게 못하고 있네. 그 주제에 그래, 나를 피리보다도 더 불기 쉬운 악기로 생각하는 건가? 자네가 나를 무슨 악기로 불러도 좋다만, 자네는 나를 화나게 할 수 있을지언정 나를 연주할 수는 없을 걸세(동 358-63)' 하고 단호하게 말한다.

로즌크랜츠와 길던스턴은 3막 3장에서 왕으로부터 햄릿을 영국으로 호송해가는 임무를 부여받는다. 이들은 충신으로서의 직분을 다하겠다면서 각각 왕에게 아부성 발언을 하여 왕에게 힘을 실어준다. 이후로 이들은 4막 1장과 2장에 등장한다. 4막 1장에서는 왕에게서 폴로니어스의 시신을 조속히 찾아내 예배당으로 들이라는 명을 받고, 2장에서는 햄릿을 만나 시신의 소재를 파악해본다. 이때 햄릿은 이 두 친구를 해면(스펀지)에 비유하면서 해면이 요구할 때 왕자는 어떤 대답을 해야 하느냐고 묻는다. 로즌크랜츠가 자신을 해면으로 보느냐며 되묻자, 햄릿은 '왕의 총애와 보상과 권한을 빨아들이는 해면('that soaks up the King's countenance, his rewards, his authorities', 4.2. 14-15)'이라고 보다 확실하게 설명해주며, 이런 관리들은 마지막에 가서 최선의 봉사를 하게 된다면서 왕은 이들을 마치 원숭이처럼 그의 턱 한쪽에 물고 있다가 나중에는 삼켜버린다고 말한다. '자네들이 수집한 것이 필요할 때는 그저 자네들을 짜기만 하면 되고, 그러면 자네들은 해면인지라 다시 말라버리겠지(동 18-20)'라는 말을 덧붙여 햄릿은 친구들에게 왕은 로즌크랜츠와 길던스턴 같은 자들을 마음껏 활용한 다음에는 토사구팽하리라는 나름의 충고를 해주는 것이다. 하지만 로즌크랜츠는 이해가 안 된다고 답해 결국 햄릿으로부터 '험한 말도 어리석은 귓속에선 잠들고 마니까(동 22-23)'라는 모욕적인 말을 또다시 듣게 된다.

로즌크랜츠와 길던스턴은 왕명을 받들고 햄릿을 영국으로 호송하는 길에 오른 이후로 다시는 무대 위에 등장하지 않는다. 다만 햄릿에 의해서 한두 차례 언급될 뿐이다. 5막 2장에서 다시 덴마크로 돌아온 햄릿은 호레이쇼에게 두 사람에 대한 소식을 전한다. 즉 로즌크랜츠와 길던스턴이 햄릿이 변조하여 대체한 국서 혹은 칙서를 지니고, 목적지인 영국으로 향했다는 것이다. 이 말을 들은 호레이쇼는 '그래, 길던스턴과 로즌크랜츠는 죽음의 길로 갔군요(5.2. 56)' 하고 말한다. 호레이쇼의 말 속에는 두 사람의 죽음에 대한 측은지심이 들어 있는 데 반해 이에 대한 햄릿의 반응은 냉정하다. 햄릿은 그들의 죽음은 그들이 자초한 것인 자업자득의 결과로 치고 있으며, 햄릿에게는 일말의 양심의 가책이나 거리낌이 없다. 그는 이들이 막강한 두 적수가 자웅을 겨루는 판에 끼어드는 것은 위험하다(동 57-62)라고 마치 고래 싸움에 새우 등 터진다는 우리 속담과 유사한 말을 하고 있다. 햄릿은 이미 독사들에 다를 바 없다고 믿고 있는 자신의 두 학우가 왕의 칙서를 지니고—이들이 칙서의 내용을 알고 있었다는 증거는 없고, 햄릿도 막연히 추측하면서 알고 싶어한 정황은 있으나 그것을 직접 읽어보기 전까지는 그 구체적인 내용은 몰랐다—자신을 시급히 죽음의 길로 데려간다는 사실을 눈치채고 있었다(3.4. 204-207). 요컨대, 햄릿이 이 두 친구에 대해 지니고 있는 불신은 이들이 왕의 칙서를 휴대하고 자신을 영국으로 호송하여 죽음으로 몰고 간다고 믿으면서 이들을 신뢰하기를 독사들 신뢰하듯이 하겠다고 말할 때 최고조에 달했던 것이다.

로즌크랜츠와 길던스턴이 클로디어스 왕이 영국 왕에게 명하여 햄릿을 살해하려는 음모가 담긴 국서의 내용을 알고 있었다는 말이나 암시는 작품에서 찾아볼 수 없다. 이들이 그 내용을 몰랐을 가능성이 더 크다. 다만 그들은 신하의 도리로서 국왕의 지시나 명을 받들 수밖에 없었다. 그러나 적어도 그들은 왕의 지시나 명을 거역할 수 없다고 해도 너무 지나친 충성과 열성과 아첨으로 죽마지우인 교우 햄릿의 변모의 진실을 캐내려고 함으로써 햄릿의 불쾌감과 오해를 살 소지는 있었다. 로즌크랜츠와 길던스턴은 결코 악인들은 아니다. 아부성은 엿보이지만 이들은 통치자, 자기 나라의 임금을 공경하고 충성을 바쳐야 하는 백성으로서 왕자의 광증의 원인을 제대로 찾아내서 고쳐보려는 왕과 왕비마마의 초청에 따라 입궐했으며, 어디까지나 선의로 죽마고우인 햄릿의 진상을 파악해서 보고하려 애쓰다가 비극의 희생물이 된 것이다. 즉 햄릿의 광증의 원인을 찾아내 그를 건강한 예전의 모습으로 돌려보겠다는 간절해 보이는 왕과 왕비의 소망을 이룰 수 있도록 신하로서 진력한 것이므로 이들에게는 사태를 제대로 파악하지 못했다는 것 외에는 잘못이 없었다.

한편 햄릿의 입장에서 본다면 이 두 친구는 왕의 밀정이 되어, 자신을 죽이려는 왕의 음모에 가담한 것은 아니라 할지라도 결과적으로 협조했으니 이들에 대한 불신감은 클 수밖에 없다. 그렇기 때문에 이들이 폴로니어스와 오즈릭과 더불어 햄릿의 조롱거리로 전락한 것 또한 자연스럽다. 그들의 죽음은 클로디어스 왕에 대한 충성심을 죽마고우인 햄릿에 대한 우정보다 더 중시한 데 대한 대가일 수도 있다. 또 어느 면에서 보면 이들의 죽음은 앞서도 언급한 대로 군주에 대한 지나친 아첨의 죄가 낳은 결과일 수도 있다.

10) 포틴브래스

포틴브래스는 노르웨이의 왕자다. 그 역시 햄릿 왕자와 마찬가지로 선친 왕이 살해된 후 왕위계승을 하지 못했고, 숙부가 왕이 되었다. 그의 선친 왕과 햄릿의 선친 왕은 생전에 각기 특정한 넓이의 국토를 내걸고 결투했고, 이를 승자에게 양도한다는 사전합의에 따라 승자가 된 햄릿 선왕이 예의 노르웨이의 영토를 차지했다. 혈기 왕성한 포틴브래스 왕자는 이를 되찾기 위해 병석에 있는 현 노르웨이 왕인 숙부가 알지 못하게 은밀히 나라의 여러 변방에서 무뢰배들을 모아 군대로 육성하고 있었다(1.1. 98-101; 105-107). 덴마크도 이에 대비해 철저한 경비 태세에 돌입했고, 전쟁 준비에 들어갔다. 이로 인해 백성들은 주일도 없이 밤낮으로 무기제조, 무기수입, 선박건조 등에 동원되어 영일을 갖지 못하는 형국이었다(동 74-79). 이로 인해 대두된 양국의 영토 문제는 새로 등극한 덴마크의 클로디어스 왕이 해결해야 하는 현안으로 그가 주재한 첫 어전회의에서 처리한 안건의 하나가 된다(1.2. 17-25).

클로디어스 왕은 이것을 외교적으로 해결하기 위해서 코닐리어스와 볼티맨드를 사절로 노르웨이에 파견했고, 또 두 사절은 임무를 성공적으로 마치고 귀국한다. 포틴브래스 왕자가 폴란드 침공을 위해 모병중인 것으로 잘못 알고 있던 노르웨이의 노왕은 사절들이 문제를 제기하자 즉각 모병금지령을 내렸고, 노르웨이 왕의 질책을 받은 조카는 이에 승복했던 것이다. 다만 이 두 사절은 포틴브래스 왕자가 이끄는 군대가 폴란드 원정을 위해 덴마크 영토를 통과할 수 있게 허락해달라는 노르웨이 왕의 청을 갖고 귀국했다(2.2. 61-79). 포틴브래스 왕자가 군을 이끌고 덴마크에 도착한 장면은 4막 4장에 나온다. 포틴브래스는 결국 선대에 발생한 구원을 미래의 화해와 평화를 위해서 숙부인 노르웨이 왕의 질책과 충고를 그대로 받아들이며, 노르웨이의 노왕과 클로디어스 덴마크 왕 간의 합의를 존중하여 이제 그의 군대를 이끌고 덴마크 영토를 통과하기 위해 허락받는 절차를 밟고 있다. 햄릿의 평가대로 그는 섬세하고 유순한 왕자이지만 대의명분을 위해서는 목숨도

초개처럼 버리는 올곧은 행동의 왕자임을 대내외에 과시한 것이다.

죽기 직전 햄릿은 호레이쇼에게 다음 왕을 선출하는 데 절대적인 영향을 미치게 될 찬성의 유언('I do prophesy th'election lights/ On Fortinbras. He has my dying voice', 5.2. 360-61)을 포틴브래스 왕자에게 전달하도록 한다. 덴마크의 왕위계승권과 관련하여 'election'(선정)이라는 단어가 여러 번 사용되는데, 앞서 영국 왕에게 보낸 칙서를 통해 알게 된 클로디어스 왕의 음모를 호레이쇼에게 전하며 햄릿은 '내 왕위계승의 희망을 부숴버리고('Popp'd in between th'election and my hopes', 5.2. 65)'라며 왕을 규탄했다. 또한 로즌크랜츠가 3막 2장에서 햄릿에게 심적 혼란의 원인이 무엇인지를 묻자 햄릿이 '내 출세를 하지 못해서네(3.2. 331)'라고 답하니, 로즌크랜츠는 즉시 '저하를 덴마크 왕의 후계자로 천거하신다고 전하께서 친히 말씀하신 터'라며 정정하려 든다. 로즌크랜츠의 이 말은 아마도 1막 2장에서 클로디어스 왕이 조카-아들 햄릿이 비텐베르크 대학으로 돌아가는 것을 반대하면서 한 말(1.2. 108-109)을 염두에 두고 한 발언으로 보인다. 로즌크랜츠뿐만 아니라 레어티즈도 누이에게 햄릿과의 관계에 대해 충고하며, 햄릿은 장차 왕위에 오를 신분의 왕자로서 자신의 몸을 자기 마음대로 할 수 없으며, 그의 배우자 선택에 있어서 일반 백성들과는 달리 국가 전체의 복지와 안녕이 달려 있어 그가 수반으로 있는 국가의 동의와 찬성을 받아야 된다(1.3. 16-24)고 한 것 역시 클로디어스 왕의 말을 염두에 둔 내용이라 추정해볼 수 있다. 이상의 말들을 종합해볼 때 덴마크의 왕위계승은 현왕이나 죽음을 앞둔 대권 내정자는 미리 다음 왕 선출에 있어서 누구를 찬성한다는 일종의 지명권(voice)을 행사해 온 나라에 알리면, 이를 존중해서 다음 왕을 뽑는 제도였던 것으로 보인다. 필시 햄릿 왕자의 선친 왕도 비명에 사망했기에 불가능했을 뿐 아들을 후계자로 하는 데 찬성 의사를 표명했을 것이다. 햄릿 왕자가 죽으면서 포틴브래스 왕자를 다음 왕으로 찬성한다는 유언에 따라 포틴브래스가 덴마크의 왕위에 오르는 것으로 암시된다. 명시적으로 나타나 있지 않으나 극은 포틴브래스가 덴마크의 왕이 되어 희망찬 미래가 도래할 것이라는 함축적 의미를 강하게 시사하며 대미를 장식한다.

11) 무덤일꾼과 그의 동료

5막 1장은 무덤 파는 일꾼(Grave-digger, 이하 GD)과 그의 동료, 두 사람의 대담으로 시작해서 덴마크로 귀환한 햄릿이 호레이쇼를 만나 궁궐로 향하던 길에 GD를 만나 하는 대화, 특히 무덤을 파던 중에 발굴해낸 해골을 두고 GD와 나눈 말들과 오필리어 장례 행렬 및 그녀의 무덤에서 벌어진 레어티즈와의 충돌로 구성되어 있다.

최하층계급에 속하는 이 두 무덤 파는 일꾼은 자살한 사람의 장례를 기독교장으로 지낼 수 있느냐의 문제를 두고 그들 수준에서 말을 주고받는데 이것이 상류계급에 대한 풍자를 띠고 있어서 관객들의 관심과 웃음을 자아낸다. Q2와 F의 무대지시('Enter two Clownes')가 이들을 공히 어릿광대들로 규정한 것은 이들의 역에 비추어볼 때 잘 어울린다. 셰익스피어는 그의 비극에서 종종 비극적인 장면을 앞두고 긴장을 풀어주는 이러한 희극적 장면, 이른바 'comic-relief scene'을 도입하여 관객의 긴장을 풀어주고, 비극적 결말에 대한 심리적인 준비도 시켜준다.

GD는 그녀가 스스로 자신의 '구원('salvation', 5.1. 2)'을 구한 것인데도 기독교적 장례를 받게 되는가라고 항의성 의문을 제기한다. 그는 '그녀가 정당방위로 스스로 빠져 죽은 게 아니고서야?(동 6-7)' 하며 되풀이해 묻지만, 동료는 그렇게 판정이 났다는 데 웬 말이 그리 많으냐는 투로 되받는다. 여기서 GD는 'damnation(지옥행)'이라고 할 것을 무식자가 유식한 단어를 쓴답시고 'salvation(구원)'으로 잘못 말함으로써 관객의 실소를 자아낸다. GD는 이어서 유식한 척하기 위해서 여러 번 잘못된 표현을 사용한다. 동료는 판정이 난 문제인데 무슨 잔말이 그리 많으냐고 일축해버리나 GD는 이를 잠자코 듣고만 있을 위인이 아니다. 그는 문제의 판정이 의미하는 바는 그녀의 죽음이 자기방어에서 생긴 것이고, 그 밖의 다른 원인에 의한 것이 아님을 말해준다(It must be se offendendo, it cannot be else, 동 9)라고 주장한다. 이번에도 GD는 자기과시를 위해서 식자들이 사용하는 라틴어 법률용어인 'se offendendo'(=in self-offence〔자해로〕)를 사용했는데, 이것은 그의 문맥으로 보면 'se defendendo'(=in self-defence〔자위로〕, 'drowned herself in her own defence', 동 6-7)의 오용이다. 왜냐하면 만약 사람이 고의로 자신을 익사시킨다고 한다면 행동의 첫 단계에서부터 익사하는 마지막 단계까지 자신이 행동한 것이므로, 따라서 그녀는 고의로 자신을 익사시켰다('argal, she drowned herself wittingly', 동 12-13)고 말하고 있기 때문이다. 여기에서도 그는 유식함을 드러내기 위해 '그런고로'라는 뜻을 지닌 라틴어 'ergo(=therefore)'를 'argal'로 잘못 말하고 있음을 본다. 그의 동료가 끼어들어보려 해도 막무가

내로 자신의 주장을 계속 편다(동 15-20). GD의 의혹이 계속되자 그의 동료는 결국 '자네, 이에 대한 진실을 알고 싶어? 만약 이분이 양갓집 여인이 아니었다면 기독교 매장은 어림도 없었을 걸세(동 23-25)'라고 진실을 밝혀준다. 즉 양갓집 여인의 죽음이 자살이냐 아니냐 하는 문제는 하층계급이 왈가왈부할 것이 아니니 그만 입을 다물라고 한다. 망자가 세도가 집안 출신이냐 아니냐에 따라 자살이 타살로 혹은 사고사로 둔갑될 수 있는 사회상을 빗대어 풍자한 것이다.

오필리어의 장례 주례를 담당한 사제의 말을 참작해볼 때도 당시의 명문가 사람들은 자살한 경우에도 편법적으로 간소하게나마 교회장을 누리는 특권을 갖고 있었다. 비기독교식 장례로 성지가 아닌 곳에 묻히게 될 경우에 망자는 기도를 받는 대신에 사발조각들, 부싯돌들 및 자갈들 세례를 받았다(5.1. 223-24). 이 사제 역시 오필리어의 죽음이 자살인지 타살인지에 대해서는 의문점이 있어서 온전한 교회 장례식을 거행하는 것은 곤란하다고 말한다. 다만, 그녀가 미쳐서 강가의 나무에 올라갔다가 떨어져 익사했기 때문에 고의적인 자살을 범했다고 말할 수는 없다. 거트루드 왕비가 전한 오필리어의 익사 보고에는 명시적으로도 함축적으로도 고의적 자살이었다는 구절은 없다.

GD는 무덤을 파면서도 계속 그의 동료와 농이 섞인 잡담을 주고받는다. 그는 초기 양반들치고 밭을 가꾸고, 도랑을 파고, 무덤을 만들지 않은 사람은 없었으므로 그들은 모두 아담의 직업을 계승했다고 말하니까 동료가 아담도 양반이었느냐고 묻는다. 아담은 문장('arms', 서민에게는 허락되지 않음)을 지녔던 최초의 양반이었다는 GD의 대답에 동료가 회의적인 반응을 보이자, GD는 '자네 이교도인가? 자네는 성경을 어찌 이해하고 있는 것인가? 성경 말씀에 아담이 땅을 팠다고 하지 않는가. 그가 연장도 없이 땅을 팔 수 있었겠어?('Could he dig without arms?', 5.1. 37)'라며 동료의 무지를 책한다. 이번 대사에서 GD는 앞서 그가 사용한 'arms'를 문장紋章이 아닌 연장(혹은 팔)이라는 뜻으로 사용하여 동료를 골탕 먹이고 있다. 이어 석수, 조선공, 목수 중에서 튼튼한 물건을 만들어내는 사람은 누구인가 하는 질문을 던지며 잡담을 한동안 이어간다.

이내 동료가 퇴장하고 홀로 남은 GD가 노래를 흥얼거리면서 무덤을 팔 때, 햄릿과 호레이쇼가 등장한다. 햄릿이 GD가 무덤을 만들면서 슬픔은 고사하고 노래를 부르는 무감각함을 지적하자 호레이쇼가 무덤을 파는 일이 습관이 되어 감각이 무뎌져 쉬워진 모양이라고 답한다. 무덤 파는 일꾼이 등장하는 이들 장면에서는 전반적으로 GD가 오래 그 일을 하면서 얻게 된 그 나름의 인생철학과, 사회상을 풍자적으로 보는 해당 계층 특유의 관점 및 삶의 애환이 드러난다.

GD가 두번째 해골을 끄집어낼 즈음 햄릿이 누구의 무덤을 파고 있느냐고 말을 건넨다. 이때부터 두 사람 사이에는 '눕다'와 '거짓말하다'는 뜻을 지닌 'lie'를 이용한 말장난이 벌어진다. 햄릿이 GD와의 언어유희를 접고 '어떤 사람을 묻을 무덤을 파시는 건가?('What man dost thou dig it for?', 5.1. 126)' 하고 묻는데, GD는 햄릿과는 달리 말장난을 그만둘 생각이 없는 듯 'man'을 남녀를 통틀어 말하는 사람이 아닌 남자라는 뜻으로 받아 '남자를 묻을 무덤이 아니올시다('For no man, sir', 동 127)'라고 답한다. 이에 질문을 여인으로 바꿔 묻지만('What woman then?, 동 128), GD는 '여인을 묻을 무덤도 아니올시다(For none neither, 동 129)'라고 대응한다. 햄릿은 GD가 말장난으로 답을 회피하지 못하도록 질문을 바꾸어 '누가 그 속에 묻힐 예정인가?('Who is to be buried in't?', 동 130)'라고 묻는다. 이제야 비로소 GD는 여인이었으나 지금은 사망했다고 제대로 된 답변을 내놓는다. 햄릿은 GD가 얼마나 깐깐한지 정확히 말하지 않으면 궤변에 당하고 만다며 혀를 찬다. 햄릿은 호레이쇼에게 무덤을 파는 일꾼의 언어나 예법의 수준이 이 정도로 세련되어졌다면서 조신들의 빰을 칠 정도라며 개탄하는데, 즉 수준이나 출세욕에서나 양자의 차이가 거의 없어져서 비등해졌다는 풍자적 세평에 해당한다.

곧이어 햄릿은 GD에게 무덤 파는 일을 한 지 얼마나 되었느냐고 묻는데, 이어지는 대사로부터 햄릿의 나이와 그가 영국으로 떠난 상황에 대한 덴마크 백성들의 인식을 가늠해볼 만한 정보가 나온다. 햄릿이 영국으로 추방된 이유가 일반 백성들에게는 광증 때문으로 알려져 있다는 점과 햄릿의 나이가 서른 살이라는 점이다(5.1. 139-40; 142-44). 앞서 햄릿의 질문에 GD는 처음에는 무덤 파는 일을 시작한 때가 햄릿 선왕이 포틴브래스 왕을 압도한 날이자 햄릿 왕자가 태어난 날부터라고 대답하는데, 이후 좀더 정확하게 자신이 소년에서 어른에 이르는 30년 동안을 해오고 있다(동 156-57)고 말함으로써 햄릿의 나이를 서른 살이라 밝혀준다. 더불어 GD가 무덤을 팔 때 나온 해골은 23년간 땅속에 묻혀 있던 선왕의 어릿광대 요릭의 두개골(동 166-68; 174-75)로, 햄릿은 어렸을 적 자신을 수없이 업어주던 요릭의 해골을 집어 들고 수없이 입맞추던 요릭의 입술, 그가 무궁무진한 농담과 재담으로 좌중을 웃음바다로 만들곤 하던 추억을 떠올리면서 인생무상 등 온갖 상념에 사로잡힌다(동 178-89). 이 정도로 어린 시절을 회상하려면 적어도 햄릿이 예닐곱 살은 되었어야 한다고 볼 때, 요릭 사후의 23년과 합하면 햄릿의 나이는 서른 살 정도로 추정해볼 수 있다.

12) 오즈릭

오즈릭은 겉멋만 잔뜩 든 전형적인 조신(foppish courtier)이다. 'courtier'는 궁궐(court)에 자주 출입하는 신하, 궁궐에서 국왕을 수행하며 왕명을 받드는 벼슬아치朝官를 뜻한다. 조신들은 당시 자신의 실력 이상으로 자기를 과시하고, 유행에 민감한, 내용은 빈약해 피상적이며 가식적인 언변으로 한몫하는 이들이 계층을 이루고 있었다. 그들이 입궐하여 국왕의 곁에 있게 된 것은 그들의 능력이나 자질보다는 재산 덕인 경우가 많았다. 이들은 아부 근성이 강했다. 모든 점에서 자신들을 압도하는 대관대작들을 모방하려고 애쓰지만 본질적으로 그들과 같은 수준이 되기에는 역부족이고, 한계를 지니고 있었다. 이런 이유로 이들은 빈축을 사기 일쑤였으며, 조롱의 대상이 되기도 했다.

조신 오즈릭은 이 극의 마지막 장인 5막 2장에 처음으로 등장한다. 그는 왕의 명을 받고 햄릿을 찾아와 레어티즈와의 펜싱시합에 응할 것인지를 묻고, 왕이 내건 시합 조건 혹은 시합 양식을 설명한다. 호레이쇼와 동행해 나타난 햄릿에게 오즈릭은 귀국을 환영한다는 아첨성의 가식적인 인사를 우선 건넨다. 햄릿은 이 피상적인 인사에 걸맞은 말로 응대한 후 호레이쇼에게 귓속말로 이 물파리('water-fly, 5.2. 82-83)를 아는지 묻는다. 물파리는 아무런 이유 없이 물 표면을 건드리며 오르내리는 파리로서 경박하고 게으른 사람을 상징한다. 호레이쇼가 모른다고 하자 햄릿은 그를 모르는 편이 축복받은 것이라며, 그자를 아는 것 자체가 악덕이라고 말하며, 그자는 비옥한 땅을 많이 가진 수다쟁이라는 등 오즈릭의 정체를 보다 더 소상하게 빈정거리는 말로 설명해준다.

오즈릭은 특유의 장황한 아첨의 언어로 폐하의 말씀을 전해드리겠다고 하자 햄릿은 그러시게라고 말하고 그가 쓰지 않고 들고 있는 모자를 가리키며 그것의 용도는 머리에 쓰는 것이라고 일러준다. 오즈릭은 '감사한 말씀이오나 매우 더워서요'라고 대꾸했다가 햄릿이 '아니지, 정말이지 매우 춥고, 북풍이 불고 있어요'라고 하자 즉시 햄릿의 말을 그대로, 무비판적으로 받아들이는 아부를 보인다. 햄릿은 여기서 그치지 않고 '하지만 난 무덥다고 생각하며, 나 같은 체질에는 뜨겁기까지 하오'라고 말을 뒤집는데, 그는 예의 아첨 근성을 발휘하여 줏대없이 엄청나게 무더워 그 정도를 말할 수 없을 정도라며 앞서 한 자신의 말과 정반대되는 말을 한다. 이렇게 햄릿에게 조롱당하는 오즈릭의 모양이 앞서 3막 2장(367-73)에서 보인 폴로니어스의 모양과 같다.

오즈릭은 햄릿으로부터 제법 조롱을 당한 후에야 비로소 그에게 왕의 뜻을 전달할 수 있게 된다. 클로디어스 왕이 마련한 내기 시합을 전하며, 그 특유의 말투로 레어티즈에 대한 찬사를 장황하게 늘어놓는다. 이에 햄릿은 오즈릭의 가식과 아첨을 능히 뛰어넘는 찬사를 레어티즈를 대상으로 쏟아내 그의 기를 꺾고 감탄까지 자아낸 후에, 오즈릭에게 직설적으로 이토록 레어티즈를 언어로 포장하는 까닭을 묻는다(5.2. 122-23). 이렇게 묻는 질문을 오즈릭이 바로 알아듣지 못하자 옆에서 상황을 지켜보던 호레이쇼가 끼어들어 오즈릭에게 핀잔을 준다. 이후에도 호레이쇼는 두 번이나 더 오즈릭의 가식적 언어의 한계를 지적한다. 오즈릭이 햄릿의 질문을 제대로 이해하지 못하고 머뭇거리거나 질문의 요지를 다시 묻자 '그의 밑천은 이미 바닥이 났습니다. 모든 금언들이 소진되었습니다(동 129-30)'라며 오즈릭을 비꼰다. 또한 오즈릭이 검을 꽂는 가죽으로 된 허리띠('hangers')를 유식하게 들리도록 'carriages'라고 말해 햄릿이 뜻을 되묻자, 호레이쇼는 '이해하시려면 방주傍註의 도움을 받으셔야 할 것입니다'라고 한번 더 오즈릭의 과장된 언어를 비꼰다. 오즈릭이 '운반대란, 전하, 칼꽂이입니다('The carriages, sir, are the hangers', 동 154)'라고 답하자, 햄릿은 그렇다면 그 말(carriage, 수레)은 우리 옆구리에 대포를 차고 다닐 때에나 적절할 것이라며, 점잖게 오즈릭의 자기과시용 어법을 지적한다.

오즈릭이 달아나는 모습을 바라보는 햄릿의 반응도 흥미롭다. 그는 전언을 마치고 떠나는 오즈릭을 보며, 저자는 어미의 젖을 빨기 전에 젖꼭지에 인사부터 했다네, 하며 그를 철부지 젊은이로 평가한다. 이어지는 대사로 햄릿은 그 같은 무리들을 싸잡아 비판한다. 이자들은 값없는 시대에 유행하는 말귀들만을 익히고, 겉치레뿐인 사교술만을 터득한 거품에 지나지 않는 이들, 시험 삼아 훅 불면 거품인지라 사라져버리고 말 뿐이라고 오즈릭과 그의 동류를 혹평하고 있다(동 185-91).

오즈릭은 시합장에서 두 선수에게 검을 나누어주는 역할과 심판의 일을 아울러 본다. 두 선수가 다 레어티즈의 독검에 찔리고, 왕비가 햄릿을 살해하려고 왕이 준비한 독배를 마시고 쓰러지자 시합은 중단된다. 오즈릭이 왕비가 쓰러질 때 누구보다 먼저 나서 왕비마마를 돌보라고 외친 점(5.2. 309)과 햄릿과 레어티즈 모두 검에 찔려 피를 흘릴 때, 호레이쇼가 두 시합자 모두 피를 흘리고 있음을 알리고 햄릿의 상태를 살핀 것과 대조적으로 그는 '어떠시오, 레어티즈?(동 311)' 하고 그의 상태를 묻고 있는 점은 특히 주목해볼 만하다. 이 두 사실로 미루어 오즈릭 역시 왕-레어티즈의 음모에 관련되어 있지 않으냐는 의혹을 제기할 수 있다. 오즈릭이 이 음모에 가담했다고 믿는 사람들은 그가 심판으로서 레어티즈가 처음에 받은 검을 끝이 날카로운 독검과 바꿔치기하는 데에도 도움을 주었다고 본다. 그러나 본문에서는 명시적으로나 함축적으로나 문제의 음모에서 그가 일익을 담당했다고 주장할 근거는 제시되어 있지 않아 보인다. 오즈릭이 이 극에서 하는 마지막 대사는 포틴브래스 왕자가 성공적으로 폴란드 원정을 마치고 돌아와 영국 사절들에게 예포를 발사하고 있다는 소식을 전하는 것이다(동 355-57).

5. 햄릿 왕자의 복수 지연

햄릿의 복수 지연은 비극 『햄릿』의 주제다. 비극의 주인공은 일반적으로 진실을 보지 못해서 온갖 시련을 겪다가 마침내 진실을 깨닫지만 그때는 이미 늦어 자신의 죽음을 초래하고 만다. 주인공의 죽음은 그 자신의 죽음에 그치지 않고 악인과 선인, 순진무구한 다수의 무죄한 사람들의 죽음을 수반한다. 햄릿이 복수를 지연함으로써 복수의 대상인 한 사람의 죽음에 그칠 사안이 자신과 폴로니어스, 오필리어, 거트루드, 레어티즈, 로즌크랜츠, 길던스턴의 죽음을 초래하게 된다. 따라서 무엇이 그로 하여금 복수를 지연하게 만들어 이런 비극을 초래하게 되었는가가 이 비극의 주제가 될 수밖에 없다.

주인공이 진실을 제때에 깨닫지 못해 실기하는 것은 그 자신의 특유한 성격적 결함, 아리스토텔레스가 그의 비극론에서 말한 '하마르티아 hamartia(비극의 주인공이 악의가 아닌 탁월한 재능과 고귀한 성품 탓에 파국을 맞는 것을 말하며 'tragic flaw'라고도 불린다)' 때문이다. 흔히 우리는 셰익스피어 비극의 주인공들인 맥베스, 오셀로, 리어 왕의 비극적 결함을 각각 지나치게 오만한 야망, 제어불능의 질투심, 노망에 의한 판단착오 혹은 진실을 보지 못하는 고집불통의 자부심이라고 말한다. 햄릿은 혼령으로부터 복수 명령을 받았을 때 매우 결연한 의지를 보였다. 선친의 혼령이 가장 흉측하고, 괴이하며, 천륜에 어긋나는 암살을 당한 것을 복수해달라(1.5. 25)고 하자 햄릿은 명상이나 사랑의 생각만큼이나 신속한 날개로 복수의 자리로 쏜살같이 달려가겠다고 범인을 속히 알려달라고 촉구하여 범인이 클로디어스 왕, 즉 숙부라는 말을 듣지만 복수를 즉각 단행하지 않는다.

그렇다면 복수를 지연시키는 햄릿 왕자의 비극적 결함은 무엇일까. 완벽한 르네상스 지성인, 학자, 조신, 군인, 만인이 우러러보는 인간의 규범이요, 풍속의 거울, 고상하고 지고한 이성, 국가의 희망이며, 꽃인(3.1. 152-59) 햄릿의 성격은 단순하지 않아 어느 한 가지를 꼽아 그의 비극적 결함으로 내세울 수는 없다. 그러나 그가 전후좌우를 주도면밀하게 따지고 분석하는 사색가임에 비추어볼 때 부당하게 졸지에 살해당해 왕위와 왕비를 잃은 아버지의 복수를 즉각 실천에 옮기는 일은 행동력의 사람만이 수행할 수 있으리라. 다시 말하면, 햄릿의 비극적 결함은 복수를 신속하게 결행하지 못하는 우유부단 혹은 무위 탓으로 볼 수 있을 것이다. 이 점은 자신의 믿음을 즉각 행동으로 해소하는 오셀로였다면 추호의 복수 지연이 없었을 것이라는 점에 비추어도 분명해진다. 물론 역으로 앞뒤를 철저히 분석하고(4.4. 37) 결과를 세밀하게 계산하는(동, 40-41) 햄릿이 오셀로의 상황에 놓였다면 이야고의 거짓말에 쉽사리 속아넘어가지 않아 비극은 발생하지 않았을 것 또한 분명하다.

햄릿은 여러 장면에서 자신이 혼령이 명한 복수를 지연하고 있음을 실토한다. 1막 5장에서 혼령에게 재빠른 날개를 달고 날아가 복수하겠다고 다짐하지만, 결과적으로 혼령이 염려한 대로 황천에 자라는 살찐 잡초보다도 더 둔한 자가 되었다. 그는 그의 네번째 독백인 2막 2장의 끝에서 자신을 몽상가처럼 무위도식으로 멍하니 헤매는 둔한 놈이라고 자책했다. 이어서 그는 혼령으로부터 복수를 촉구받았음에도 창녀처럼 신세타령만 늘어놓고 있다는 자책도 한다. 햄릿은 3막 4장에서 나타난 혼령에게 시간과 복수의 열정을 그대로 흘려보낼 뿐 혼령의 명을 행동화하지 못하는 느린 아들을 책하려 오신 것이냐고 묻는다. 이에 혼령 또한 아들의 무뎌진 복수심을 날카롭게 갈아놓으려고 나타났다고 답한다. 햄릿은 4막 4장의 독백에서도 자신의 복수가 지지부진함을 시인하며, 작은 땅덩이를 위해 수만 대군을 동원한 포틴브래스 왕자를 생각해볼 때 부친 시해와 모친 불명예를 두고 보기만 하는 자신을 크게 책망한다.

이 극은 결심이란 결행해야지, 우물쭈물하다가는 결국 무위에 그치고 만다는 복수의 본성에 관한 교훈적인 말(moral)을 여러 차례 말한다. 첫째, 3막 2장의 극중극에서 배우 왕이 자신의 기력이 떨어지고, 동력이 곧 끝날 것 같은데, 부인 홀로 이 아름다운 세상에 남아 존경을 받으며, '새 남편의 사랑을 받으며'에 이르자 배우 왕비가 망측하다면서 남편의 말을 막고, 재가는 배신이며, 첫 남편을 살해한 여자가 아니고서는 재혼을 하지 않으며, 따라서 재혼은 사랑이 아닌 세상적인 이득을 위한 것이므로, 남편을 두 번 죽이는 꼴이 된다고 자신의 변함없는 정절을 강조한다. 이에 배우 왕은 '결심은 기억의 노예에 불과하여 생기는 발랄하지만 지속성은 빈약하오('Purpose is but the slave to memory,/ Of violent birth but poor validity', 3.2. 183-84)'라고 말한다. 이것의 함의는 복수심도 처음에는 강렬하지만 시간이 경과하면서 그 지속성이 축소되어 흐지부지되고 만다는 것이다. 혼령으로부터 복수를 해달라는 명을 받은 햄릿이 이 핑계 저 핑계로 복수를 지연하는데 대한 설명이 될 수 있는 말이다.

둘째, 클로디어스 왕은 복수심에 불타고 있는 레어티즈에게 지체 없이 복수를 실행에 옮기도록 부추기면서 역시 복수심의 속성을 말해준다. 즉 복수심이란, 시간이 탄생시킨 사랑이 시간에 의해 그 강도가 조정되듯이, 시간이 사랑의 불꽃 속에는 강도를 감소시키는 까맣게 탄 심지를 지니고 있으며, 선善 또한 항상 동일한 수준으로 유지될 수 없고, 과도해지면 그로 인해 소멸되듯이 우리가 하고자 하는 것은 하고자 할 때 행하지 않으면 변질되고, 말리는 입들과 손들 그리고 사건들을 만나서 약화되고 지연되기 마련이라고 말해준다(4.7. 110-20).

셰익스피어는 햄릿과 대비되는 포틴브래스와 레어티즈라는 인물들을 설정하여 그의 복수 지연을 명백히 한다. 이 세 젊은이는 살해당한 부친에 대한 복수를 해야 하는 상황에 처해 있다. 포틴브래스 왕자는 선친 왕을 살해한 덴마크의 선왕 햄릿에 복수하기 위해서 모병을 하면서 기회를 엿본다. 비록 선친이 양쪽이 합의한 바에 따라 벌인 결투에서 살해된 것이어서 결코 법도에 어긋나는 것이 아님에도 불구하고 그의 복수심은 요원燎原의 불길처럼 일어나 착착 행동화되고 있었다. 그는 계란껍데기만한 땅덩이를 위해서 수많은 장병들의 목숨을 걸고 폴란드 원정을 실천함으로써 햄릿을 감동시키고, 그의 복수 지연을 크게 부끄럽게 만들기도 한다.

햄릿 자신이 직접 자신과 유사한 처지에 있다고 피력한 바 있는(5.2. 75-78) 레어티즈는 부친이 살해되고, 장례식마저 허술하고 내밀하게 치러졌다는 소식을 접하자 이를 왕에게 추궁하기 위해 프랑스에서 급거 귀국한다. 그는 무리를 이끌고 궁궐에 난입하여 왕에게 다짜고짜로 '그대 악덕 왕이여, 내 아버지를 내놓으시오(4.5. 116-17)' 하고 협박한다. 그를 붙잡고 진정하라고 타이르는 왕비에게는, 자신이 진정한다면 자신을 사생아로 선포하는 것이요, 선친을 오쟁이 진 남편이라고 외쳐대고 어머니의 정숙한 이마에 창녀의 낙인을 찍는 것이 되리라 하며 반항의 기세를 누그러뜨리지 않는다. 레어티즈는 왕에게서 그의 부친을 살해한 자가 햄릿 왕자라는 사실을 듣자마자 고결한 부친과 완벽함에서 만세 무비의 누이를 미치게 한 자에게 복수하겠다고 다짐한다. 이에 클로디어스 왕은 햄릿의 귀국을 거론하며, 자네가 부친의 아들임을 말로가 아니라 행동으로 보여주기 위해서 무엇을 하겠는가 하고 묻자 레어티즈는 주저하지 않고 교회 안에서라도 그자의 목을 자르겠다고('To cut his throat i'th' church', 4.7. 125) 서슴없이 대답한다. 기독교인이 신성한 예배당에서 살인을 하겠다는 것은 지옥행도 마다하지 않겠다는 굳은 복수심의 표현이다. 그는 결국 왕과 결탁하여 햄릿과의 위장된 펜싱시합에서 시합도가 아닌 치명적인 독을 바른 진검으로 햄릿을 살해함으로써 우유부단하게 말로만 선친의 복수를 외치는 무위의 햄릿과는 유를 달리하는 행동의 젊은이임을 보인다. 셰익스피어는 이른바 'character foil' 수법을 사용하여 포틴브래스와 레어티즈는 행동의 젊은이로 그려, 햄릿을 행동력이 결여된 무위의 젊은이로 보다 분명하게 그려냈다.

이와 관련해 3막 1장에서 나오는 햄릿의 다섯번째 독백은 특히나 주목해볼 만하다. 햄릿은 극중극을 통해 혼령의 말의 진실을 가릴 수 있게 되었다고 쾌재를 부른 지 얼마 안 되어 복수와는 전혀 관계없는, 아니 복수와는 정반대로 자살을 고려하는 독백을 한다. 3막 1장 56행에서 시작하는 그 유명한 '살 것이냐 아니면 죽을 것이냐, 그것이 문제로다(To be, or not to be, that is the question)'로 시작되는 독백(3.1. 56-88)인 것이다. 물론 'To be, or not to be'의 뜻에 대해서는 수세기를 거치면서 수많은 학자들의 서로 다른 해석이 이루어졌다. '이냐 아니냐 그것이 문제로다'에서부터 이것이 햄릿 자신의 생존이 아닌 클로디어스 왕의 생존을 두고 하는 말, 다시 말하면 그자를 살려둘 것인가 죽여 없앨 것인가의 뜻으로 보는 견해도 있는데, 이 해석은 2막 2장 햄릿의 마지막 독백과 자연스럽게 연결되는 이점도 있다. 혹은 33행에 달하는 이 긴 독백에서 햄릿이 자신을 지시하는 I, my, me, mine 등의 1인칭 인칭대명사를 사용하지 않고, we, us, he 등 복수 인칭대명사나 3인칭 인칭대명사를 사용한 점을 내세워 햄릿이 자신의 죽음이 아닌 인간 일반의 죽음을 두고 한 말이라는 주장도 있다. 햄릿이 1인칭 대명사를 사용하지 않은 것은 사실이지만 자신을 포함한 인간의 죽음을 생각해보는 독백이라고 보는 편이 타당할 듯하다. 햄릿이 인간의 죽음을 객관화하여 말하고 있음을 인정한다고 해도 이 객관화는 자신의 죽음을 바탕으로 해서 이루어지는 것이라 햄릿이 자살을 숙고하고 있다는 점은 부인할 수 없다. 기실 이것이 가장 득세하고, 가장 많이 수용되는 해석이기도 하다.

햄릿은 이 독백의 끝부분에서 인간이 생각을 행동화하지 못하는 이유를 제시함으로써 자신이 복수를 결행하지 못하는 것을 간접적으로 설명하고 있다. 즉 사람이 온갖 생의 고통을 참고 견디는 이유는 분별심이란 것이 우리 모두를 겁쟁이로 만듦으로써 결행의 본색이 창백한 우울성 사고를 병들게 하여, 중차대한 지고의 웅도雄圖들이 길을 잘못 들어 행동이라는 이름마저 상실케 만든다(3.1. 83-88)는 것이다. 햄릿의 실제적 주된 관심사는 복수가 아닌 죽음인 듯 보인다. 그는 참새 한 마리가 떨어지는 데도 특별한 섭리가 있다면서 죽음이 지금 오면 다음에는 아니 올 것이고, 다음에 안 오면 지금 올 터이고, 지금이 아니면 장래에 올 것이므로 평소 그에 대한 준비가 제일 중요하다면서 어차피 인생은 공수래공수거인데 좀 일찍 하직하기로서니 그게 대수인가 하는 취지의 말을 호레이쇼에게 쏟아놓는다(5.2. 215-20).

그렇다면 햄릿은 항상 복수를 해야겠다는 생각을 하면서도 왜 복수 지연으로 자신의 죽음을 포함한 여러 사람의 죽음을 초래하는 비극적 결과를 빚었는가. 이에는 여러 가지 설들이 있을 수 있고, 실제로 학자들마다 서로 다른 설들을 내놓기도 했다. 모두가 다 일리 있는 설들이지만 그 하나만으로는 진실을 온전히 설명하지 못하는 것 또한 사실이다. 햄릿은 어째서 복수를 지연했는가? 그의 복수 지연의 원인은 무엇인가? 비극을 초래한 햄릿의 비극적 결함은 무엇인가?

혹자는 궁궐의 경비가 삼엄해서 햄릿이 클로디어스 왕을 살해하기 어려웠다는 이른바 외적 어려움(external difficulty) 설을 내세운다. 클로디어스 왕이 햄릿의 광증을 방관할 수 없다는 취지의 말('Madness in great ones must not unwatch'd go', 3.1. 190)에도 불구하고 그가 햄릿의 일거수일투족을 살피기 위해 밀착감시하고 있다는 증거는 없다. 궁궐 안에서의 햄릿의 거동이 자유로웠다는 증거가 여럿 있다. 심지어 클로디어스는 햄릿의 소재도 몰라서 왕비에게 물어보기까지 한다('Where is your son?', 4.1. 3; 'Where is he gone?', 동 23; 'But where is he?', 4.3. 13). 그는 로즌크랜츠와 길던스턴에게도 햄릿을 찾아보라('Go seek him out', 동 38)고 명하기도 했다. 기실 그는 왕비로부터 햄릿의 폴로니어스 살해를 전해 듣자 자신이 그곳에 있었다면 당했을 것이며, 이제 햄릿의 방종이 자신과 왕비 및 모두에게 위협이 되고 있다면서 통찰력을 갖고 이 미친 젊은이의 행동거지를 제한하고, 격리조치를 못한 것을 자책 겸 후회하기도 한다(4.1. 13-19). 그후에도 그는 햄릿이 멋대로 나다니는 것은 위험하다고 말하면서도 백성들의 지나친 사랑을 받고 있다는 이유로 그를 여전히 방임한다(4.3. 2-7). 또 그는 레어티즈가 선친 폴로니어스를 살해하고 이제 국왕의 목숨까지 노리는 햄릿을 엄하게 다스리지 않는 이유를 묻자 두 가지를 들었다. 하나는 그의 모친인 왕비가 아들을 쳐다보는 낙으로 살아가고 있다(4.7. 11-12)는 것이고, 또 하나는 백성들이 그자를 너무 사랑하고 있기 때문이라(동 18-21)는 것이다. 그는 햄릿이 오필리어의 무덤에서 레어티즈와 싸움을 벌인 후 퇴장할 때에도 왕비에게 몇 사람을 동원하여 햄릿을 감시하도록 하시오(5.1. 291)라고 부탁하는 것이 전부였다.

한편 경호원들이 항시 왕을 수행하면서 왕의 안전을 기하고 있다는 증거 또한 없다. 오히려 그 반대의 증거가 있을 뿐이다. 3막 3장(73-75)에서 클로디어스는 경호원도 없이 홀로 기도할 때 햄릿이 검을 뽑아들고 그의 등뒤로 다가감으로써 절호의 복수 기회를 맞기도 했다. 또 4막 5장에서는 레어티즈가 부친의 살해자를 응징하기 위해서 프랑스에서 급거 귀국하여 일단의 무리들을 이끌고 궁궐을 침입하는 소란을 피울 때, 왕은 경호원들(당시 경호를 잘하기로 이름나 있던 스위스인 용병들)은 지금 어디 있느냐, 그들에게 방문을 경비하도록 하라('Where is my Switzers? Let them guard the door', 4.5. 97)고 지시를 뒤늦게 내리고 있기 때문이다. 레어티즈와 그의 추종자들이 바닷물이 물밀듯 몰려와 육지를 삼키듯 궁궐의 관헌들을 압도하면서 레어티즈를 왕으로 옹립하자는 구호를 요란하게 외치는 가운데 드디어 왕의 방문까지 부수고 들어와서는 이 못된 왕은 어디 있느냐고 소리치는 것은 경호가 엄격하지 못했으며, 적어도 밀착경호는 없었음을 말해준다. 또 햄릿의 일거수일투족이 엄격한 감시하에 있다는 증거도 없으며, 매우 자유로운 그의 행동거지는 그가 원하면 언제나 복수의 기회를 만들 수 있었음을 방증하고 있다. 5막 2장에서 왕의 흉계를 알게 된 햄릿이 독 묻은 검으로 왕을 찌르고, 아직 남은 독배를 그에게 강제로 먹이며 살해할 때에도 달려들어 왕을 구하려는 호위병은 없었다. 결국 햄릿이 클로디어스 왕의 철저하고 삼엄한 감시하에 놓여 있었기 때문에 복수할 기회를 잡기 어려웠다는 외적 어려움 설은 본문의 뒷받침이 없어서 설득력을 잃는다.

햄릿에게 외적 어려움이 없었다는 것은 그의 복수 지연이 내적 어려움(internal difficulty) 설, 곧 자신에 기인했다고 볼 수 있을 것이다. 그의 복수 지연은 우울증, 도덕심, 감성적인 마음, 심사숙고, 감상벽 등에 기인한다는 것으로, 모든 요소들이 영향을 미치겠으나 이중에서 작품으로부터 가장 견고한 뒷받침을 받을 수 있는 것은 우울증이다.

햄릿은 부왕의 사망과 모친이 숙부와 성급하게 재혼함으로써 극심한 염세증에 빠져서 자살까지 소망하는 지경에 이른다. 이에 더하여 햄릿은 선친의 혼령이 자신을 살해한 자는 현재 왕관을 쓰고 있는 숙부 클로디어스이고, 클로디어스는 선친 생전에도 형수와 간통 생활을 해왔다는 충격적인 소식에 압도당한 상태가 되어 혼령으로부터 받은 복수 명령을 즉각 수행할 수 없는 심리 상태에 빠지게 된다. 남달리 고도로 발달된 도덕심을 지닌 햄릿에게 부왕 생전에는 클로디어스에게 얼굴을 찡그리던 신하들과 백성들이 그가 왕위에 오르자 그의 초상화를 비싼 값에도 사재기하는, 철학만이 그 원인을 규명할 수 있는, 묘한 광경(2.2. 359-64)은 햄릿의 염세증을 크게 강화시키는 역할을 한다. 그는 이렇듯 관절이 빠진 듯 만신창이가 된 세상을 바로잡는 일이 자신의 능력을 초월한다는 자각으로 절망과 비애를 느끼게 된다(1.5. 196-97). 심한 우울증에 빠져서 자살까지 갈망하는 지경에 이른 사람에게 즉각적인 복수 수행은 기대난일 수밖에 없는 것이다.

햄릿의 염세증은 우울증을 낳는다. 작품은 햄릿의 복수 지연이 그의 우울증에 기인한다고 진단하기에 충분한 증거를 제시하고 있다.* 햄릿의 우울증은 극에서 자타가 인정하고 있기 때문이다. 햄릿이 그의 두 죽마고우인 로즌크랜츠와 길던스턴과 처음 조우하는 2막 2장에서 그는 이들에게 자신의 최근 심경을 고백한다. 자신도 모르게 즐거움을 모두 잃어버리고, 평소에 하던 운동도 그만두었으며, 진정 마음이 몹시 우울해져서 이 훌륭한 구조물인 지구가 내게는 황폐한 곶처럼 보이고, 이 찬란한 창공은 더럽고 해로운 증기 덩어리로 보인다(2.2. 295-303)는 것이다. 또한 자신이 우울증에 걸려 있다고 직접 언급하기도 한다. 그는 그의 네번째 독백 말미에서 자신이 만나본 혼령이 악마일 수 있고, 악마는 자유자재로 변모할 수 있어서 그럴싸한 선친의 모습을 하고 나타나 자신의 심신의 허약과 우울을 틈타 자신을 지옥으로 보내려는 속임수인지도 모르겠다(2.2. 594-99)고 말한다. 복수의 수행에 전혀 도움이 되지 않는 자살에 대한 명상을 담은 햄릿의 다섯번째 독백 역시 그의 우울증에 기인한다고 볼 수 있다. 5막 2장에서 독배를 마시고 햄릿의 뒤를 따르려는 호레이쇼를 막으며, 천복을 잠시 동안만이라도 연기하여 이 모진 세상에서 고통의 숨을 쉬면서 자신의 이야기를 전해달라(5.2. 352-54) 부탁하는데, 그로 하여금 부도덕하고 부패된 세상에서는 죽는 것이 천복이라는 염세적인 판단을 갖게 하는 것도

---

* 역사적으로 우울증설(melancholy theory)을 맨 먼저 제기한 사람은 18세기의 헨리 매켄지(Henry Mackenzie)였다. 그는 1780년 4월 17일과 4월 22일에 발행된 잡지 *Mirror* (No. 99, No. 100)에 기고한 두 편의 글에서 햄릿의 복수 지연이 그의 우울증 때문임을 최초로 주장했다.

바로 그의 우울증 때문일 것이다. 햄릿이 우울증을 앓고 있는 한 그에게서 복수 결행을 기대하기는 어렵다. 그래서 그의 복수 지연이 그의 우울증에 기인한다는 '우울증 설'에는 타당한 면이 있음을 부인할 수 없다.

햄릿이 밝힌 자신의 우울증은 그의 적수인 클로디어스 왕에 의해서도 뒷받침된다. 왕은 3막 1장에서 폴로니어스와 함께 숨어 햄릿과 오필리어의 대화를 엿들은 후 햄릿의 말이 온전한 모양새는 아니나 사랑 혹은 상사병으로 인해 미친 것은 아니라고 판단한다. 그는 햄릿의 내심에는 그의 우울증이, 닭이 알을 품듯이, 자리를 잡고 잉태하고 있는 것이 있어서('There's something in his soul/ O'er which his melancholy sits on brood') 이것이 껍질을 까고 나오면 모종의 위험이 발생할 것이다(3.1. 166-69)라고 햄릿의 우울증을 기존의 사실처럼 언급한다.

햄릿이 영국으로 가기 위해 나섰을 때 실익이란 조금도 없는 명분뿐인 폴란드 원정을 위해 대군을 이끌고 덴마크 영토에 들어온 포틴브래스 왕자의 병력을 목도한다. 햄릿은 포틴브래스 왕자의 결단에 충격을 받고 한 독백에서 자신의 복수 지연을 자책하고, 앞으로는 잔인해지겠다, 곧 피의 복수를 하겠다(4.4. 32-66)고 다짐하지만, 영국으로 정배가는 처지에서 나온 다짐이어서 신빙성이나 신뢰성을 크게 결하고 있다. 아니나 다를까 그는 선상에서 확보한 클로디어스 왕의 칙서를 통해서 자신을 참수하려는 음모까지 알고 귀국했는데도 불구하고 복수 결행에는 여전히 미온적이다. 호레이쇼조차도 답답한 나머지 햄릿에게 칙서가 바꿔치기된 사실을 모르는 영국 왕이 덴마크 왕의 부탁대로 칙서전달자들을 참수했다는 전갈이 곧 올 것이라고 하면서 햄릿의 신속한 복수결행의 필요성을 충고할 정도다(5.2. 71-72). 이 충고에도 햄릿은 여전히 그사이의 시간은 자신의 것이라(동 73)고 하면서 한가한 소리만 하고 있다.

물론 햄릿이 복수를 포기한 것은 아니다. 다만 그는 복수와 기타 모든 일을 신의 섭리에 맡기고 있을 뿐이다. 따라서 필자는 햄릿의 복수 지연의 원인을 이렇게 진단한다. 그 원인은 햄릿이 3막 4장에서 폴로니어스를 살해할 때까지는 그를 우울증으로 몰아간 덴마크의 도덕적 타락이고, 그후에는 복수를 하느님에게 맡긴 복수 위탁이다.

햄릿은 눈에는 눈, 귀에는 귀 식의 복수를 수행하여 클로디어스 왕을 제거한들 나라와 백성들의 도덕적 타락이 개선되지 않고 지속된다면 그 복수가 다 무슨 소용이 있겠는가 하는 회의 때문에 우유부단하게 복수를 지연시킨다. 선왕 햄릿이 사망하자 그의 동생 클로디어스가, 아직은 아무도 그가 형을 독살한 사실을 모르는 가운데, 왕자 햄릿을 제치고 왕위에 올랐다. 이에는 간신이라고도 할 수 있는 폴로니어스를 비롯하여 대소신료들의 협조가 있었음을 클로디어스 왕은 1막 2장에서 언급했다. 기실 클로디어스가 왕자를 제치고 왕권을 차지한 데 대해 이의를 제기하는 사람은 햄릿 외에는 미망인을 포함해서 한 사람도 없었다. 선친 왕이 사망한 지 두 달이 경과했지만 햄릿은 여전히 검은 상복 차림으로 애도하며 상심에 잠겨 있다. 그간에 시동생과 결혼까지 한 왕비는 아들 햄릿 왕자의 이런 자세를 이해하지도 못한다. 기껏 한다는 소리가 생자필멸이므로 죽음은 인간의 상사라고 말하는 어머니가 햄릿에게는 역겹다. 이런 행태들이 모두 햄릿을 '남자도 싫고 여자도 싫다'는 식의 염세로 몰아가고 그로 하여금 차라리 자살을 갈망하게 만든다. 선친 왕이 사망하고 숙부가 왕이 되자 선왕 생전에는 그에게 얼굴을 비쭉거리던 백성들이 그의 초상화를 값이 얼마든 상관하지 않고 사가는 민심이 야속하고, 비정적이어서 햄릿으로 하여금 한숨짓게 만든다(2.2. 359-64). 햄릿은 그가 복수를 한 후에도 이러한 덴마크의 도덕적 타락이 지속된다면 복수의 의의는 없다고 복수무용론에 빠지게 되어, 적어도 폴로니어스를 살해할 때까지는, 이로 인해 복수 지연이 있었던 것이다.

그러나 영국으로 추방되는 신세가 되면서부터는 그의 복수를 하느님에게 맡김으로써 복수를 지연시키고 있다. 이를 뒷받침하는 예는 여럿 있다. 3막 4장에서 어머니의 처신을 세차게 질책한 햄릿은 자신이 폴로니어스를 살해한 것을 뉘우치면서 자신의 폴로니어스 살해를 이렇게 풀이한다. 하느님이 이 일로써 자신을 벌하시고, 또 자신을 채찍으로 삼으셔서 이 일을 있게 한 것이다(3.4. 174-77). 또 햄릿은 왕이 직접 그에게 영국행을 명하며 '네가 짐의 의중을 안다면(4.3. 50)'이라고 말을 덧붙이자 '저는 그 의중을 꿰뚫어보는 천사를 봅니다(동 51)'라고 대꾸함으로써 진실을 꿰뚫어보는 능력이 있는 천사가 왕의 악의를 알고 있음을 천명한다.* 왕은 햄릿의 이 말에 가슴이 철렁 내려앉았을 것이 틀림없다. 햄릿이 복수를 포함한 만사를 하느님에게 맡기는 것은 극의 끝으로 갈수록, 특히 5막의 마지막 장에서 집중적으로 표출된다. 햄릿은 호레이쇼에게 영국으로의 항해 첫날밤에 호송원들인 로

* 셰익스피어의 극에서 천사는 진실을 꿰뚫어보는 능력이 있는 것으로 나온다. 『트로일러스와 크레시다』, 3.2. 66-67 참조.

즌크랜츠와 길던스턴의 선실로 그들이 휴대한 국서를 읽어보기 위해서 몰래 들어갈 때의 심정을 토로하면서 이런 때에는 경솔함과 무분별함이 오히려 한몫한다면서, 그 이유로 신은 우리 인간이 울퉁불퉁하게 미진한 상태로 나무를 잘라놓아도 우리가 의도한 대로의 모양으로 잘 다듬어놓으신다(5.2. 10-11)는 말을 한다. 또 국서를 끄집어내 그 내용을 새로 쓴 것으로 대체했다는 햄릿의 말을 들은 호레이쇼가 새 국서를 어떻게 봉인했느냐고 묻자 그는 그야 이번에도 하느님이 모든 것을 마련해주셨다(동 48)고 말한다. 햄릿은 마침 현 덴마크 왕의 국새의 원본인 선친의 도장을 주머니에 갖고 있었던 것 역시 하느님의 마련에 의한 것이라고 설명한다. 호레이쇼가 햄릿이 레어티즈와의 펜싱시합을 당장 갖는 것에 일말의 불안감을 느껴 그 뜻을 전달해 시합을 연기하도록 하겠다고 하자, 햄릿은 자신은 예감을 배격한다면서 참새 한 마리가 떨어지는 데도 각별하신 하느님의 섭리가 있다(동 215-16)는 말로 시합연기를 즉시 일축해버리기도 한다.

셰익스피어는 1막 4장에서 햄릿의 입을 통해 비극적 결함의 본질을 설명한다. 종종 개인들에 있어서 자신과는 관계없이 태생적으로 악성 사마귀 때문에, 이성의 울타리들을 부수는 기질의 주도로 혹은 좋은 형태의 예절을 망치는 어떤 습성에 의해, 이 사람들은 단 하나의 이 결함 때문에 그 밖의 그의 덕성들이 아무리 우아하고 순결해도, 아무리 무궁하게 이어져도 바로 이 한 결점으로 인해 평가가 훼손되는 일이 종종 일어나며, 이 작은 양의 악덕이 자주 그 모든 고상한 본성들을 지워버려 결국에는 망신거리로 전락하게 된다는 것이다(1.4. 23-38). 여기에 세기의 명우 고故 올리비에 경(Lord Laurence Olivier, 1907~?)은

1947년에 주인공 역을 맡으면서 제작한 〈햄릿〉 영화대본에 'This is the tragedy of a man who could not make up his mind'를 추가해 넣음으로써 햄릿의 비극적 결함은 작심을 못하는 것, 곧 위에서 살펴본 대로 그의 복수 지연의 원인을 우유부단, 망설임 혹은 주저함으로 단정했다.

6. 『햄릿』 비극의 궁극적인 힘과 비극성

3막 2장의 극중극에서 배우 왕은 우리 인간의 의지와 운명은 서로 정반대 방향으로 달려가기 때문에 인간의 의도들은 항상 전복되어, 인간의 생각들은 인간의 것이지만 이 생각들의 결과는 그 어느 하나도 인간 자신의 것이 아니다(3.2. 206-208)라고 말한다. 돌이켜보면 『햄릿』의 비극 세계에서는 사람이 생각하고 기획한 것이 일단 행동화되면 그 결과는 사람이 기대하고 목적한 것과는 다르게, 아니 정반대로 나타난다. 클로디어스 왕이 햄릿을 죽일 생각으로 마련한 독배는 햄릿이 아닌 왕비를 죽음으로 이끌고, 그의 의도와는 정반대로 자신의 입으로도 들어가 자신의 죽음을 자초한다. 또 레어티즈가 햄릿을 살해할 의도로 마련한 독검은 그의 생각과 의도와는 정반대로 자신을 찌른다. 클로디어스 왕은 햄릿을 영국으로 추방하여 영국 왕에게 처형하라는 내용의 국서를 작성하나 뜻하지 않게 영국 왕이 처형한 이는 햄릿이 아니라 국서를 휴대하고 햄릿을 영국으로 호송하는 임무를 지닌 로즌크랜츠와 길던스턴이다. 이렇게 극 곳곳의 배후에서 인간을 좌지우지하는 힘의 존재를 느끼게 된다. 이것을 우리는 비극의 궁극적인 힘이라고 부를 수 있을 것이다.

이 비극의 궁극적인 힘은 신상필벌을 말하는 시적 정의(poetic justice)와 완전히 일치하지는 않는다. 선을 행한 만큼 보상받고, 악을 행한 만큼 처벌받지는 않기 때문이다. 왜냐하면 셰익스피어의 다른 주요 비극 작품들에서도 마찬가지이나 『햄릿』의 비극 세계에서 악이 결국 필멸함으로써 시적 정의의 일면이 실현되지만 선 또한 필멸함으로써 시적 정의와는 차이를 보이기 때문이다. 셰익스피어의 비극에서는 누구라도 도덕적 질서든 자연 질서든 일단 질서를 파괴하면 이 궁극적인 힘이 발동되며, 이것이 일단 발동되면, 그 장본인은 말할 것도 없고 아무 죄 없는 주변 사람들도 함께 처단된다. 클로디어스 왕은 형을 독살하고, 왕위를 차지함으로써 질서를 파괴한 죄과로 죽음을 맞는다. 폴로니어스는 클로디어스의 질서파괴에 일조한 관계로 그의 죽음의 책임을 자신에게 돌릴 수 있다. 그러나 아무런 죄도 없는 오필리어가 미치고, 사망하게 된 것 또한 결국 클로디어스의 질서파괴 행위에 기인한다.

햄릿은 완벽한 교양인이요, 전형적인 르네상스 시대의 지성인이다. 오필리어가 평한 대로 햄릿은 조신의 안목이요, 군인의 검이요, 학자의 변이다. 나라의 기대요, 꽃이다. 풍속의 거울이요 예절 바른 행실의 틀이요 모형이다. 그래서 그는 그를 바라보는 모든 이들의 존경을 받는다. 그런 인물이 악과의 대결에서 악을 물리치는 데는 성공하지만 그 싸움에서 자신도 살아남지 못한다. 악인 백 명이 죽어 없어져도 햄릿과 같은 만인의 모범이 되는 선인이 그들과의 싸움에서 죽는다면 이것은 비극이 아닐 수 없다. 햄릿의 목숨은, 아무리 많은 수의 악인들이라고 해도 그들의 목숨과 맞바꾸기에는 너무나 귀하기 때문이다. 셰익스피어는 그의 이 비극 작품에서 악이 종국적으로는 살아남지 못하는, 악의 필멸을 그리지만 선 또한 살아남지 못한다는 것을 명확히 했다. 다시 말하면, 셰익스피어는 이 비극에서 악을 멸하는 데는 선의 희생이 반드시 따른다는 점을 적시했다. 따라서 『햄릿』의 비극성은 악의 제거에는 선의 희생이 필수적이라는 데 있다.

이경식

1552년 부친 존(John) 셰익스피어가 4월 29일자로 읍 문서에 스트랫퍼드 어폰 에이번(Stratford-upon-Avon, 이하 스트랫퍼드)의 헨리 스트리트(Henley Street)에 가옥을 소유했다는 기록이 있음. 그는 불법으로 쓰레기를 쌓아놓은 데 대해 1실링의 벌금형을 받음.

1556년 외조부 로버트 아든(Robert Arden) 사망. 11월 24일자로 된 유서에서 외조부는 그의 막내딸이며 존 셰익스피어와 곧 결혼할 메리(Mary)에게 윌름코트(Wilmcote)의 농지(Asbies)를 유산으로 남김.

1557년 존 셰익스피어와 메리 아든 결혼.

1558년 존 셰익스피어의 8남매 자녀 중 첫아이이며 첫째 딸인 조운(Joan) 출생(9월 15일 세례, 사망 연대 미상). 존 셰익스피어는 도랑을 깨끗이 유지하지 못한 죄로 4펜스 벌금형을 받음.

11월 17일 메리 여왕이 사망하고 엘리자베스(Elizabeth) 여왕 1세가 등극.

1561년 조부 리처드(Richard) 셰익스피어 사망. 부친은 스트랫퍼드 읍 징수 계원으로 선출됨, 그다음해에 재선.

프랜시스 베이컨(Francis Bacon) 출생.

1562년 존 셰익스피어의 둘째 아이이며 차녀인 마거릿(Margaret) 출생(12월 2일 세례, 1563년 사망, 장례는 4월 30일).

1564년 존 셰익스피어의 세번째 아이이며 장남인 윌리엄 셰익스피어(William Shakespeare, 이하 셰익스피어) 출생(4월 26일 세례).

당시 교적부에는 출생일이 아니라 세례일이 기록되었음. 세례는 보통 출생 후 2, 3일 후에 받았는데 4월 23일은 영국의 수호신인 성 조지의 날이기도 해서 셰익스피어의 생일을 전통적으로 4월 23일에 축하하고 있음.

존 셰익스피어는 스트랫퍼드의 재정 의원회 회원으로 올랐으며, 흑사병 희생자들을 위한 구원금도 냄.

1565년 존 셰익스피어는 스트랫퍼드의 읍 법인(Corporation)의 위원(alderman)에 임명됨.

1566년 존 셰익스피어의 넷째 아이이며 차남인 길버트(Gilbert) 출생(10월 13일 세례, 1612년 사망, 2월 3일 장례).

1568년 존 셰익스피어는 9월 4일에 스트랫퍼드 읍의 최고 관직인 수령(High Bailiff)에 선출됨.

여왕극단(Queen's Players)과 우스터 극단(Worcester's Men)이 스트랫퍼드 방문 공연.

1569년 존 셰익스피어의 다섯째 아이이며 셋째 딸 조운(Joan) 출생(4월 15일 세례, 1646년 사망). 삼녀가 장녀의 이름자를 그대로 세례명으로 받은 것은 장녀가 그 이전에 사망했음을 말해줌.

1571년 존 셰익스피어의 여섯째이며 넷째 딸 앤(Anne) 출생(9월 28일 세례, 1579년 사망, 4월 4일 장례).

이때쯤 존은 읍 법인의 위원장(chief alderman)이 됨. 그리고 이때쯤 셰익스피어는 고향의 문법학교에 입학.

1572년 레스터 극단(Leicester's Men)이 스트랫퍼드 방문 공연.

1574년 존 셰익스피어의 일곱째 아이이며 셋째 아들인 리처드(Richard) 출생(3월 11일 세례, 1613년 사망, 2월 4일 장례).

워릭 극단(Warwick's Men)과 우스터 극단이 스트랫퍼드 방문 공연.

1575년 엘리자베스 여왕이 스트랫퍼드 근처의 케닐워스(Kenilworth)

성 방문. 셰익스피어가 여왕의 행차 행렬을 구경했을 것임. 부친은 헨리 스트리트 소재 부동산 구입.

1576년 존 셰익스피어가 문장원에 가문(家紋)을 신청했으나 발급되지 않음.

레스터 극단이 스트랫퍼드 방문 공연.

1577년 존 셰익스피어의 자산이 줄어들기 시작, 부채자로 여러 번 소환된 기록이 있음.

1578년 존 셰익스피어는 부인이 유산으로 받은 윌름코트의 부동산을 담보로 40파운드를 차용함.

스트레인지 경 극단(Lord Strange's Men)과 에섹스 극단(Essex's Men)이 스트랫퍼드 방문 공연.

1579년 더비 극단(Derby's Men)이 스트랫퍼드 방문 공연.

1580년 존 셰익스피어의 여덟째 아이이며 넷째 아들인 에드먼드(Edmund) 출생(5월 3일 세례, 1607년 사망, 12월 31일 장례).

버클리 경 극단(Lord Berkeley's Men)이 스트랫퍼드 방문 공연.

1581년 우스터 극단이 스트랫퍼드 방문 공연.

1582년 셰익스피어가 앤 해서웨이(Anne Hathaway)와 결혼(결혼 허가서 11월 27일 발부).

버클리 경 극단이 스트랫퍼드 방문 공연.

1583년 셰익스피어의 첫아이인 장녀 수재나(Susanna) 출생(5월 26일 세례, 1649년 사망, 7월 16일 장례).

에섹스 극단이 스트랫퍼드 방문 공연.

1585년 셰익스피어의 쌍둥이 자녀 햄닛(Hamnet)과 주디스(Judith) 탄생(2월 2일 세례, 햄닛은 1596년 사망하여 8월 11일, 주디스는 1662년 사망하여 2월 9일 장례).

1586년 셰익스피어는 고향 스트랫퍼드를 떠남. 이때부터 1592년 그가 런던에 거주하는 것이 확실해질 때까지 그의 행방은 알려지지 않음. 이 시기를 학계에서는 '행방불명의 시기(lost years)'로 칭함. 이와 관련된 구전하는 설 세 가지를 소개하면, 첫째 셰익스피어는 이 기간에 시골 학교에서 교편을 잡았다. 둘째 셰익스피어는 고향 인근 찰코트(Charlecote)에 소재한 토머스 루시 경(Sir Thomas Lucy)의 공원에서 사슴을 훔친 다음 처벌을 피하려고 런던으로 도피했다. 셋째 그는 런던으로 와 극장 입구에서 기다리다가 하인을 대동하지 않고 관극 오는 사람들의 말을 돌보는 일을 했으며, 이 일이 번창해 '셰익스피어 보이들'이라 불린 일꾼들을 두기까지 했다.

여왕극단과 스태퍼드 경 극단(Lord Stafford's Men)이 스트랫퍼드 방문 공연.

1587년 존 셰익스피어는 몇 년째 회의 불참으로 인해 읍 법인의 위원 자리를 잃음.

에섹스 극단과 레스터 극단이 스트랫퍼드 방문 공연. 런던의 사우스워크(Southwark) 지역 템스 강둑에 장미 극장(Rose Theatre)이 필립 헨즐로(Philip Henslowe)에 의해 건립됨.

1589년 이 무렵 셰익스피어는 런던의 한 극단(스트레인지 경 극단과 제독극단Admiral's Men의 합병)과 관련을 맺으며, 그 관계가 1594년 어느 시점까지 지속된 것으로 추측됨.

『헨리 6세, 1부*Henry VI, Part I*』 저작. 1592년 3월 3일에 첫 공연이 있었으리라 추정. 이는 1594~5년에 개작, 활자화는 1623년 첫 전집에서 이루어짐.

공연물 감독관(Master of the Revels) 제도가 시행됨에 따라 당국이 극작물과 공연 허가를 관장하기 시작함.

1590년 『헨리 6세, 2부*Henry VI, Part II*』가 1590~1년에 저작, 공연 기록은 없음. 1594년 『요크와 랭커스터 두 명문가의 쟁투, 제1부

The First Part of the Contention betwixt the Two Famous Houses of York and Lancaster』라는 제목의 저질 본문이 1594년 3월 12일 판권 등록된 뒤에 출판됨. 양질의 본문은 1623년의 F1에서 처음 활자화됨. 『헨리 6세, 3부*Henry VI, Part III*』가 역시 저작됨. 첫 공연은 1592년 9월 이전으로 보이며, 1595년에는 이 극이 이미 여러 차례 공연된 바 있다는 기록이 있음. 이것의 저질 본문이 1595년 『요크 공작 리처드의 참된 비극*The True Tragedy of Richard Duke of York*』이라는 제목으로 출판됨. 이것의 양질 본문도 F1에서 처음 활자화됨.

1592년 스트레인지 경 극단이 3월 3일 『헨리 6세』를 런던의 장미 극장에서 공연. 이 극단은 4월 11일과 그후에 여러 차례 『타이터스 앤드러니커스*Titus Andronicus*』를 공연함.

셰익스피어가 로버트 그린(Robert Greene)의 『그린의 서푼어치의 지혜…*Greenes Groatsworth of Wit bought with a Million of Repentance*』에서 공격당함으로써 그의 극작가로서의 활동이 처음 언급됨. 이로써 그의 '행방불명의 시기'도 끝이 남.

그린은 셰익스피어의 『헨리 6세, 3부』에 나오는 한 행을 인용하면서 또 무식한 배우에 불과한 자가 자기를 포함한 대학 출신 극작가들의 작품들 덕을 입고 극작에까지 손을 대면서 '벼락부자(upstart Crow)'가 되었다고 맹비난을 가했다. 이어 그는 그 자가 '일국의 무대를 홀로 뒤흔들고 있다(the onely Shake-scene in a countrey)'고 셰익스피어의 이름을 빗댄 말을 함으로써 문제의 '무식한 배우이자 극작가'가 셰익스피어임을 재차 강하게 시사했다. 이 책을 출판한 헨리 체스터(Henry Chester)는 같은 해 『친절한 마음의 꿈*Kind-Hearts Dreame*』에서 셰익스피어에 대한 그런 부당한 내용이 포함된 그린의 책을 편집하여 출판한 데 대해 사과하면서 자신이 관찰한 바로는 셰익스피어가 행실이 좋고, 연기나 극작에 훌륭한 솜씨를 보이고 있으며, 사람들과의 관계에서도 올바르게 처신하기 때문에 칭찬이 자자하다고 적었다.

존 셰익스피어는 빚을 갚지 못한 일로 체포를 우려하여 교회 출석을 기피하다가 예배 불참에 대해 지적을 받음.

1592~3년경 『리처드 3세*Richard III*』 저작, 최초 공연은 1593년 12월 30일. 출판은 1597년 10월 20일 판권 등록된 후 이루어짐. 역시 이 시기에 시집 『비너스와 아도니스*Venus and Adonis*』가 저작되고, 1593년 4월 18일에 판권 등록을 한 후 출판됨. 『실수 연발*The Comedy of Errors*』이 1592~4년에 저작, 첫 공연은 1594년 12월 28일. 활자화는 1623년 F1에서 비로소 이루어짐.

펨브로크 백작 극단(The Earl of Pembroke's Men)이 창단되어 1600년까지 공연 활동을 함. 필립 헨즐로가 무대(극작과 공연을 포함)에 관한 정보를 기록한 일기(Diary)를 쓰기 시작함.

흑사병이 돌아 런던의 극장들이 폐쇄되어 극단들은 이해 6월부터 1594년 6월까지 지방 순회공연을 함.

1593년 셰익스피어는 『비너스와 아도니스』를 출간해 사우샘튼(Southampton) 백작인 헨리 라이오스슬리(Henry Wriothesley)에게 헌정함. 이때부터 1599년까지 소네트를 썼으며, 1609년에는 『소네트 시집*The Sonnets*』이 출간됨. 제2의 시집인 『루크리스의 겁탈*The Rape of Lucrece*』이 저작되고, 1594년 5월 9일에 판권 등록을 한 후 출판됨. 이것 역시 사우샘튼 백작에게 헌정됨. 1592년 4월 이전에 비극 『타이터스 앤드러니커스』가 저작된 것으로 보임. 최초의 공연 기록은 1592년 4월 11일. 1594년 2월 6일자에 판권 등록된 후 출판됨. 『말괄량이 길들이기*The*

Taming of the Shrew』가 1593~4년에 저작. 최초의 공연 기록은 1594년 6월 13일. 이것의 저질 본문이 1594년 5월 2일에 판권 등록된 후 『한 말괄량이 길들이기*The Taming of a Shrew*』라는 이름으로 출판되고, 양질의 본문은 1623년 F1에서 비로소 활자화됨.

5월 30일 극작가 크리스토퍼 말로(Christopher Marlowe) 사망(6월 1일 장례).

1594년 『베로나의 두 신사*The Two Gentlemen of Verona*』가 저작됨. 초기의 공연 기록은 없음. 1623년 F1에서 비로소 활자화됨. 『사랑의 헛수고*Love's Labour's Lost*』가 1594~5년에 저작됨. 1593~4년 흑사병이 돌 때 사우샘튼 백작의 저택에서 첫 공연된 이 작품이 1597년에 개정되어 1598년에 출판된 것으로 보임.

셰익스피어를 포함한 6명의 작가가 합작한 『토머스 모어 경 *Sir Thomas More*』이 1590~3년에 저작되고, 1594~5년에 개정됨. 이 중 'Hand D'로 명명된 3페이지(147행)가 셰익스피어가 쓴 것으로 간주됨. 출판은 1844년에야 비로소 이루어짐. 1594~6년 작으로 추정되는 『존 왕*King John*』은 F1에서 처음 활자화됨. 최초의 공연 연대는 1737년.

셰익스피어가 차후 소속된 체임벌린 경 극단(Lord Chamberlain's(Lord Hunsdon's) Men/Company)이 등장.

1595년 새 극장 '백조 극장(Swan Theatre)'이 런던의 템스 강 남쪽 둑에 건립됨.

이 당시 셰익스피어는 런던 비숍게이트 지역의 성 헬렌 교구에 살았고, 1594년 12월 26일과 28일에 궁정에서 있었던 두 희극 공연료가 극단에 3월 15일 지급된 일과 관련하여 그의 이름이 배우 명단에 올랐음. 그는 (아마도 사우샘튼 백작의 재정적 지원으로) 이 체임벌린 경 극단의 주주가 됨.

『리처드 2세*Richard II*』가 저작됨. 최초의 공연 기록은 1595년 12월 9일. 1601년 2월 7일 공연은 에섹스 백작의 반란과 연계된 관계로 극단이 당국의 심문을 받음. 출판은 1597년 8월 29일 판권 등록된 후 이루어짐. 『로미오와 줄리엣*Romeo and Juliet*』이 1595~6년에 저작되고, 저질 본문과 양질 본문이 각각 1597년과 1599년에 출판됨. 초기 공연 기록은 없음. 『한여름밤의 꿈*A Midsummer Night's Dream*』이 1595~6년에 저작, 1600년 10월 8일 판권 등록된 후 출판됨. 1600년 이전에 여러 차례 공연되었다는 기록이 있음.

1596년 8월 11일 셰익스피어의 아들 햄닛의 장례.

10월 20일 존 셰익스피어는 마침내 가문(家紋) 허가를 받았고, 이때부터 '양반(Gentleman)'이라는 칭호를 이름에 붙일 수 있는 권리를 갖게 됨.

『베니스의 상인*The Merchant of Venice*』이 1596~7년에 저작되고, 1598년 7월 22일 판권 등록된 후 1600년에 출판됨. 1600년 이전에 여러 차례 공연되었다는 기록이 있음. 『헨리 4세, 1부*Henry IV, Part I*』가 1596~7년에 저작되고, 1598년 2월 25일 판권 등록된 후 출판됨. 최초의 공연 기록은 1600년 3월 6일.

1597년 5월 4일 스트랫퍼드 소재의 주택('New Place')을 두 개의 헛간과 두 채의 초가와 더불어 60파운드에 구입. 얼마 후에 이 일과 관련하여 벌금을 징수당함. 성 헬렌 교구 소재의 부동산세 미납. 1600년에 완납한 것으로 보임.

제2 블랙프라이어즈 극장(Second Blackfriars Theatre)이 제임스 버비지(James Burbage)에 의해 건립됨. 체임벌린 경 극단은 런던에서의 공연이 금지되어 10월까지 지방 순회공연을 가짐. 연말부터 버비지가 극장(Theatre)이라는 이름의 극장을 헐고 글로브 극장(Globe Theatre)을 건축하게 되는데, 이것이 완공된 1599년까지 극단은 커튼 극장(Curtain Theatre)에서 공연함. 따라서 셰익스피어가 『헨리 5세*Henry V*』(1599)에서 언급한 목재로 된 원형극장(wooden O)은 커튼 극장을 지칭한 것으로 보임. 글로브 극장 건립에는 제임스 버비지의 아들 형제 커스버트와 리처드(Cuthbert and Richard Burbage)가 주도적 역할을 했음. 동생 리처드는 셰익스피어 극단인 체임벌린 경 극단의 배우로 비극의 주인공 역을 주로 담당했음.

『윈저의 흥겨운 아낙들*The Merry Wives of Windsor*』이 저작됨. 이것의 저질 본문이 1602년 1월 18일 판권 등록된 후 출판됨. 양질의 본문은 1623년 F1에서 비로소 활자화됨. 이 극이 1602년 이전에 여러 차례 공연되었다는 기록이 있음. 이 극은 『헨리 4세』의 1, 2부에 등장하는 희극적 인물인 폴스타프(Falstaff)에 반한 엘리자베스 여왕이 셰익스피어에게 이 인물이 등장하는 극을 또 써달라고 한 특별한 주문에 작가가 2주 만에 완성했다는 이야기가 전해지고 있음.

1598년 1월 1일과 6일 셰익스피어 소속 극단이 궁정인 화이트홀(Whitehall)에서 공연함.

셰익스피어가 스트랫퍼드에서 식량 부족 시기에 맥아 10쿼트를 소유한 기록이 남아 있음.

셰익스피어는 벤 존슨(Ben Jonson)의 『각인각색*Every Man in His Humour*』에 출연한 주된 희극배우들 명단의 선두를 차지함. 프랜시스 미어즈(Francis Meres)는 그의 책 『지혜의 보고*Palladis Tamia: Wit's Treasury*』에서 셰익스피어 작으로 12편의 극작품을 언급함. 여기에는 현재까지 발견되지 않은 『사랑의 결실*Love's Labour's Won*』도 포함되어 있음.

『헨리 4세, 2부*Henry IV, Part II*』가 저작됨. 1600년 8월 23일

판권 등록된 후 출판됨. 출판 이전에 여러 차례 공연되었다는 기록이 있음. 『헛소동*Much Ado about Nothing*』이 1598~9년 저작되고, 이것의 출판은 1600년 8월 23일 판권 등록된 후 이루어짐. 출판 이전에 여러 차례 공연되었다는 기록이 있음.

1599년 1월 1일과 2월 20일 셰익스피어가 소속된 극단이 궁정에서 공연함.

존 셰익스피어가 부인 메리 아든 가문의 문장을 그의 문장에 합할 수 있도록 문장원에 신청함.

글로브 극장이 개장하여 셰익스피어 소속 극단인 체임벌린 경 극단의 전용 극장이 됨.

『헨리 5세』 저작, 저질 본문이 1600년에 8월 4일 판권 등록된 후 출판됨. 출판 이전에 여러 차례 공연되었다는 기록이 있음. 『좋으실 대로*As You Like It*』와 『줄리어스 시저*Julius Caesar*』가 저작되었으며, 모두 F1에서 비로소 활자화됨. 최초의 공연 기록은 각각 1603년 12월 2일과 1599년 9월 21일.

1600년 에드워드 앨린(Edward Alleyn)과 필립 헨즐로가 글로브 극장과 겨루기 위해서 포천 극장(Fortune Theatre)을 건립함. 이는 제독극단이 주로 사용했으나 1603년 이후에는 여러 극단에 개방됨.

『햄릿*Hamlet*』이 1600~1년에 저작됨. 1602년 7월 26일 판권 등록된 후 저질 본문이 1603년에, 양질 본문이 1604~5년에 각각 출판됨. 공연이 1602년 7월, 1603년 등 수차 있었다는 기록이 있음.

1601년 존 셰익스피어 사망, 9월 8일 장례. 6장(leaf)으로 된 그의 '간증(Spiritual Testament)'이 헨리 스트리트의 자택에서 1757년에 발견됨. 이에 의하면 그는 사망시 가톨릭 신자였음. 그의 사망 직전에 스트랫퍼드 읍 법인으로부터 소송 건에 도움을 달라는 요청을 받은 기록이 있음.

2월 7일 글로브 극장에서는 『리처드 2세』를 에섹스 백작 일당의 반란(2월 8일)을 시민들에게 사주하기 위해서 공연했다가 극단원인 오거스틴 필립스(Augustine Phillips)가 당국의 심문을 받았음. 그러나 아무도 기소되지 않음.

『불사조와 산비둘기*The Phoenix and Turtle*』가 로버트 체스터(Robert Chester)의 『사랑의 순교자*Love's Martyr*』 속에 포함되어 출판됨. 『십이야*Twelfth Night*』가 1601~2년에 저작. F1에서 처음으로 활자화됨. 1601년의 십이야(곧 오늘날의 1602년 1월 5일 밤)에 공연. 그해 2월 2일에도 법학원의 하나인 미들 템플(Middle Temple)에서 공연됨. 『트로일로스와 크레시다*Troilus and Cressida*』 또한 1601~2년에 저작된 것으로 보이며, 1603년 2월 7일 판권 등록되고, 1609년에 출판됨. 1603년 2월 7일 이전에 공연되었다는 기록이 있음.

1602년 셰익스피어에게 존 콤(John Combe)이 구 스트랫퍼드 소재의 127에이커의 대지를 320파운드를 받고 5월 1일자로 양도. 9월 28일 스트랫퍼드의 채플 레인(Chapel Lane) 소재의 가옥 한 채에 대한 등기 수속.

『끝이 좋으면 모두 좋아*All's Well That Ends Well*』가 1602~3년에 저작됨. 그러나 활자화는 F1에서 비로소 이루어짐. 최초 공연 기록은 1741년.

1603년 3월 24일 타계한 엘리자베스 여왕 1세 장례.

셰익스피어가 존슨의 비극 『세자너스*Sejanus*』를 공연한 주된 배우의 한 사람으로 존슨이 작성한 배우 명단에 올라 있음.

5월 19일 셰익스피어가 속한 극단은 제임스 1세가 여왕의 뒤를 이으면서 체임벌린 경 극단에서 국왕극단(King's Men)으로 개명됨. 한편 제독극단은 헨리 왕자 극단(Prince Henry's Men)

이 됨. 가을에 『좋으실 대로』가 제임스 왕을 위해 윌트셔(Wiltshire) 소재의 펨브로크 백작 부인의 윌튼 저택(Wilton House)에서 공연됨.

런던의 극장들은 1603년 후반부터 1604년 4월까지 폐쇄됨.

1604년 이때쯤 셰익스피어는 스트랫퍼드의 약제사 필립 로저스(Philip Rogers)를 빚(3실링 10펜스) 때문에 고소하여 소송을 함. 또 그는 3월 15일 국왕극단 일원의 자격으로, 제임스 왕이 런던 시내를 행차할 때 그 행렬 참여에 필요한 붉은색 천 4야드를 하사받음.

『자에는 자로*Measure for Measure*』를 저작함. 이것의 활자화는 F1에서 처음 이루어짐. 최초 공연은 1604년 12월 26일. 『오셀로*Othello*』가 저작되었고, 1621년 10월 6일에 판권 등록되고, 1622년에 단행본으로 출판됨.

1월 1일 궁정에서 『한여름밤의 꿈』이 공연됨. 만성제 날인 11월 1일에는 『오셀로』가 화이트홀에서 공연됨. 11월 4일에는 역시 화이트홀에서 『윈저의 흥겨운 아낙들』이 공연됨. 12월 26일에도 화이트홀에서 『자에는 자로』가 공연됨. 12월 28일 『실수 연발』이 화이트홀에서 공연됨. 『사랑의 헛수고』가 사우샘튼 백작의 런던 저택에서 공연됨.

1605년 셰익스피어는 동료 배우 필립스의 5월 4일자 유서에서 금화로 30실링을 받도록 기재되어 있음. 7월 24일자에 셰익스피어는 스트랫퍼드, 웰컴, 비숍튼 소재의 소작의 10분의 1을 받는 대지('a half-interest in tithes')를 타인들과 공동으로 구입함.

『리어 왕*King Lear*』이 저작되어 1607년 11월 26일에 판권 등록되고, 출판은 1608년에 이루어짐. 1606년 12월 26일 화이트홀에서 공연됨.

1월 1일과 6일 사이에 『사랑의 헛수고』가 화이트홀에서 공연됨. 1월 7일에는 『헨리 5세』, 2월 10일과 12일에는 『베니스의 상인』이 각각 공연됨.

레드 불 극장(Red Bull Theatre)이 건립됨. 1617년까지 앤 왕비 극단(Queen Anne's Men)이 사용함.

1606년 『맥베스*Macbeth*』가 저작됨. 활자화는 F1에서 비로소 이루어짐. 최초 기록은 1611년 4월 20일에 글로브 극장에서 공연되었음을 말해줌. 그 이전에도 수차 공연되었을 것으로 추정함. 『앤토니와 클리오파트라*Antony and Cleopatra*』가 1606~7년에 저작되고, 활자화는 F1에서 이루어짐. 17세기에 공연이 있었다는 기록은 없음.

1607년 셰익스피어의 장녀 수재나가 6월 5일 의사 존 홀(John Hall, 1575년생, 1635년에 사망)과 결혼. 셰익스피어의 남동생으로 보이는 배우 신분의 에드먼드가 연말에 사망(장례 12월 31일).

『코리어레이너스*Coriolanus*』, 1607~8년에 저작, 활자화는 F1에서 비로소 이루어짐. 공연 기록은 없음. 『아테네의 타이몬*Timon of Athens*』, 1607~8년 저작, F1에서 처음 활자화됨. 왕정복고 이전 공연 기록은 존재하지 않음. 『페리클리즈*Pericles*』 역시 1607~8년에 저작되고, 출판은 1608년 5월 20일에 판권등록된 후 1609년에 이루어짐. 그러나 이 극작은 F1의 36편 중에 들어 있지 않음. 공연은 1607년 1월 5일에서 1608년 11월 23일 사이의 어느 때 베네치아 대사가 관람했다는 기록이 있고, 1609년 크리스마스쯤 요크셔 극단이 공연함.

1608년 셰익스피어의 외손녀 엘리자베스 홀(Elizabeth Hall) 출생(2월 21일 세례, 셰익스피어의 최종 후손으로서 1626년 4월 22일 스트랫퍼드의 토머스 내쉬(Thomas Nash)—1647년 사망—와 결혼. 1649년 6월 5일 존 버나드와 재혼, 1670년 2월 중순 사망, 2월 17일 장례).

셰익스피어의 모친 메리 사망(9월 9일 장례).

셰익스피어는 스트랫퍼드에서 빚을 진 존 애든브룩(John Addenbrooke)에게 12월 17일부터 1609년 6월 7일까지 송사를 진행함. 셰익스피어는 국왕극단이 제임스 버비지의 아들 리처드 버비지에게서 조차한 제2 블랙프라이어즈 극장의 7분의 1 주주가 됨. 프랑스와 베네치아 사신들이 런던에서 『페리클리즈』 공연을 관람함.

1609년 국왕극단이 가을 시즌부터 블랙프라이어즈 극장을 사용하기 시작했는데 1642년 크롬웰 정권에 의해서 극장들이 폐쇄 조치 당할 때까지 계속됨.

5월 20일 셰익스피어의 소네트 시집 판권 등록. 출판은 허가 없이 그 직후에 이루어진 것으로 보임. 크리스마스 시즌에 국왕극단은 화이트홀에서 왕족을 위해 13편의 극을 공연함.

『심벌린*Cymbeline*』이 1609~10년에 저작, F1에서 처음 활자화됨. 1611년 (아마도 4월에) 공연을 관람했다는 사이먼 포먼(Simon Forman)의 기록이 있음.

1610년 셰익스피어가 부친으로부터 상속받은 듯한 스트랫퍼드 헨리 스트리트 소재의 창고를 임대한 기록이 있음. 이해 어느 때 그는 스트랫퍼드로 귀향하여 살기 시작한 듯함. 『겨울 이야기*The Winter's Tale*』가 1610~11년에 저작되었으나 활자화는 F1에서 이루어짐. 1611년 5월 15일 공연을 포먼이 글로브 극장에서 관람했다는 최초의 공연 기록이 있음. 또 11월 5일에는 국왕극단이 공연함. 4월 30일에 『오셀로』가 글로브 극장에서 공연됨. 성촉절(Candlemas)에 요크셔의 고스웨이트(Gothwaite)에서 『페리클리즈』와 『리어 왕』이 공연됨. 『템페스트*The Tempest*』가 1610~11년에 저작되고, 활자화는 F1에서 비로소 이루어짐. 1611년 11월 1일 밤에 국왕극단이 화이트홀에서 공연함.

1611년 셰익스피어는 여럿이 공동 구입한, 소작의 10분의 1을 받는 스트랫퍼드에 소유한 땅에 관한 고등법원의 판결에 신경씀.

『템페스트』가 만성제 날인 11월 1일 저녁에 궁정인 화이트홀에서 공연됨. 『겨울 이야기』가 11월 5일 궁정에서 공연(사이먼 포먼이 5월 15일 이 극을 글로브 극장에서 관람했다는 증언이 있음). 『맥베스』가 4월 20일 글로브 극장에서 공연되었다는 기록도 포먼이 남김.

1612년 셰익스피어는 5월 11일에 런던 법정에 크리스토퍼 마운트조이(Christopher Mountjoy)의 사위인 스티븐 벨롯(Stephen Belott)이 장인에게 건 송사의 증인으로 섰음. 문제의 증언 기록에 의하면 '워릭 지방 스트랫퍼드 어폰 에이번에 거주하는 48세의 신사 양반 윌리엄 셰익스피어'의 증언은 자신이 1604년에 마운트조이의 딸 메리를 벨롯과 결혼하도록 중매를 선 것은 시인하면서도 메리의 결혼 지참금(50파운드, 그리고 신부의 부친이 사망할 경우 200파운드를 더 준다는 사실을 유서에 넣는다는 조건)에 대한 합의 사항은 정확히 기억할 수 없다는 내용이었음. 요컨대, 이 증언 건은 1602년과 1604년 사이의 어느 때에 셰익스피어가 마운트조이 가족과 함께 런던에 거주했으나 1612년에는 스트랫퍼드에 살고 있었음을 추측하게 함.

셰익스피어의 동생 길버트 사망(2월 3일 장례).

『헨리 8세*Henry VIII*』가 1612~13년에 어쩌면 플레처(John Fletcher)와 공동으로 저작됨. 활자화는 F1에서 비로소 이루어짐. 최초 공연은 1613년 6월 29일 글로브 극장에서 있었음.

1613년 1월 28일 존 콤이 셰익스피어에게 5파운드를 유언으로 남김.

셰익스피어의 남동생 리처드 사망(2월 4일 장례).

3월 10일에 블랙프라이어즈 극장의 문지기 거처(Blackfriars Gatehouse)를 매입. 3월 24일에 있었던 제임스 왕의 즉위식 기념 마상시합을 위해 러트런드 경(Lord Rutland)에게 글귀를 넣은 마크를 만들어준 대가로, 3월 31일에 리처드 버비지와 더불어 각각 44실링을 받음.

글로브 극장이 6월 29일 『헨리 8세』 최초 공연중에 화재(임금이 등장할 때 예포를 쏘는 장면에서 불꽃이 지붕에 떨어진 결과)로 전소됨.

『두 고귀한 친척*The Two Noble Kinsmen*』이 플레처와 공동으로 저작됨. 1634년에 출판됨. 1619년경 궁정에서 공연된 것으로 보임.

1614년 셰익스피어는 웰컴(Welcombe) 소재 대지의 임대료와 10분의 1 소작료('lease and tithes')를 위해 일부 부동산을 수용당하지 않도록 제기한 소송에 관심을 기울임.

립 헨즐로와 제이컵 미드(Jacob Meade)가 호프 극장(Hope Theatre)을 템스 강 남단 강둑에 건립함. 글로브 극장이 재건됨. 글로브는 1644년에 헐려 완전히 소멸되었다가 20세기 말에 동일한 장소에 복원됨.

1616년 셰익스피어의 차녀 주디스가 토머스 퀴니(Thomas Quiney, 1589년생, 1655년 사망)와 2월 10일 결혼. 부친의 성을 세례명으로 받은 그녀의 아들 세례식(아들은 1617년 사망, 그해 5월 8일 장례)이 11월 23일에 있었음. 주디스는 1618년과 1620년에 리처드와 토머스라는 아들을 둘 더 두었으나 이들은 모두 미혼 상태에서 1639년에 사망함.

셰익스피어의 석 장으로 된 그리고 장마다 서명 날인한 유서가 1월 25일경 프랜시스 콜린스(Francis Collins)에 의해서 작성됨. 이를 셰익스피어는 3월 25일에 수정했음.

4월 23일 셰익스피어 작고. 4월 25일에 장례가 있었던 것을 고려하여 추정한 날짜임. 성 조지의 날이기도 한 이날을 그의 탄생일과 마찬가지 이유로 사망일로 간주하고 전통적으로 기념해오고 있음.

누이 조운과 결혼한 매제 윌리엄 하트(William Hart) 사망(4월 17일 장례). 이 결혼은 스트랫퍼드 기록부에 기록되지는 않았으나 이들 사이에 태어난 아들 윌리엄이 1600년 8월 28일에 세례받은 기록은 있음. 조운은 3남 1녀를 두었으나 셋째 토머스(1605년 출생, 1670년 사망)만이 결혼하여 두 손자를 보았음. 현재 둘째 손자 조지(George, 1636년 출생, 1702년 사망)의 후손들만이 직계가 끊긴 셰익스피어의 가문에서 존속하고 있음.

1622년 『오셀로』가 1621년 10월 6일 판권 등록된 후 출판됨.

1623년 셰익스피어의 처 앤 해서웨이 사망. 그녀는 1555년 혹은 1556년에 출생하여 1623년 8월 6일 67세를 일기로 사망함(장례는 8월 8일). 스트랫퍼드 교회의 성단에 묻힌 남편 곁에 안장됨. 남편 셰익스피어는 1616년 사망 때 남긴 유서의 마지막인 세번째 페이지에, 부인의 이름은 명시하지 않은 채 '나는 아내에게 내 두번째로 좋은 침대를 가구들과 더불어 물려준다'라는 문장을 수정시 삽입해넣었음. '두번째로 좋은 침대(my second best bed)'가 후세인들의 관심을 끎. '첫번째로 좋은 침대'가 아닌 그 말이 무슨 뜻이냐는 것이었음. 그러나 부부가 사용해온 가장 좋은 침대는 유언할 필요도 없이 아내가 계속 사용할 것이기 때문이라는 해석도 가능할 것임. 그리고 법적으로 아내 앤은 남편 재산의 3분의 1을 갖게 되어 있었으며, 거주하는 집('New Place')에 계속 살 권리도 가질 수 있었음. 그녀는 11월 말에 나온 남편의 극전집은 못 보고 타계함.

셰익스피어의 첫 극전집인 F1(First Folio, *Mr. William Shakespeares Comedies, Histories, & Tragedies*)가 11월 8일에 판권 등록된 후 간행됨. 이것의 2판, 3판, 4판, 즉 F2, F3, F4

가 1632년, 1663/1664년, 1685년에 간행됨. 1664년의 3판 2쇄에는 『페리클리즈』 『런던의 탕자*London Prodigal*』 『토머스 크롬웰 경*The History of Thomas L(or)d Cromwell*』 『존 올드카슬, 코브햄 경*Sir John Oldcastle, Lord Cobham*』 『청교도 과부*The Puritan Widow*』 『요크셔 비극*A Yorkshire Tragedy*』 『로크린의 비극*The Tragedy of Locrine*』 등 7개 극작품이 추가되었음. 이 중에서 『페리클리즈』만이 18세기 여덟번째 셰익스피어 전집을 낸 조지 스티븐스(George Steevens)가 그의 전집(10 vols, 1773)에 수록한 이래로 셰익스피어의 정전에 올라 오늘에 이르고 있음. 따라서 셰익스피어의 극작품의 수는 F1의 36편에 『페리클리즈』가 추가되어 모두 37편으로 알려져 있음.

1626년 셰익스피어의 외손녀, 곧 수재나의 외동딸인 엘리자베스 홀이 4월 22일 토머스 내쉬와 결혼.

1635년 셰익스피어의 사위이며 수재나의 남편인 존 홀 사망(11월 25일 장례).

1647년 엘리자베스 홀의 남편 토머스 내쉬 사망(4월 4일 장례).

1649년 6월 5일 엘리자베스 홀이 존 버나드와 재혼.

셰익스피어의 장녀 수재나 사망(장례 7월 16일).

1662년 셰익스피어의 둘째 딸 주디스 사망(2월 9일 장례).

1670년 셰익스피어의 장녀 수재나의 외동딸 엘리자베스 홀 사망(2월 17일 장례). 엘리자베스는 소생 없이 사망함으로써 우리의 시인이며 극작가인 윌리엄 셰익스피어의 직계가족은 대가 끊기게 되었음. 남편 버나드도 4년 후인 1674년에 사망함.

문학동네 세계문학전집 발간에 부쳐

세계문학은 국민문학 혹은 지역문학을 떠나 존재하는 문학이 아니지만 그것들의 총합도 아니다. 세계문학이라는 용어에는 그 나름의 언어와 전통을 갖고 있는 국민문학이나 지역문학의 존재를 인정하면서 그것을 넘어서는 문학의 보편적 질서에 대한 관념이 새겨져 있다. 그 용어를 처음 고안한 19세기 유럽인들은 유럽문학을 중심으로 그 질서를 구축했지만 풍부한 국민문학의 전통을 가지고 있는 현대의 문학 강국들은 나름의 방식으로 세계문학을 이해하면서 정전(正典)의 목록을 작성하고 또 수정한다.

한국에서도 세계문학 관념은 우리 사회와 문화의 변화 속에서 거듭 수정돼왔다. 어느 시기에는 제국 일본의 교양주의를 반영한 세계문학 관념이, 어느 시기에는 제3세계 민족주의에 동조한 세계문학 관념이 출현했고, 그러한 관념을 실천한 전집물이 출판됐다. 21세기 한국에 새로운 세계문학전집이 필요하다는 것은 명백하다. 우리의 지성과 감성의 기준에 부합하는 세계문학을 다시 구상할 때가 되었다.

문학동네 세계문학전집은 범세계적으로 통용되는 고전에 대한 상식을 존중하면서도 지난 반세기 동안 해외 주요 언어권에서 창작과 연구의 진전에 따라 일어난 정전의 변동을 고려하여 편성되었다. 그래서 불멸의 명작은 물론 동시대 세계의 중요한 정치·문화적 실천에 영감을 준 새로운 작품들을 두루 포함시켰다.

창립 이후 지금까지 한국문학 및 번역문학 출판에서 가장 전문적이고 생산적인 그룹을 대표해온 문학동네가 그간 축적한 문학 출판 경험을 바탕으로 새로운 세계문학전집을 펴낸다. 인류가 무지와 몽매의 어둠 속을 방황하면서도 끝내 길을 잃지 않은 것은 세계문학사의 하늘에 떠 있는 빛나는 별들이 길잡이가 되어주었기 때문이다. 우리가 자부심과 사명감 속에서 그리게 될 이 새로운 별자리가 독자들의 관심과 애정에 힘입어 우리 모두의 뿌듯한 자산이 되기를 소망한다.

문학동네 세계문학전집 편집위원
민은경, 박유하, 변현태, 송병선, 이재룡, 홍길표, 남진우, 황종연

지은이 **윌리엄 셰익스피어**
1564년 영국 스트랫퍼드 어폰 에이번에서 태어났다. 1586년경 고향을 떠나 이후 런던에서 배우 겸 극작가로 활동하며 명성을 얻었고 국왕극단의 전속 극작가로도 활동했다. 20여 년간 서른일곱 편의 희곡과 시를 발표했으며, 자신의 마지막 작품인 『템페스트』가 최초로 공연된 1611년 전후 고향으로 돌아가 1616년 52세의 나이로 생을 마감했다.

옮긴이 **이경식**
서울대학교 영어영문학과와 동 대학원을 졸업하고 서울대학교 영어영문학과 교수를 지냈다. 한국 셰익스피어 학회 회장을 역임하고, 현재 서울대학교 명예교수이자 대한민국학술원 회원 그리고 국제 셰익스피어 학회 회원이다. 셰익스피어 4대 비극 번역으로 1997년 한국번역대상을, 『셰익스피어 비평사』로 2003년 대한민국학술원상을 수상했다. 저서로 『셰익스피어 연구』 『셰익스피어 비평사』(상, 하) 『셰익스피어 본문 비평: 해설과 번역』 『셰익스피어 4대 비극』이 있고, 최근 역서로 『템페스트』와 『베니스의 상인』이 있다.

세계문학전집 140
햄릿

초판 인쇄 2016년 4월 14일 | 초판 발행 2016년 4월 23일

지은이 윌리엄 셰익스피어 | 옮긴이 이경식 | 펴낸이 염현숙

책임편집 김경은 | 편집 황광수 오동규 | 독자모니터 전혜진
디자인 김마리 최미영 | 저작권 한문숙 박혜연 김지영
마케팅 정민호 이미진 정진아 | 홍보 김희숙 김상만 이천희
제작 강신은 김동욱 임현식 | 제작처 영신사

펴낸곳 (주)문학동네
출판등록 1993년 10월 22일 제406-2003-000045호
주소 10881 경기도 파주시 회동길 210
전자우편 editor@munhak.com | 대표전화 031)955-8888 | 팩스 031)955-8855
문의전화 031)955-1927(마케팅), 031)955-3560(편집)
문학동네카페 http://cafe.naver.com/mhdn
문학동네트위터 http://twitter.com/munhakdongne

ISBN 978-89-546-4031-2 04840
978-89-546-0901-2 (세트)

www.munhak.com

문학동네 세계문학전집

1, 2, 3 안나 카레니나 레프 톨스토이 | 박형규 옮김
4 판탈레온과 특별봉사대 마리오 바르가스 요사 | 송병선 옮김
5 황금 물고기 르 클레지오 | 최수철 옮김
6 템페스트 윌리엄 셰익스피어 | 이경식 옮김
7 위대한 개츠비 F. 스콧 피츠제럴드 | 김영하 옮김
8 아름다운 애너벨 리 싸늘하게 죽다 오에 겐자부로 | 박유하 옮김
9, 10 파우스트 요한 볼프강 폰 괴테 | 이인웅 옮김
11 가면의 고백 미시마 유키오 | 양윤옥 옮김
12 킴 러디어드 키플링 | 하창수 옮김
13 나귀 가죽 오노레 드 발자크 | 이철의 옮김
14 피아노 치는 여자 엘프리데 옐리네크 | 이병애 옮김
15 1984 조지 오웰 | 김기혁 옮김
16 벤야멘타 하인학교 – 야콥 폰 군텐 이야기 로베르트 발저 | 홍길표 옮김
17, 18 적과 흑 스탕달 | 이규식 옮김
19, 20 휴먼 스테인 필립 로스 | 박범수 옮김
21 체스 이야기·낯선 여인의 편지 슈테판 츠바이크 | 김연수 옮김
22 왼손잡이 니콜라이 레스코프 | 이상훈 옮김
23 소송 프란츠 카프카 | 권혁준 옮김
24 마크롤 가비에로의 모험 알바로 무티스 | 송병선 옮김
25 파계 시마자키 도손 | 노영희 옮김
26 내 생명 앗아가주오 앙헬레스 마스트레타 | 강성식 옮김
27 여명 시도니가브리엘 콜레트 | 송기정 옮김
28 한때 흑인이었던 남자의 자서전 제임스 웰든 존슨 | 천승걸 옮김
29 슬픈 짐승 모니카 마론 | 김미선 옮김
30 피로 물든 방 앤절라 카터 | 이귀우 옮김
31 숨그네 헤르타 뮐러 | 박경희 옮김
32 우리 시대의 영웅 미하일 레르몬토프 | 김연경 옮김
33, 34 실낙원 존 밀턴 | 조신권 옮김
35 복낙원 존 밀턴 | 조신권 옮김
36 포로기 오오카 쇼헤이 | 허호 옮김
37 동물농장·파리와 런던의 따라지 인생 조지 오웰 | 김기혁 옮김

38 루이 랑베르 오노레 드 발자크 | 송기정 옮김

39 코틀로반 안드레이 플라토노프 | 김철균 옮김

40 어두운 상점들의 거리 파트릭 모디아노 | 김화영 옮김

41 순교자 김은국 | 도정일 옮김

42 젊은 베르테르의 슬픔 요한 볼프강 폰 괴테 | 안장혁 옮김

43 더블린 사람들 제임스 조이스 | 진선주 옮김

44 설득 제인 오스틴 | 원영선, 전신화 옮김

45 인공호흡 리카르도 피글리아 | 엄지영 옮김

46 정글북 러디어드 키플링 | 손향숙 옮김

47 외로운 남자 외젠 이오네스코 | 이재룡 옮김

48 에피 브리스트 테오도어 폰타네 | 한미희 옮김

49 둔황 이노우에 야스시 | 임용택 옮김

50 미크로메가스·캉디드 혹은 낙관주의 볼테르 | 이병애 옮김

51, 52 염소의 축제 마리오 바르가스 요사 | 송병선 옮김

53 고야산 스님·초롱불 노래 이즈미 교카 | 임태균 옮김

54 다니엘서 E. L. 닥터로 | 정상준 옮김

55 이날을 위한 우산 빌헬름 게나치노 | 박교진 옮김

56 톰 소여의 모험 마크 트웨인 | 강미경 옮김

57 카사노바의 귀향·꿈의 노벨레 아르투어 슈니츨러 | 모명숙 옮김

58 바보들을 위한 학교 사샤 소콜로프 | 권정임 옮김

59 어느 어릿광대의 견해 하인리히 뵐 | 신동도 옮김

60 웃는 늑대 쓰시마 유코 | 김훈아 옮김

61 팔코너 존 치버 | 박영원 옮김

62 한눈팔기 나쓰메 소세키 | 조영석 옮김

63, 64 톰 아저씨의 오두막 해리엇 비처 스토 | 이종인 옮김

65 아버지와 아들 이반 투르게네프 | 이항재 옮김

66 베니스의 상인 윌리엄 셰익스피어 | 이경식 옮김

67 해부학자 페데리코 안다아시 | 조구호 옮김

68 긴 이별을 위한 짧은 편지 페터 한트케 | 안장혁 옮김

69 호텔 뒤락 애니타 브루크너 | 김정 옮김

70 잔해 쥘리앵 그린 | 김종우 옮김

71 절망 블라디미르 나보코프 | 최종술 옮김

72 더버빌가의 테스 토머스 하디 | 유명숙 옮김

73 감상소설 미하일 조셴코 | 백용식 옮김

74 빙하와 어둠의 공포 크리스토프 란스마이어 | 진일상 옮김

75 쓰가루·석별·옛날이야기 다자이 오사무 | 서재곤 옮김

76 이인 알베르 카뮈 | 이기언 옮김

77 달려라, 토끼 존 업다이크 | 정영목 옮김

78 몰락하는 자 토마스 베른하르트 | 박인원 옮김

79, 80 한밤의 아이들 살만 루슈디 | 김진준 옮김

81 죽은 군대의 장군 이스마일 카다레 | 이창실 옮김

82 페레이라가 주장하다 안토니오 타부키 | 이승수 옮김

83, 84 목로주점 에밀 졸라 | 박명숙 옮김

85 아베 일족 모리 오가이 | 권태민 옮김

86 폭풍의 언덕 에밀리 브론테 | 김정아 옮김

87, 88 늦여름 아달베르트 슈티프터 | 박종대 옮김

89 클레브 공작부인 라파예트 부인 | 류재화 옮김

90 P세대 빅토르 펠레빈 | 박혜경 옮김

91 노인과 바다 어니스트 헤밍웨이 | 이인규 옮김

92 물방울 메도루마 슌 | 유은경 옮김

93 도깨비불 피에르 드리외라로셸 | 이재룡 옮김

94 프랑켄슈타인 메리 셸리 | 김선형 옮김

95 래그타임 E. L. 닥터로 | 최용준 옮김

96 캔터빌의 유령 오스카 와일드 | 김미나 옮김

97 만(卍)·시게모토 소장의 어머니 다니자키 준이치로 | 김춘미, 이호철 옮김

98 맨해튼 트랜스퍼 존 더스패서스 | 박경희 옮김

99 단순한 열정 아니 에르노 | 최정수 옮김

100 열세 걸음 모옌 | 임홍빈 옮김

101 데미안 헤르만 헤세 | 안인회 옮김

102 수레바퀴 아래서 헤르만 헤세 | 한미희 옮김

103 소리와 분노 윌리엄 포크너 | 공진호 옮김

104 곰 윌리엄 포크너 | 민은영 옮김

105 롤리타 블라디미르 나보코프 | 김진준 옮김

106, 107 부활 레프 톨스토이 | 백승무 옮김

108, 109 모래그릇 마쓰모토 세이초 | 이병진 옮김

110 은둔자 막심 고리키 | 이강은 옮김

111 불타버린 지도 아베 고보 | 이영미 옮김

112 말라볼리아가의 사람들 조반니 베르가 | 김운찬 옮김

113 디어 라이프 앨리스 먼로 | 정연희 옮김

114 돈 카를로스 프리드리히 실러 | 안인희 옮김

115 인간 짐승 에밀 졸라 | 이철의 옮김

116 빌러비드 토니 모리슨 | 최인자 옮김

117, 118 미국의 목가 필립 로스 | 정영목 옮김

119 대성당 레이먼드 카버 | 김연수 옮김

120 나나 에밀 졸라 | 김치수 옮김

121, 122 제르미날 에밀 졸라 | 박명숙 옮김

123 현기증. 감정들 W. G. 제발트 | 배수아 옮김

124 강 동쪽의 기담 나가이 가후 | 정병호 옮김

125 붉은 밤의 도시들 윌리엄 버로스 | 박인찬 옮김

126 수고양이 무어의 인생관 E. T. A. 호프만 | 박은경 옮김

127 맘브루 R. H. 모레노 두란 | 송병선 옮김

128 익사 오에 겐자부로 | 박유하 옮김

129 땅의 혜택 크누트 함순 | 안미란 옮김

130 불안의 책 페르난두 페소아 | 오진영 옮김

131, 132 사랑과 어둠의 이야기 아모스 오즈 | 최창모 옮김

133 페스트 알베르 카뮈 | 유호식 옮김

134 다마세누 몬테이루의 잃어버린 머리 안토니오 타부키 | 이현경 옮김

135 작은 것들의 신 아룬다티 로이 | 박찬원 옮김

136 시스터 캐리 시어도어 드라이저 | 송은주 옮김

137 고독한 산책자의 몽상 장자크 루소 | 문경자 옮김

138 용의자의 야간열차 다와다 요코 | 이영미 옮김

139 세기아의 고백 알프레드 드 뮈세 | 김미성 옮김

140 햄릿 윌리엄 셰익스피어 | 이경식 옮김

● 문학동네 세계문학전집은 계속 출간됩니다